तमाशा मेरे आगे

तमाशा मेरे आगे

हेमंत शर्मा

प्रकाशक • **प्रभात प्रकाशन प्रा. लि.**
4/19 आसफ अली रोड,
नई दिल्ली–110002

संस्करण • 2026
मूल्य • पाँच सौ रुपए
कवर एवं रेखांकन • माधव जोशी
मुद्रक • आर–टेक ऑफसेट प्रिंटर्स, दिल्ली

TAMASHA MERE AAGE
by Shri Hemant Sharma ₹ 500.00
Published by Prabhat Prakashan Pvt. Ltd., 4/19 Asaf Ali Road, New Delhi-2
e-mail: prabhatbooks@gmail.com ISBN 978-93-5048-433-3

अम्मा को...

...हेमंत का अंदाज-ए-बयाँ और

कहाँ से शुरू करूँ? एक लेख पर उँगली रखता हूँ तो दूसरा उससे श्रेष्ठ दिखता है। 'तमाशा मेरे आगे' का 'कैनवास' बहुत बड़ा है। हेमंत शर्मा के लेखों का दायरा इतना व्यापक है कि समूची कायनात इसमें समा जाए। प्रकृति, समाज, उत्सव, संस्कृति, सरोकार, रिश्ते, नाते, दोस्त, देवता, दानव—क्या नहीं है इन लेखों में। विषय भले अलग-अलग हों, लेकिन सब पर एक तीखी बनारसी दृष्टि है। कबीर की तरह जो हर किसी को ठेंगे पर रखता है, किताब का नाम 'तमाशा मेरे आगे' उसे सार्थक करता है।

'तमाशा' शब्द बहुत मानीखेज है। हिंदी और उर्दू में इसके वजन का कोई दूसरा शब्द नहीं है। मुस्तफा खाँ 'मद्दाह' के उर्दू शब्दकोश में इसके न जाने कितने-कितने अर्थ दिए हैं। तफरीह/दीदार/लुत्फ/खेल/बाजीगरी/अजूबापन/हँसी-मजाक/स्वाँग/मनोविनोद यानी खेल-तमाशा से लेकर स्वाँग तक इसके व्यापक मायने हैं। ये सारे मतलब इस किताब में बेहद संवेदनशीलता और पूरी चित्रात्मकता के साथ मौजूद हैं। यह पुस्तक अगर तमाशा है तो लेखक तमाशाई। जैसे हिंदी में माया के बहुत अर्थ हैं। वेदांत में तो माया आदिशंकर का दिया शब्द है। ब्रह्म के बरक्स माया है। ब्रह्म की ही शक्ति है माया। लक्ष्मी को भी माया कहते हैं। ब्रह्म की यही माया इस किताब में तमाशा बनकर साकार हुई है। यानी माया तमाशा के समानार्थी है। जिंदगी में कोई ऐसी चीज बाकी नहीं बचती जो तमाशा के दायरे में न आए।

'तमाशा' गालिब को भी बड़ा प्रिय है। इस शब्द का गालिब ने खूब इस्तेमाल किया है। 1816 में लिखी गई उनकी एक गजल का एक शेर है—'बनाकर फकीरों का हम भेस 'गालिब' तमाशा-ए-अहले-करम देखते हैं।' इसके बाद भी गालिब ने कई दफा 'तमाशा' का इस्तेमाल किया। उनका एक और शेर है—'बाजीचा-ऐ-अत्फाल है दुनिया मेरे आगे, होता है शब-ओ-रोज तमाशा मेरे आगे।' गालिब का भी तमाशा बहुत व्यापक अर्थों में है।

हेमंत शर्मा ने जो तमाशा देखा है, वही लिखा है और वही जिया है। बनारस से उनका जुड़ाव है—उस बनारस से, जो विश्वनाथ की नगरी है—दुनिया उसी की माया है। उसी तमाशे का हिस्सा है। इन लेखों में पिता, माँ, घर, परिवार, गृहस्थी जिसका भी जिक्र है, ये सब उसी तमाशे में शामिल हैं। लोकजीवन की ढेर सारी छवियाँ इस संकलन में कैद हैं।

हेमंत शर्मा मूलत: पत्रकार हैं। उनका पेशा भी एक बड़े राजनैतिक, सामाजिक तमाशे के दायरे में आता है। इसलिए किताब का शीर्षक अपनी पूरी अर्थवत्ता साबित करता है। इसमें सभी आते हैं। प्रभाषजी भी आते हैं। मैं भी आता हूँ। कोई बचा नहीं है। किताब की सबसे बड़ी खूबी इसकी रेंज है। कबीर चौरा से लेकर अस्सी तक इसका दायरा है, इसमें राम भी हैं, कृष्ण भी, शिव भी हैं और रावण भी। सभी ऋतुएँ हैं। वसंत है। सावन है। शरद है तो ग्रीष्म भी। कोई ऋतु नहीं बची है। पौराणिक मिथकों की भी चर्चा है। विवेचन है कि द्रौपदी क्यों सीता से श्रेष्ठ है। वैसे तो सभी रस हैं, पर हास्य रस पूरी पुस्तक में भरा पड़ा है। विश्वनाथ से सोमनाथ तक की यात्रा है। अब काशी है तो विश्वनाथ तो होंगे ही। हेमंत ने समूचे भारत में जो यात्राएँ की हैं, उनका भी सजीव वृत्तांत है। इन वृत्तांतों की विशेषता यह है कि आपको भी घुमाते-फिराते वहीं पहुँचा देते हैं।

'कबीर चौरा' इस संकलन की आत्मीय रचना है। लेखक कबीर चौरा का रहने वाला है। उसके मुताबिक कबीर चौरा एक मुहल्ला नहीं, पूरी भारतीय संस्कृति है। 'कबीर चौरा' में जो साम्यवाद है, उसका भी बखान है। मार्क्स से चार सौ बरस पहले के 'कबीर चौरा' का साम्यवाद देखिए—'साईं इतना दीजिए जामें कुटुम्ब समाय। मैं भी भूखा न रहूँ, साधु न भूखा जाय॥' 'कबीर चौरा' बनारसी संस्कृति का प्रतीक भी है और

लेखक की दुनिया भी। किताब कबीर चौरा के इन्हीं प्रतिमानों और मूल्यों की स्थापना करती है। कबीर चौरा का अपना धर्म है। दर्शन है। संगीत, कला और संस्कृति है। और साथ ही धर्म-निरपेक्षता का 'न्यूक्लियस प्वॉइंट' भी। इस संकलन की सबसे बड़ी बात यह है कि लेखक में खुद पर हँसने का माद्दा है। जो अपने ऊपर हँस सकता है, उसी को दूसरे पर हँसने का हक है।

पत्रकारिता और साहित्य बड़ा मारक संयोग है। इसलिए हेमंत हर किसी को अपने लेखों में एक हाथ लगाते चलते हैं। उनकी यह मस्ती प्रत्येक लेख में है। राजनीति के सभी पक्षों पर चोट है। उदाहरण के लिए एक लेख है—'जमाई का जलवा'। हमारी परंपरा और राजनीति में दामाद तो दामाद ही है। यह रॉबर्ट वाड्रा भी हो सकता है और रंजन भट्टाचार्य भी। हेमंत ने इन किरदारों के साथ जुड़े अंतर्विरोधों, विडंबनाओं और विवादों पर करारी चोट करने का साहस दिखाया है।

जिस लेख ने मुझे सबसे अधिक आकर्षित किया है, वह इस किताब का आखिरी लेख है। मेरी दृष्टि में सबसे अच्छा लेख यही है। 'तमाशा मेरे आगे' का सर्वोत्तम लेख 'तमाशा मेरे आगे' ही है। यहाँ लेखक ने अज्ञेय को याद किया है। अज्ञेय के मुताबिक समय अगर कहीं ठहरता है, तो सिर्फ स्मृतियों में। यह भी लिखा है कि स्मृतियाँ मरने से पहले साफ हो जाती हैं। कुछ ऐसी ही बात पं. चंद्रधर शर्मा 'गुलेरी' की कहानी 'उसने कहा था' में भी आती है। हेमंत शर्मा के इस लेख में गोरखनाथ भी मौजूद है—'मरौ हे जोगी मरौ।' इस उक्ति पर लेखक की जो टिप्पणी है, वो वाकई अद्‍भुत है—"मैं न तो पुनर्जन्म में विश्वास करता हूँ, न मरने के बाद स्वर्ग-नरक में। मेरा मानना है कि मौत जिंदगी का आखिरी फुल स्टॉप है"—सारे हिंदू संस्कारों को तोड़ते हेमंत शर्मा की यह क्रांतिकारी स्थापना है। सभी धार्मिक अंधविश्वासों के विरुद्ध यह क्रांति है। यह संकलन कबीर चौरा से शुरू होकर कबीर चौरा पर ही खत्म होता है। 'तमाशा मेरे आगे' में फंतासी के जरिए मृत्यु का बखान है। यानी मृत्युबोध का चुहल भरा वर्णन। कबीर की दृष्टि में मौत का वर्णन—'मरते-मरते जग मुआ, औरस मरा न कोय।' यानी सारा जग मरते-मरते मर रहा है, लेकिन ठीक से मरना कोई नहीं जानता। इन टिप्पणियों में मीठा-मीठा व्यंग्य भी है। आत्म व्यंग्य भी। एक उदाहरण देखिए।

'काश्यां मरणान् मुक्ति।' यानी काशी में मरने में ही मुक्ति है। लेकिन दिल्ली में मरने से प्रसिद्धि है। जलवा है। मेरे सामने दुविधा बड़ी थी। किधर जाएँ—तो फॉर्मूला बना कि मरना दिल्ली में है, अंतिम संस्कार बनारस में होगा। वाकई यह फॉर्मूला बेजोड़ है। खाँटी बनारसी अंदाज में एक जगह हेमंत लिखते हैं—"दिल्ली में चाहे आप कितने ही 'झंडू' या 'चिरकुट' हों, मरने के साथ ही दुनिया को पता चल जाएगा कि आपके साथ एक बड़े युग का अंत हो गया। आपकी कमी पूरी नहीं की जा सकेगी। पत्रकार हैं, तो पराड़कर के बाद आप ही थे। कहानी, उपन्यास लिखते हैं तो प्रेमचंद की परंपरा की आप आखिरी कड़ी थे। कवि हैं तो जान लीजिए, आपके साथ उत्तर-आधुनिक कविता का युग खत्म हो गया, यानी जो काम आप जीते जी नहीं कर पाए, वह जलवा मरने के बाद होगा।"

यहाँ बता दूँ कि 'झंडू' और 'चिरकुट' जैसे शब्दों का प्रयोग साहित्य में पहली दफा हुआ है। ये शब्द खड़ी बोली में इस तरह से पहली बार आए हैं। मरने पर लोग बड़ा दिखावा करते हैं, इसका जो मजाक लेखक ने उड़ाया है, वैसा अन्यत्र कहीं देखने को नहीं मिलता। अगर मुझे संकलन से एक नमूना चुनना हो, तो मैं सबसे अच्छा लेख यही कहूँगा। लेखक ने किसी को नहीं छोड़ा है, दोस्त को भी नहीं। सिर्फ एक वाक्य और सारा हिसाब-किताब बराबर। आगे लिखते हैं—"अगर बनारस में मरना है तो मरो, धूमिल और मुक्तिबोध की मौत। कुछ लोग जानेंगे, कुछ नहीं। आपकी मौत गुमनामी के अँधेरे मे खो जाएगी, क्योंकि काशी में न लोग जीवन को महत्त्व देते हैं, न मृत्यु को। सबको ठेंगे पर रखते हैं। मृत्यु को शाश्वत मानते हुए वे शोक भी कायदे से नहीं मनाते।" काशी का जिक्र करते हुए यह लेख दिल्ली पर भी एक चपत लगाता चलता है।

इसलिए मुझे संग्रह का यह सबसे अच्छा लेख लगा। समूची सृष्टि इसमें आ जाती है। औपचारिकता के रूप में बड़े शहरों, या दिल्ली में लोग मरते हैं तो क्या होता है, इसका बेजोड़ चित्र यहाँ है। दरअसल, मैं इसी एक लेख पर पूरी भूमिका लिखना चाहता था। मेरी मुश्किल यही थी। कैसे-कैसे बेजोड़ मुहावरे दिए हैं हेमंत ने, जैसे 'मेरे भीतर संतुष्टि की स्लेट भर गई।'

मौत के मौके पर आनेवाले लोगों का जो ढोंग होता है, हेमंत उसे

तार-तार करते हैं। शोक की घड़ी में भी लोग कैसी-कैसी बेतुकी बातें करते हैं, इसका बढ़िया चित्रण देखिए—

''शर्माजी समाजवादियों की उस परंपरा में हैं, जो हर वक्त झगड़े के लिए तैयार रहते हैं। एक बार वे ट्रेन से कहीं जा रहे थे। सामने वाले यात्री से उन्होंने पूछा, कितने भाई हो? उसने कहा कि दो, तो शर्माजी तपाक से बोले, तीन ही होते तो क्या उखाड़ लेते।''

पूरे लेख में कोई भी रस छूटा नहीं है। नौ रस का मजा लीजिए।

अस्सी का तो बहुत ही बढ़िया चित्र खींचा गया है—''तभी दौड़ते-दौड़ते कौशल गुरु दिखे। वे अस्सी के डीह हैं, बवासीर की दवा से लेकर फ्रांस की क्रांति तक, तुलसीदास की भक्ति से लेकर नासा के नए अभियान तक, गंगा से लेकर हॉब्स, लॉक और रूसो तक, सब पर समान अधिकार से भाषण देते हैं। कहने लगे, मुझे तो अभी अस्सी पर पता चला। पप्पू की दुकान पर शोकसभा करके आ रहा हूँ। अस्सी पर पप्पू की ऐतिहासिक चाय की दुकान है, जहाँ दिल्ली के कॉफी हाउस से बेहतर बहस होती है। इस दुकान की विशेषता है कि अगर दक्षिण अफ्रीका में भी कोई कवि मर जाए तो यहाँ फौरन शोकसभा हो जाती है।''

क्या भाषा है। क्या लालित्य है। यह अनूठा गद्य है। लगता है कि गद्य और कविता एकाकार हो गए हैं। मैंने काशी (काशीनाथ सिंह) को यह लेख पढ़कर सुनाया और कहा कि क्या अस्सी के तुम ही हो? जो तुमने छोड़ दिया है, वो इसमें लिखा है।

शास्त्रार्थ शब्द को इस लेख में किस तरह से महत्त्व दिया गया है, उसके भी क्या सटीक मायने हैं, यहाँ देखिए—

''पांडेयजी समाजवादी नेताओं की उस नस्ल में हैं, जो अब लुप्त हो रही है। वे अपने भाषणों में इसका जिक्र भी करते हैं, मसलन, 'डॉ. लोहिया नहीं रहे, जयप्रकाश जी नहीं रहे, मधु लिमये चले गए। मेरा भी स्वास्थ्य खराब ही रहता है।' मेरी चिता लगवाने से लेकर कर्मकांड करवाने तक का जिम्मा इन्हीं पांडेयजी पर था। उन्हें देखते ही डोमराज अपने चंपुओं पर चिल्लाया—'अबे जल्दी चिता लगाव, पांडेयजी क लाश आ गईल।' पांडेयजी बिफरे—'अबे मूरख, लाश हमार नहीं, हमरे दोस्त का हौव।' पांडेयजी और डोमराज में यह शास्त्रार्थ चल ही रहा था कि कुछ लोगों ने उठाकर मुझे चिता पर लिटा दिया।''

शोक के वातावरण में भी आमतौर पर लोग अपनी ही परेशानियों, समस्याओं में डूबे रहते हैं। शोक मनाना उनके लिए एक कर्तव्य पालन जैसा होता है। इसे उकेरते हेमंत का वर्णन देखिए—

"गंगा किनारे सूरज ढल रहा था। दिल्ली से आए सुशीलजी बार-बार बेचैन होकर घड़ी देख रहे थे। दिव्यलोक में उनके विचरण का टाइम हो गया था। मैंने देखा, धीरे-धीरे सरकते हुए वे घाट की सबसे पीछे की सीढ़ी पर जाकर बैठ गए। पीछे की पॉकिट से शीशी निकाली और एक ही साँस में गला तर। यकायक उनके मुरझाए चेहरे पर दिव्य चमक आ गई। पहली बार वे भावुक होकर मेरी चिता की ओर देख बड़बड़ाने लगे—आदमी बड़ा मस्त था। खुद तो शराब छूता नहीं था, पर दूसरों को 'विलायती स्कॉच' ही पिलाता था। शीशी का असर दिमाग तक गया तो वे भावुक हो गए और फूट-फूटकर रोने लगे। उपाध्यायजी ने उन्हें आकर सँभाला। कहने लगे— क्या कीजिएगा, प्रभु की यही इच्छा थी। अभी उनके जाने की उम्र थोड़े ही थी! पर हम क्या कर सकते हैं। आइए, चलिए नीचे, टाइम हो रहा है।" यह टाइम क्या है? कोई

हेमंत से पूछे।

समाज पर इतनी तीखी टिप्पणी हो नहीं सकती। हिंदी में इस भाषा का जोड़ नहीं। हिंदी गद्य के इतिहास में मैं जिनके गद्य को सबसे अच्छा मानता हूँ, वे हैं पं. चंद्रधर शर्मा 'गुलेरी'। वे संस्कृत के पंडित थे। काँगड़ा के रहनेवाले थे। 'उसने कहा था' उनकी प्रसिद्ध कहानी है। हिंदी का सर्वश्रेष्ठ गद्य मैं इसे ही मानता हूँ। ठीक ऐसी ही बोलचाल की भाषा यहाँ भी है। छोटे-छोटे वाक्य। बोलते हुए टकसाली शब्दों से गढ़े वाक्य। बिलकुल ठेठ हिंदी का ठाठ। हर वाक्य की शक्ति उसकी क्रिया में। यानी घाव करे गंभीर। यह भाषा हेमंत शर्मा के बनारसी तत्त्व को रेखांकित करती है।

इसके बाद जिस लेख की तारीफ करूँगा, वो 'हिरिस' है। यह शब्द अब तक हिंदी में नहीं था। हिंदी में किसी ने इसका प्रयोग नहीं किया। हेमंत ने यह लफ्ज खड़ी बोली को दिया है। कितना अर्थगर्भित शब्द है, जिसका कोई पर्याय नहीं है। 'हिंदी शब्द सागर' में भी यह शब्द नहीं है। मेरा मानना है कि कोई लेखक अगर हिंदी को ऐसा शब्द देता है, तो उसने हिंदी का लेखक होने का हक अदा कर दिया। हेमंत ने हिंदी के लेखक होने का हक अदा कर दिया है।

काशी में गद्य की समृद्ध परंपरा है। ठेठ गद्य की। काशी के लिखने वालों में भारतेंदु का नाम शीर्ष पर है। खड़ी बोली हिंदी। बोलती हुई हिंदी। उस परंपरा में दूसरा नाम है पांडेय बेचन शर्मा 'उग्र' का। प्रेमचंद का नाम मैं इसलिए नहीं ले रहा हूँ कि वे मुख्यत: उर्दू से हिंदी में आए थे। मैं यहाँ सिर्फ ठेठ हिंदी में लिखने वालों की बात कर रहा हूँ। काशीनाथ का नाम इसलिए नहीं ले रहा हूँ, क्योंकि वे मेरे भाई हैं। इन दोनों के बाद इस विधा में अगला नाम हेमंत शर्मा का ही है। ठेठ हिंदी गद्य में बनारसी रंग के यही तीन लेखक हैं—भारतेंदु हरिश्चंद्र, पांडेय बेचन शर्मा 'उग्र' और आज के हेमंत!

(नामवर सिंह)

32, शिवालिक अपार्टमेंट
अलकनंदा, नई दिल्ली

मेरी बात

खुदा को हाजिर-नाजिर जान मैं यह कबूल करता हूँ कि जिंदगी, समाज और अपने इर्द-गिर्द के इनसानों से जितना कुछ समझा उसका चित्रण पूरी ईमानदारी से मैंने इन लेखों में किया। बिना किसी दबाव के, बतकही के शिल्प में। गैर-जरूरी विस्तार और बोझिल प्रसंगों से बचते हुए। बगैर पांडित्य बघारे।

यह किताब जनसत्ता में छपे मेरे गैर-राजनैतिक लेखों का संग्रह है जो मेरी दूसरी पारी का लेखन है। पहली पारी तो मैंने खाँटी रिपोर्टर की तरह खेली। इन लेखों में उत्सव, समाज, सरोकार, अहसास, रिश्ते, संस्कृति और मौसम के उतार-चढ़ाव को बारीकी और व्यापकता से समझने की कोशिश की गई है। जीवन के कैनवास से मैंने ये विषय छाँटे हैं। ये लेख न संस्मरण हैं न स्मृतियों का लेखा-जोखा, न आत्मकथ्य है और न शब्दचित्रों का एलबम। कबीर के शब्दों में यह 'आँखन देखी' है कागज की लेखी नहीं। इन लेखों में जितना मैं हूँ, उतने ही आप। समाज और ज्ञान की विभिन्न शाखाएँ आपको इस किताब में मिलेंगी।

संग्रह में भारतीय संस्कृति के महानायक राम, कृष्ण और शिव को आधुनिक संदर्भ में देखने की कोशिश की गई है समाजवादी चिंतक डॉ. राममनोहर लोहिया को पढ़ते हुए। पौराणिक संदर्भों में रावण, शक्ति और द्रौपदी का वर्णन भी नए फलक पर है। इस सवाल का जवाब ढूँढ़ने की कोशिश हुई है कि भारतीय समाज में द्रौपदी पर सीता हावी क्यों है? समाज और इतिहास ने द्रौपदी के साथ न्याय क्यों नहीं किया? हमारे जीवन में ऋतुओं का क्या महत्त्व है? पुस्कत में आप बसंत, ग्रीष्म, वर्षा और शरद के सौंदर्य की बारीकियों में देख सकते हैं। ऋतुएँ प्रकृति का आनंदपर्व कैसे बनीं, वे हमारे जीवन को कैसे माँजती हैं? टूटते रिश्तों के इस दौर में माँ-

पिता और चाची पर लिखी टिप्पणी शायद हमें आज के युग में पारिवारिक रिश्तों को समझने में मदद करें। आधुनिकता की भेंट चढ़ी गौरया, परिवार में पालतू का बढ़ता दबदबा, गायब होते उल्लू भी हमारे सोच के दायरे में रहे हैं। बढ़ती उम्र की लाचारी पर सफेद बालों का दबाव और बुढ़ापे की तृष्णा 'हिरिस' पर नए ढंग से विचार हुआ है। राजनैतिक हालात का खुलासा करते 'तोता होता' और 'मामा पुराण' भी आपके सामने है। मित्रों की पोल खोलती एक 'फैंटेसी' 'तमाशा मेरे आगे' आधुनिक होते समाज पर चोट है। गुरुवर प्रभाष जोशी और नामवर सिंह पर संस्मरणात्मक टिप्पणी भी है। इन संस्मरणों के जरिए हम प्रभाष जोशी और नामवर सिंह होने का मतलब समझ सकते हैं।

दुनिया भर की भाषाओं में गद्य लेखन में जो विविधता है, वह साहित्य की दूसरी विधाओं में नहीं है। क्लासिक भाषाओं में संस्कृत साहित्य इस लिहाज से बेहद समृद्ध है। मिथक रचने और उसके निर्वाह की नाना स्थितियाँ संस्कृत साहित्य को रस के उच्चतम बिंदु तक पहुँचाती हैं। एक दौर था जब लगभग सारी दुनिया में अंग्रेजी, फ्रांसीसी, स्पैनिश, पोर्तुगीज और डच लोगों का ही आधिपत्य था। राजसत्ता में होने की वजह से ही ये भाषाएँ और इनका साहित्य फैला।

अंग्रेजी साहित्य के पहले गद्यकार थे सर फ्रांसिस बेकन। उनकी शैली गजब की थी। छोटे-छोटे वाक्य। चुटीले और भेद भरे। बेहद साफगोई और गरमाहट से लैस। आज भी उनके लिखे वाक्य याद किए जाते हैं। बेकन की परंपरा में ही चार्ल्स और उनकी बहन मेरी लैंब हुए। अंग्रेजी में गद्य लेखन की यह विशद परंपरा रुडयार्ड किपलिंग, एलिस्टेयर कुक के रूप में बढ़ती गई। वहाँ लेखन की ताजगी, प्रस्तुति, तथ्य और शैली के रूप में विकसित है।

इन क्लासिकल और आधुनिक साहित्य की तुलना में हिंदी बहुत छोटी है। उसका विकास लोक बोलियों और उर्दू से हुआ है। इस भाषा में वह ताकत और ऊर्जा है, जो लोगों को जागरूक और एकजुट रखती है। बाबू बालमुकुंद गुप्त, राहुल सांकृत्यायन, कृष्ण देव प्रसाद गौड़, रुद्र काशिकेय, गणेश शंकर विद्यार्थी जैसे अनेक लोग हैं, जहाँ हिंदी का ठाठ देखा जा सकता है। हिंदी भाषा और साहित्य का विकास संघर्ष के दौरान हुआ है। यह संघर्ष पेट का, आजादी का, साक्षरता का, विकसित होते समाज की आधुनिकता का था। तब भाषा गढ़ने में अखबार भी अपनी भूमिका निभा रहे थे। अखबारों पर भी समाज-सुधार की अबोली जिम्मेदारी थी। इसलिए छोटे शहरों के पत्रकारों ने शहर की मस्ती,

संस्कृति, रीति-रिवाज और लोकभाषा से हिंदी गद्य को धार दी। पराड़करजी ने भारतेंदु के बाद भाषा में नए शब्द गढ़े। मालूम हो कि इससे पहले भारतेंदु यह काम अपनी पत्रिकाओं के जरिए कर रहे थे।

फिर दौर आया पत्र-पत्रिकाओं के जरिए गद्य को और नुकीला बनाने का। अज्ञेय, धर्मवीर भारती, रघुवीर सहाय और मनोहर श्याम जोशी ने इस धारणा को गलत ठहराया कि साहित्यकार पत्रकार नहीं हो सकता। हिंदी पत्रकारिता का आखिरी दौर भाषा के लिहाज से और चमका जब राजेंद्र माथुर और प्रभाष जोशी ने अपना लोहा मनवाया। दोनों ने अपनी गद्यशैली से साबित किया कि भाषा के विकास में समाज, लोकभाषा और संस्कृति का कितना योगदान है प्रभाषजी के सान्निध्य में रहते हुए मैंने भी खबरों को खँगाला और भाषा के स्तर पर उसे पैना करने की कारीगरी में जुटा रहा।

साहित्य और संस्कृति के जो संस्कार मुझमें हैं वो पिता मनु शर्मा से मिले हैं। समाज और राजनीति का ज्ञान गुरुवर प्रभाष जोशी से हुआ है। इन दोनों का आभार जताना खुद का आभार मानना है। इस ज्ञान को रफ्तार देने का काम हिंदी आलोचना के शलाका पुरुष नामवर सिंह ने किया। इस किताब की भूमिका लिख उन्होंने अपने स्नेह को सार्वजनिक किया है। मुद्दों पर सोचने-समझने का सिलसिला प्रो. पुष्पेश पंत के साथ चलता रहा; उनका कृतज्ञ हूँ। मित्रों का आग्रह था कि इन लेखों को विस्तार दूँ। पर मैंने इन्हें जस का तस ही रखा है। इन फुटकर लेखों को किताब बनवाने वाले हैं जनसत्ता के संपादक ओम थानवी, हर हफ्ते मुझ पर लिखने का दबाव बनाकर; और यह लालच दिखाकर कि लिखते रहिए—यह तो किताब बन रही है। प्रभातजी अगर हर इतवार तगादा न करते तो भी यह संभव नहीं था। जीवन जगत् को समझने-बूझने में रोहित सहाय, उभाय सेंगराज, अजय त्रिवेदी का भी आभार।

सिर्फ लेखन की नहीं, मेरे जीवन की अनंत आलोचक पत्नी वीणा का आभार। जो ज्यादातर लेखों की वजह है। बेटी ईशानी का भी जिसकी सलाह हर बात पर जरुरी है। बेटे पार्थ का इस कारण आभार कि इन लेखों को जोर-जोर से पढ़ वे हिंदी पढ़ना सीखते रहे। लेख वैसे ही रह जाते, अगर मित्रवर अमित प्रकाश सिंह की संपादन वाली कलम न लगती।

बहरहाल जो लिखा, पूरे होश-हवाश में लिखा, ताकि सनद रहे और वक्त जरूरत काम आए।

मकर संक्रांति-2016

क्रम

कबीरचौरा

मेरे परम स्नेही चौबेजी बार-बार कहते हैं, कबीरचौरा आपसे छूट नहीं रहा है। आप भले दिल्ली में रहते हों, पर सोच के दायरे से कबीरचौरा नहीं निकल पा रहा है। वह बुरी लत सा आपके पीछे पड़ा है। मेरे लिए यह लाख टके का सवाल है। कैसे छूटे कबीर चौरा? क्योंकि कबीरचौरा का छूटना गंगा-जमनी तहजीब का छूटना है। कबीरचौरा से हटना सांप्रदायिक सद्‌भाव के एक हजार साल पुराने इतिहास से कटना है। कबीरचौरा से पीछा छुड़ाना लुकाठी हाथ में लेकर सच कहने की 'कबीरी परंपरा' से मुँह मोड़ना है। कबीरचौरा को छोड़ना ठुमरी, दादरा, कथक और तबले की विरासत को छोड़ना है। साहित्य और संगीत की अनंत परंपरा को अँगूठा दिखाना है।

बनारस का कबीरचौरा महज एक मुहल्ला नहीं, समूची संस्कृति है। जिसकी न धर्म है और न जाति। यहाँ चार सौ साल पहले कबीर चादर बुनते-बुनते आधुनिक समाज का ताना-बाना रच गए थे। व्यवहार और विचार के सिद्धांत गढ़ गए थे। पौराणिक बनारस में नरहरिपुरा मुहल्ला हिरण्यकश्यप का विनाश करनेवाले भगवान् नृसिंह के नाम पर था। कबीर के दत्तक पिता नीरू यहीं रहते थे। सो यह स्थान कबीर की कर्मभूमि और साधना-स्थली बना। कबीर की आँखन देखी का चश्मदीद हुआ कबीर चौरा। मृत्यु के बाद यहीं उनकी समाधि बनी। कबीर मठ अस्तित्व में आया। कालांतर में यही नरहरिपुरा 'कबीरचौरा' के नाम से जाना जाने लगा। देश में 'सेक्युलरिज्म' का 'न्यूक्लियस' यानी नाभिक केंद्र बना।

मेरा बचपन इसी मुहल्ले में बीता। घर से कोई दो सौ मीटर की दूरी पर थी औघड़नाथ की तकिया। अघोरी साधुओं की धूनी। आँखें लाल-लाल किए डरावने साधु। यहीं अनहद की बानी कबीर ने सुनी थी। कबीर

हर रोज औघड़नाथ तकिया आते थे। अलग-अलग संतों के क्रियाकलाप उनकी उत्सुकता के केंद्र थे। इसी तकिया से 'बुनकर कबीर' की 'संत' कबीर बनने की प्रक्रिया शुरू हुई। यहीं उन्होंने हिंदू-मुसलमान के आडंबर को पहचाना और धर्म के पाखंड के खिलाफ शंखनाद किया। जीवन-जगत् को जाना। उन्हीं के शब्दों में 'न कछु किया न करि सका, न करने जोग शरीर। जो कछु किया सो हरि किया, भए कबीर-कबीर।' तो मित्रों यहीं कबीर हुए कबीर। कबीर यानी सबसे बड़ा। कबीर अवैध संतान थे। इसलिए समाज की सारी अवैधताओं पर उन्होंने इसी कबीरचौरा से चोट की।

कबीरचौरा भक्ति के साथ रस भी बरसाता है। पंडित कंठे महाराज से लेकर किशन महाराज और गोदई महाराज तक तबले ही समृद्ध परंपरा। गिरिजा देवी की ठुमरी हो या सितारा देवी और गोपीकृष्ण के नृत्य की ताल। हनुमान प्रसाद मिश्र की सारंगी हो या फिर पंडित राम सहाय राजन-साजन मिश्र का गायन। सबकी जड़ें इसी कबीरचौरा में हैं। यह कबीरचौरा प्रसाद, प्रेमचंद और रामचंद्र शुक्ल का है। देवकीनंदन खत्री और ठाकुर प्रसाद सिंह का। हजारीप्रसाद द्विवेदी और मनु शर्मा का तो नामवर सिंह और शिवप्रसाद सिंह का भी। मंगला गौरी मंदिर में शहनाई बजाते बिस्मिल्लाह खाँ का भी। कीनाराम, लाहिड़ी महाशय और तैलंग स्वामी का भी। कबीर ने इस समाज को जाना था, तुलसी ने माना था। इसलिए कबीरचौरा दोनों का है।

यह इतिहास से बाहर भूगोल से परे है। परंपरा को जीता और आधुनिकता को ओढ़ता-बिछाता। यहाँ न कोई व्यस्त है, न 'वर्कलोड' से ग्रस्त। कुछ करने की वासना नहीं! होने का सौंदर्य है। मस्ती ऐसी कि गंगा नहाने और जूता सिलने में यहाँ के समाज में कोई फर्क नहीं है। दुनिया को ठेंगे पर रखना इसका स्वभाव है। फक्कड़पन विशिष्टता। लिंग पूजा सांस्कृतिक विरासत है। लुकाठी हाथ में लेकर अपना घर फूँकने की तत्परता इसकी प्रकृति है। राँड़, साँड़, सीढ़ी, संन्यासी प्रतीक हैं। इसी कबीरचौरा में कबीर ने सधुक्कड़ी भाषा गढ़ी, जिसे बाद में भारतेंदु हरिश्चंद्र ने हिंदी भाषा के संस्कार दिए और तुलसी ने देवभाषा के समानांतर लोकभाषा खड़ी की।

डॉ. लोहिया ने 'सुधरो और टूटो' का नारा बीसवीं शताब्दी में दिया

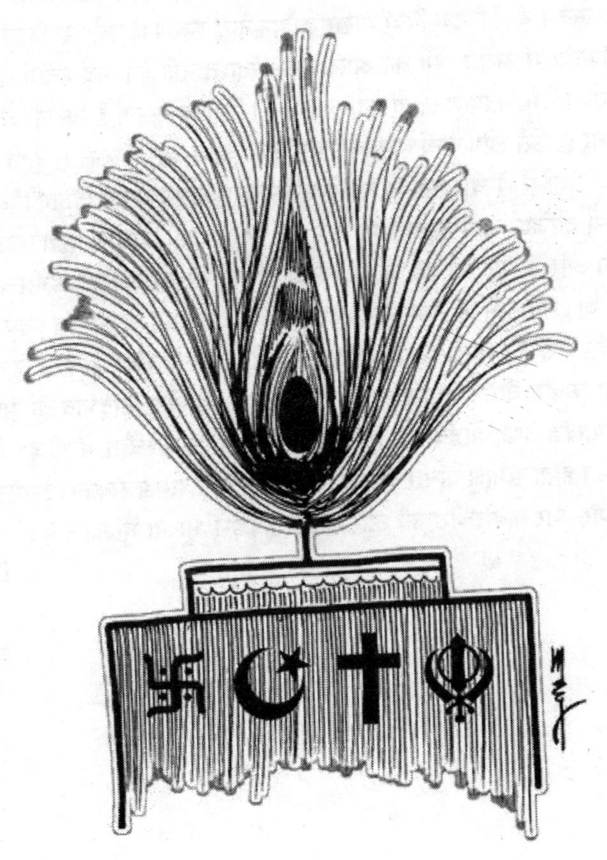

था। कबीर अपने वक्त में 'सुधरो या टूटो' की मुनादी कर रहे थे। वे सुधार चाहते थे, भले व्यवस्था टूट जाए। तब कबीरचौरा ने मोटी-मोटी पोथियों के अस्तित्व को नकारा था। किताबी ज्ञान के बरक्स सिर्फ 'ढाई आखर प्रेम' का पढ़ने की जरूरत बताई थी। जब लोकतांत्रिक समाज बना भी नहीं था। तो इस मुहल्ले ने आलोचना को सर्वोपरि माना था। कबीरचौरा का एलान था, 'निंदक नियरे राखिए आँगन कुटी छवाय।' भले इस विकसित्त लोकतंत्र में अब किसी को आलोचना बरदाश्त नहीं है। कबीरचौरा यानी कर्मकार, मेहनतकश लोगों का मुख्यालय। जिनका मानना है कि जो अपने भीतर है, उसे लोग व्यर्थ ही मंदिर, मसजिद, काबा और कैलाश में ढूँढ़ते हैं।

मार्क्स से चार शताब्दी पहले कबीरचौरा का साम्यवाद देखिए। 'साईं इतना दीजिए, जामे कुटुम समाए। मैं भी भूखा न रहूँ, साधु न भूखा जाए।' माँग और आपूर्ति पर यह फतवा मार्क्स से चार सौ साल पहले कबीरचौरा का था। माँगने में भी साम्यवाद। अस्तेय और अपरिग्रह का समाज। तब से कबीरचौरा को समझने की कोशिश जारी है। जिसकी जैसी समझ, उसका वैसा कबीर चौरा। समाजवाद, धर्मनिरपेक्षता, समानता, सद्भाव के साथ ही पाखंड तथा आडंबर के खिलाफ बीज तत्त्व कबीरचौरा में मौजूद है। कुंठित होता समाज कबीरचौरा के यथार्थ को नहीं समझ सकता। इसलिए मैं बार-बार कबीरचौरा की ओर लौटता हूँ। इसे भूलना मुश्किल है।

□

केसन असि करी

आजकल मैं खासा परेशान हूँ। मेरी मुसीबत की नई वजह मेरे सफेद बाल हैं। बीच उम्र में ही ये सफेद बाल मेरी दुर्दशा करा रहे हैं। मैं जिन मित्र के साथ सुबह टहलने जाता हूँ, उनके बाल पूरे काले हैं। दो-तीन दिन मैं टहलने नहीं जा पाया। पार्क में मिलनेवाली एक महिला ने उन मित्र से पूछा, "आजकल पिताजी नहीं आ रहे हैं।" यह सुनकर मुझे झटका लगा। बेवक्त की सफेदी ने मेरी दुकान बंद करा दी। अब मुझे मध्यकालीन कवि केशवदास की पीड़ा समझ में आ रही है। ऐसे ही हादसे का शिकार होकर उन्होंने लिखा—"केशव केसन असि करी जस अरिहु न कराय। चंद्रवदन मृगलोचनी बाबा कहि-कहि जाए।"

मेरे बाल धूप में सफेद नहीं हुए हैं। कुछ उम्र का असर और कुछ आनुवंशिकता से यह विरासत मिली। इन बालों का कालापन बना रहे, इसके लिए मैंने यह तमाम नुस्खे आजमाए। पर बाल हैं कि मानते नहीं। किसी ने मुझसे कहा नाखून रगड़िए, कुछ की राय थी कि शीर्षासन कीजिए तो बाल काले रहेंगे। मैंने एक रोज शीर्षासन की भी कोशिश की। काफी मशक्कत के बाद सिर के बल खड़ा हो पाया। घर में मेरे कुत्ते को लगा कि मेरा दिमाग कुछ गड़बड़ा गया। उसने पूरे घर में बवाल मचा दिया। मुझे काटने को दौड़ा। तबसे मैंने यह कसरत बंद कर दी। नाखून रगड़ना शुरू किया तो कई उँगलियों के नाखून ही उखड़ गए।

अगर बाबा रामदेव यदि पहले हुए होते, तो आचार्य हजारी प्रसाद द्विवेदी अपना प्रसिद्ध निबंध 'नाखून क्यों बढ़ते हैं' नहीं लिख पाते। बाल काले करने के लिए बाबा ने समूचे राष्ट्र से जो नाखून रगड़वाए, उसमें कइयों के नाखून ही उखड़ गए। वे अब बढ़ते ही नहीं। तब आचार्य द्विवेदी

लिखते क्या? मुझे रोज पार्कों में पागलपन की हद तक लोग नाखून रगड़ते मिलते हैं। यह सही है कि नाखून के नीचे जो ग्रंथियाँ और नसें हैं, उनका संबंध बालों से है। इसलिए नाखून रगड़कर बाल काला करने का चौतरफा उन्माद आजकल समाज में है। सुबह जिन पार्कों से गुजरता हूँ। वहाँ नाखून रगड़ने में लगे लोगों की एकाग्रता देख, मुझे समझ में आ गया कि इस देश में गणेशजी क्यों दूध पीते हैं।

बालों में सफेदी इस बात की सूचना है कि अब आप अपनी दुकान समेटिए। आपके समाचार समाप्त हो रहे हैं। आप राम भजन में लगें। लेकिन मैं क्या करूँ, कुदरत की यह खबर मेरे पास उम्र के पच्चीसवें बरस में ही आ गई थी, जबकि इन बालों की सेवा में मैंने कुछ उठा नहीं रखा। सालों इन्हें सिर पर ढोता रहा। मेरी खोपड़ी में अगर कुछ था तो उसे इन बालों ने खूब चूसा। हजारों शीशी तेल पी गए। कई देशों के महँगे शैंपू लगाए। फिर भी धोखा। मेरे एक चचा थे, उन्होंने सफेद बाल उखड़वाने के लिए बाकायदा एक आदमी रखा था। मैं अगर यह करूँ तो गंजा हो जाऊँगा। मुझे इस बात से संतोष है कि भारत की संसद के उच्च सदन राज्यसभा के 76 प्रतिशत लोगों के बाल सफेद हैं। शायद वे धूप में नहीं पके हैं।

पर जवानी क्या सिर्फ काले बालों का नाम है? ऋषि ययाति हों या च्यवन, नारायण दत्त तिवारी हों या वी.एस. येदियुरप्पा या फिर कल्याण सिंह, इन लोगों ने इस तथ्य को नकार दिया है। दूसरी तरफ काले बालों वाले भी जीवन से लाचार, बुद्धि से पैदल और शरीर से अशक्त दिखाई पड़ते हैं। यह पुरानी बात है जब काला बाल यौवन का और सफेद बाल बुढ़ापे का चिह्न माना जाता था। कुछ के बाल सफेद हो जाते हैं पर, दिल काला ही रहता है।

रामकथा गवाह है कि सिर्फ एक सफेद बाल ने इतिहास की धारा बदल दी। एक रोज राजा दशरथ को कान के पास एक बाल सफेद दिखा था। दशरथ ने राजपाट छोड़ने का एलान कर दिया। राम और भरत की किस्मत बदल गई। लक्ष्मण जरूर गेहूँ के साथ घुन की तरह पिसे। तुलसीदास लिखते हैं—'श्रवण समीप भये सित केसा।' पर अब यह सुनने समझने को कौन तैयार है। कुछ लौह पुरुष तो उम्र के पचासीवें साल में भी सत्ता की दौड़ में बने रहने को व्याकुल हैं।

जीवन की सच्चाई नकार चिर युवा बने रहने की ललक बड़ी दुर्दशा कराती है। मेरे एक मित्र हैं। एक बार घर लौट जाएँ तो आप उनसे दुबारा मिल नहीं सकते। वे अपने को 'डिसमेंटल' कर लेते हैं। सफेद बालों को छुपानेवाला 'विग' उतार खूँटी पर टाँगते हैं। नकली दाँत निकालकर डिब्बे में रखते हैं। आँखों से लेंस उतारते हैं। कान से मशीन निकालते हैं। पर क्या मजाल कि वे बुढ़ापे की आहट सुनने को तैयार हों। उनकी पत्नी भी शनिवार को बूढ़ी दिखती हैं। लेकिन सोमवार को जवान हो जाती हैं। इतवार उनकी रंगाई-पुताई का दिन होता है।

अपने यहाँ सफेद बालों का बाजार चाहे जितना खराब हो, पर पश्चिम में 'ग्रे हेयर' की बड़ी प्रतिष्ठा है। इसे परिपक्वता की निशानी मानते हैं। हालाँकि हमारे समाज में सिर्फ पके बालों को ज्ञान की गारंटी नहीं माना जाता। कबीर भी कहते हैं—'सिर के केस उज्जल भये, अबहूँ निपट अजान'। मनुस्मृति में मनु मानते हैं—'न तेन वृद्धो भवति वेनास्य पलितं शिर'। सिर्फ बाल सफेद हो जाने से कोई ज्ञानी नहीं हो जाता। पत्रकारिता में 'ग्रे हेयर' के फायदे हैं। आजकल कुछ आधुनिकाएँ जरूर इसे 'सॉल्ट ऐंड पेपर स्टाइल' कहती हैं। 'ग्रे हेयर' नया आकर्षण है। 'सॉल्ट ऐंड पेपर' फिर से चलन में आ रहा है। मैं इसी उम्मीद में जी रहा हूँ, अपने सफेद बालों के साथ।

□

दुष्टता

दुष्टता आजकल राजधर्म है और दुष्ट सर्वव्यापी। दुष्टजन सज्जनों को हमेशा से सताते आए हैं। सच पूछिए तो जमाना हमेशा दुष्टों का ही रहा है। वे निराकार ब्रह्म की तरह हर कहीं मौजूद रहते हैं। शायद इसीलिए रामचरित का बखान करने से पहले तुलसीदास को भी खलवंदना करनी पड़ी। सूरदास ने भी खल के अस्तित्व को स्वीकार करते कहा, 'मो सम कौन कुटिल खल कामी।' पूजा पद्धति में भी दुष्ट ग्रहों शनि-राहु-केतु—को पहले पूजते हैं, ताकि वे तंग न करें। दुष्ट हर देशकाल, जाति, वर्ण, लिंग में पाए जाते हैं। 'पर-संतापी' और 'विघ्न संतोषी' दुष्टों को दूसरों के दुःख से खुशी होती है। लेकिन दुष्टों से मुक्त भी कैसे हो सकते हैं, क्योंकि घोर दुष्टता ही सज्जनता को परिभाषित करती है, यानी दुष्टता कसौटी है सज्जनता की। ठीक उसी तरह जैसे अँधेरे के बिना रोशनी का क्या महत्त्व?

सबके अपने-अपने दुष्ट हैं। मनमोहन सिंह खुद के खिलाफ नाकारा प्रधानमंत्री होने का आरोप लगानेवालों को दुष्ट मानते हैं। कांग्रेस इस बात से परेशान है कि कुछ दुष्ट परम पवित्र गांधी परिवार पर हमला कर रहे हैं। नितिन गडकरी की परेशानी है कि उनके दूसरे कार्यकाल से दुःखी कुछ पर-संतापी उनकी ही पार्टी के हैं, जो उनके खिलाफ कालिख अभियान में लगे हैं।

दुष्टता एक मनोविकार है जो लोभ, मोह और क्रोध के संयोग से बनता है। यह मनोविकार लोगों को तंग होता, परेशान-हाल, आपस में लड़ते हुए देखना चाहता है। अगर दो लोगों में लड़ाई न हो रही हो तो भी ये दुष्ट कुत्तों, मुर्गों और साँड़ों की लड़ाई में ही आनंदित होते हैं। सड़क

पर पड़े पत्थर पर ठोकर मारना हो या किसी के घर की घंटी बजाकर भागना, किसी जानवर की पूँछ खींचना हो या चलते-चलते लात चला देना यह दुष्टों की पहचान की सामान्य प्रवृत्ति है।

कहते हैं, सभ्यता के मूल में भी एक दुष्ट था, जिसने हव्वा को फल खाने की प्रेरणा दी। जिस कारण उन्हें आदम के साथ मेसोपोटामिया के नंदन वन से निकाला गया। ईसाई, यहूदी, मुसलमान सभी सृष्टि के निर्माण में शैतान के महत्त्व को स्वीकार करते हैं। अब अगर सृष्टि-निर्माण के मूल में दुष्टता है तो दुष्टों के महत्त्व को तो मानना ही पड़ेगा। हर युग में 'खलों' की निर्णायक भूमिका रही है। ईसा को धोखे से पकड़वाकर सूली पर चढ़वाने वाला दुष्ट जूडास ही था। रामकथा से कैकेयी और मंथरा की दुष्टई निकाल दीजिए तो कहानी खत्म हो जाएगी। बुद्ध का दुष्ट भाई देवदत्त न होता तो दुनिया को यह पता ही नहीं चलता कि मारनेवाले से बचानेवाला बड़ा होता है। एक दुष्ट धोबी के आरोप से राम ने निरपराध सीता को जनहित में घर से निकाला था। कृष्ण के ईश्वरत्व और उनकी महानता का बोध हमें न होता, अगर कंस, शिशुपाल और जरासंध उनके जीवन में न आए होते। शकुनि न होता तो कौरवों का अंत कैसे होता। चंद्रशेखर आजाद को इलाहाबाद के 'आल्फ्रेड पार्क' में फिरंगियों से पकड़वानेवाला उनका एक दुष्ट साथी ही था।

दुष्ट पंडितों ने विद्योत्तमा का विवाह मूर्ख कालिदास से करा दिया। वह भी विदुषी विद्योत्तमा को नीचा दिखाने के लिए। मेरे विवाह से पहले कुछ दुष्टों ने यह खबर फैला दी कि मैं शराबी और जुआरी हूँ, ताकि विवाह में विघ्न पड़े। ससुरालवालों ने पड़ताल भी कराई। बाद में उन्हें पता चला कि में दोयम दरजे का ब्राह्मण हूँ। अब अगर संसार प्रभु की लीला है तो दुष्ट और दुष्टता भी उसी के बनाए हुए हैं। चाणक्य कहते हैं कि दुष्ट धरती पर नीम के वृक्ष हैं, जिन्हें दूध या घी से सींचें तो भी उनमें मिठास नहीं आएगी। आजकल कोई भी टी.वी. सीरियल बिना दुष्ट महिलाओं के नहीं बनता, जिसका असर आप अपने घरों में भी देख सकते हैं।

नीच, अधम, पातकी और पापी ये सभी दुष्टों के प्रकार हैं। संस्कृत से चलकर दुष्ट की छाया फारसी पर भी बरास्ता अवेस्ता पड़ी। फारसी में इन्हें 'दुश्त' कहते हैं। फारसी के ही बदमाश का 'बड' अंग्रेजी के 'बैड' से सीधा रिश्ता जोड़ता है। यजुर्वेद में दुष्टों से दूर रखने की बाकायदा

प्रार्थना है। अथर्ववेद में कौए जैसी प्रकृतिवाले दुष्टों को आस्तीन का साँप कहा गया है। निंदा रस दुष्टों को बड़ा स्वादिष्ट लगता है। पर-निंदा में उन्हें बड़ी संतुष्टि मिलती है। पर-निंदा इन्हें ऊर्जा देती है। उनका खून साफ करती है, खाना पचाती है, उनकी कमजोरी का शर्तिया इलाज है। हालाँकि कबीर के निंदक दुष्ट नहीं आलोचक हैं। इसलिए उन्होंने निंदक को पास रखने की सलाह भी दी।

दुष्टों के कई राजनीतिक संस्करण भी मिलते हैं। यहाँ कनफुकवा बिरादरी है, जो सिर्फ कान में फूँककर अपना उल्लू सीधा करती है। कान में फूँक मारने वाला यह संप्रदाय सत्ता के केंद्रों में आज भी बड़ा ताकतवर है। इसी बिरादरी के लोग ज्यादातर बड़े नेताओं के राजनैतिक सचिव से लेकर ओ.एस.डी. तक होते हैं। इनकी खूबी है सबको पीछे ढकेल ऊपर पहुँचना। यह संप्रदाय दुष्टता का नया अवतार है।

हमारे पास तापमापी यंत्र है, वर्षामापी यंत्र है, शुष्कतामापी यंत्र है, आर्द्रतामापी यंत्र है, मगर दुष्टतामापी यंत्र नहीं है। बढ़ती दुष्टता को कंट्रोल करने के लिए अगर दुष्टतामापी यंत्र हो तो दुष्टों पर नजर रखना आसान होगा।

भगवान् कृष्ण ने गीता में बार-बार कहा कि वे दुष्टों के अंत के लिए कलयुग में जन्म लेंगे। हर साल जन्माष्टमी आती है, और चली जाती है, लेकिन कृष्ण जन्म नहीं लेते। शायद वे यह समझ गए हैं कि दुष्टता का अंत संभव नहीं। दुनिया से दुष्ट खत्म हो जाएँगे तो संतों को पूछेगा कौन! इसलिए मैं दुष्टों के अस्तित्व को स्वीकार कर उन्हें प्रणाम करता हूँ। क्योंकि दुष्टों से दोस्ती और दुश्मनी दोनों मुसीबत में डालनेवाली हैं।

□

महिमा मालिश की

भोगा हुआ यथार्थ। यह यथार्थ की सबसे भरोसेमंद स्थिति है। सुने हुए और देखे हुए यथार्थ से भी ज्यादा। हर यथार्थ को जानने के लिए उसे भोगना जरूरी नहीं है। कभी-कभी यह भारी मुसीबत में डालनेवाला होता है। यह भी सही है, अगर भोगेंगे नहीं तो आपकी जानकारी 'फर्स्ट हैंड' नहीं होगी। मसलन, मैं पिछले कुछ सालों में दुनिया के जिस देश में भी गया, वहाँ 'मसाज' यानी मालिश के बड़े-बड़े बोर्ड देखे। उसके भीतर क्या है, यह जानने की जिज्ञासा हमेशा बनी रही। इधर अपने देश में भी 'मसाज' एकदम से चलन में आ गया। मेरे मुहल्ले में कई मसाज सेंटर खुल गए हैं। कोई आयुर्वेद के जरिए यह काम कर रहा है, तो कोई दावा करता है केरल के परंपरागत मसाज का। इस मसाज के यथार्थ को जानने के लिए एक रोज मैं सबसे सुरक्षित यानी केरलवाले मसाज केंद्र में चला गया। जो हुआ उससे इस नतीजे पर पहुँचा, कि हर यथार्थ को जानने के लिए उसे भोगना ठीक नहीं है।

मेरी याद में घोड़ों को दौड़ाने से पहले, मल्लयुद्ध के दौरान पहलवानों की, स्त्रियों की प्रसव के बाद और नवजात के जन्म लेने के कुछ रोज बाद मालिश का रिवाज था। बाद में इस मालिश का आनंद तत्त्व प्रभुवर्ग से जुड़ा और बीमारी ठीक करनेवाला तत्त्व फिजियोथैरेपी से। बोलचाल की भाषा में तेल लगाना चापलूसी का दूसरा नाम माना जाता है। सिर पर चंपी करनेवालों को चंपू कहा गया। राजनीति में आज चंपुओं का बड़ा बोलबाला है।

मालिश का जन्मदाता देश चीन है। चीन में जो लोग मालिश करते हैं, उनका आदर-सम्मान डॉक्टरों से कम नहीं है। जापान ने चीन से यह विद्या सीखी। मुक्का मारने से लेकर चिकोटी काटने तक को इस विद्या से

जोड़ा गया। कालांतर में यूनान, रोम, तुर्की, मिस्र और फारस जैसे देशों में यह कला और विकसित हुई। तुर्की के लोग स्नान से पहले अपने शरीर की मालिश करते थे। अफ्रीका में विवाह के एक महीने पहले से ही वर-वधू की रोज मालिश की प्रथा है। उनका मानना है कि इससे यौवन फूटता है, जो शायद सच भी है। अपने यहाँ विवाह से पहले हल्दी की जो रस्म है, वह एक तरह की मालिश ही है।

मालिश की महिमा तो निराली है ही, इतिहास और भी अद्‍भुत। ईसा से पाँच सौ साल पहले जिम्नास्टिक का आविष्कार करनेवाले क्वहीरोडिक्स अपने रोगियों को मालिश का सुझाव देते थे। यूनानी साहित्य, मूर्तियों और चित्रों को देखकर आसानी से अनुमान लगाया जा सकता है कि वह समाज किस तरह की मालिश का शौकीन रहा होगा। 'मसाज' अरबी शब्द 'मास' से बना है, जिसका अर्थ मांसपेशियों को हाथ से दबाने और जोड़ों की मालिश करने की कला है। इंग्लैंड में मालिश 'मेडिकल रबिंग' के नाम से जानी जाती है। 'स्वीडिश मसाज', 'अरोमा थैरेपी मसाज', 'हॉट स्टोन मसाज', 'थाई मसाज', 'बेसिक मसाज' और 'कैराली मसाज' आजकल चलन में हैं। थाई मसाज का तो दुनिया में डंका है। इन दिनों परंपरागत थाई मसाज को चलन से बाहर कर वहाँ मसाज के नाम पर दूसरे धंधे चल निकले हैं। इससे 'थाई मसाज' कलंकित हुआ है।

केरल अपनी नैसर्गिक सुंदरता और हरियाली के अलावा 'कैराली मसाज' के लिए जाना जाता है। यहाँ इस कला को आयुर्वेद की दो हजार साल पुरानी चिकित्सा पद्धति से जोड़ा गया है। केरलीय आयुर्वेद का प्रामाणिक ग्रंथ वाग्भट का 'अष्टांगसंग्रहम्' है। वाग्भट ने कई मुद्दों पर चरक का अनुसरण किया है। 'कैराली' आयुर्वेद और परंपरागत मसाज का 'फ्यूजन' है। कौतुकवश मैं भी इस पद्धति के 'फुल बॉडी मसाज' और 'शिरोधारा' का यथार्थ जानने पहुँचा। इस पद्धति में छत पर लटकती रस्सी को पकड़कर एक लय में आपके शरीर को पैरों से रौंदा जाता है। रौंदने वाले की निपुणता इतनी कि बदन पर ऊपर-नीचे जाते उसके दोनों पैरों में एक सेकेंड का भी फर्क नहीं पड़ता। शरीर के पोर-पोर से मानो तेल भीतर रिसता है। फिर खासतौर पर तैयार एक औषधीय पोटली को तेल में गरम करते हैं। उसी पोटली से पूरे शरीर पर मालिश की जाती है।

शिरोधारा में तीन लीटर तेल सिर पर बूँद-बूँद टपकाते हैं। एक

निरंतरता में। मानते हैं कि ललाट से कपाट तक बहते इस तेल से दिमाग की जड़ता पिघलती है। एक लीटर तेल से मेरे शरीर की पहले ही मालिश हो चुकी थी। सोच रहा था, चार लीटर तेल तो एक औसत परिवार का महीने भर का खर्च होगा। जो यहाँ इस नश्वर शरीर पर जाया हो रहा है। इसके बाद मुझे एक काठ के बक्से में बिठाकर बंद कर दिया गया। सिर्फ मेरी गरदन बाहर निकली थी। बक्शे के भीतर एक पाइप थी, जिसका दूसरा सिरा पास रखे प्रेशर कुकर की सीटीवाले सिरे से बँधा था। कुकर गैस के चूल्हे पर रखा था। इससे पैदा होनेवाली स्टीम पाइप के जरिए काठ के बक्से में आ रही थी। यह मेरा 'स्टीम बाथ' था।

अब मुद्दे पर आता हूँ। मसाज से पहले मुझे एक कागज या शायद फाइबर की लँगोटनुमा चीज पहनने को दी गई। जिसे पहनना किसी के लिए भी मुश्किल होता। बनारस में मेरे मुहल्ले के कल्लू पहलवान सार्वजनिक नल पर ही लँगोट बाँधते थे, वह कला मैं जानता था, इसलिए यह मेरे लिए आसान हो गया। उसे मैंने जैसे-तैसे बाँधा। लेकिन मालिश के हर मोड़ पर उसके फट जाने का डर प्रतिपल बना रहा। भाई लोग मेरी मालिश कर रहे थे और मैं लँगोट के फट जाने के डर से भयाक्रांत था। लगा कि जैसे अब मर्यादा गई, तब गई, पर बच गया। पूरा वक्त लँगोट के आकार की बची इज्जत बचाने के तनाव और डर में बीता। मसाज के आनंद की अनुभूति को कौन कहे! यह खतरा मैंने सहज जिज्ञासावश ले लिया था कि देखूँ इस मसाज में आखिर होता क्या है? मुझे सीख मिल गई—हर यथार्थ को जानने के लिए उसे भोगना ठीक नहीं है। फिर संकल्प लिया, अब इस रास्ते नहीं जाना। भोगा हुआ यथार्थ गया तेल लेने

□

हाशिये का पंछी

अखबार में एक तसवीर छपी है। संसद् के गलियारे में उल्लुओं ने अपना डेरा जमा लिया है। यानी संसद् के भीतर क्या हो रहा है, इस पर अब उल्लुओं की भी पैनी नजर है। अजब हैं उल्लू। रहते हैं सदन के गलियारों में और प्रभाव छोड़ रहे हैं भीतर। यह बात दीगर है कि सदन के भीतर सभी दल अपना-अपना उल्लू सीधा कर रहे हैं। जबकि पूरे देश में उल्लुओं के अस्तित्व पर संकट है। शायद इसीलिए उल्लुओं ने संसद की सुध ली। यह जानते हुए कि 'बर्बादे गुलिस्ताँ' करने को बस एक ही उल्लू काफी है।

हमारे आसपास उल्लूपन का विस्तार भले ही तेजी से हो रहा हो। पर बेचारा उल्लू विलुप्ति की ओर है। तंत्र-मंत्र और अंधविश्वास ने इस खूबसूरत और बिंदास पक्षी को ग्रस लिया है। उल्लू गजब का प्राणी है। धीर, गंभीर दार्शनिक और वीतरागी। न ऊधो का लेना, न माधो का देना।

उल्लू को हमारे देश में भले ही मूर्खता का प्रतीक माना जाए, पर पश्चिम में वह ज्ञान और बुद्धि की मिसाल है। पश्चिमी दर्शन में उल्लू ज्ञान की देवी का वाहन है तो हमारी परंपरा में यह लक्ष्मी का वाहन है, इसीलिए इतना तो तय है कि धन कमाने की कला उल्लू जरूर जानता होगा। रात के अँधेरे में वह प्रकाश फैलाता है। घुप्प अंधकार में जब कुछ नहीं सूझता तो वह रास्ता दिखलाता है। किसानों का दोस्त है। चूहे और खेती को नुकसान पहुँचानेवाले कीड़ों का खात्मा करता है। फसल को बचाता है। बड़े काम की चीज है यह उल्लू।

बचपन में घर के पास नीम के पेड़ के नीचे पकौड़ी बेचनेवाली एक बुढ़िया रहती थी। बच्चे उसे प्यार से नानी कहते थे। इसी नीम के कोटर

में उल्लुओं का एक जोड़ा रहता था। पकौड़ी खरीदनेवालों की उत्सुकता उल्लुओं में ज्यादा होती थी। जब तक पकौड़ी बनती थी, हम उल्लुओं से खेलते थे। कभी-कभी हम उन्हें छू भी लेते थे। वे बिना किसी प्रतिक्रिया के दार्शनिक अंदाज में हमें देखते रहते थे। उस वक्त हमें पता नहीं होता था कि बेचारे हमें देख नहीं पा रहे हैं। कुछ रोज बाद एक उल्लू गायब हो गया। बाद में दूसरा उल्लू भी गायब हुआ। हम कई दिनों तक उन्हें ढूँढ़ते रहे। बाद में पकौड़ीवाली बुढ़िया ने जो बताया, उसे सुनकर हमारे होश उड़ गए। बुढ़िया के मुताबिक दीवाली की रात एक तांत्रिक ने दोनों उल्लूओं की बलि दे दी। उसकी आँख, दाँत और पाँव का इस्तेमाल लक्ष्मी की सिद्धि के लिए किया। यह जानकर हम बहुत उदास हुए। जिस उल्लू से पहली बार अपना संवाद बना था, वह तंत्र-मंत्र की भेंट चढ़ गया। हमने नीम के पेड़ के नीचे जाना बंद कर दिया।

उल्लू आज भी तांत्रिकों के शिकार हो रहे हैं। वशीकरण के लिए उनकी बलि ली जा रही है। भ्रम है कि उल्लू के साथ तांत्रिक अनुष्ठान करने से लक्ष्मी आती है। दुश्मन को ठिकाने लगाने के लिए तांत्रिक श्मशान में उल्लू की बलि देते हैं। इस तर्क के साथ कि उल्लू की आँखों से प्रेमिका वश में आएगी। उसकी हड्डी से पैसा आएगा। पंजे से रोग दूर होंगे। दीपावली की रात कुछ तांत्रिक मंत्र सिद्धि के लिए उल्लू के रक्त से स्नान भी करते हैं। ये ऐसे अंधविश्वास हैं, जिनसे उल्लू के पारिवारिक जीवन पर खतरा बन आया। वे नष्ट हो रहे हैं।

अजीब है कि जहाँ हमारे समाज में उल्लूपन की प्रतिष्ठा है, वहीं उसका आईना कहे जानेवाले साहित्य में उल्लू के साथ कहीं न्याय नहीं हुआ। साहित्य में उल्लू को हाशिए पर रखा गया है। कवि कहता है, ''मैं कैसे मानूँ बरसते नैनों कि तुमने देखा है, पी को आते/ न काग बोले, न मोर नाचे, न कूकी कोयल, न चटखी कलियाँ।'' यानी कवियों ने मोर, कोयल यहाँ तक कि कौवे को भी तार दिया, लेकिन उल्लू बेचारा साहित्य में जगह बनाने के लिहाज से अभागा ही रहा। उसे किसी लायक नहीं समझा गया है। मूर्ख, मूढ़, जड़मति और बुद्धिहीन होने के अपमान के साथ वह जीता रहा।

हमारे यहाँ वैशेषिक दर्शन के एक आचार्य हुए हैं उलूक। उनके दर्शन को औलुक्य दर्शन भी कहते हैं। यह दर्शन न्याय दर्शन का जुड़वाँ

भाई है। संस्कृत कोश के मुताबिक इंद्र का एक नाम उलूक भी है। उल्लू रात के वक्त सक्रिय रहता है। इंद्र के भी रात के किस्से मशहूर हैं। देशी परंपरा उल्लू को अमंगल मानती है। ऋग्वेद के मुताबिक उल्लू और कबूतर मृत्यु के दूत हैं। उल्लू का रात में बोलना अशुभ माना जाता हैं, दुनिया भर में उल्लुओं की 32 प्रजातियाँ हैं। इनमें सबसे ज्यादा बुद्धिमान् उल्लू को चुगधु घुग्घु कहते हैं। उल्लू के कई दूसरे नाम भी हैं--निशाचर, वज्रधर, कुचकुचवा, पेचकी, घर्घर, काकभीरु, कौशिक, दिवांध, निशिचर, मघवा और शक्र।

लक्ष्मी को भी उल्लू पसंद आने की खास वजह शायद उसका उल्लू होना ही है। ‘‘उल्लू जितने भी मिलें/झुककर करो प्रणाम/उलटे-सीधे वक्त में उल्लू आते काम/उल्लू आते काम साथ लक्ष्मी को लाएँ/क्या जाने किस रूप में फिर उल्लू मिल जाएँ।’’

लेकिन हम तो ठहरे काठ के उल्लू। गृहलक्ष्मी को काठ का उल्लू पसंद है। जो उनकी उँगली के इशारे पर नाचता फिरे। गृहलक्ष्मी यह भी चाहती है कि उनका उल्लू सिर्फ उनके लिए उल्लू हो। बाकी संसार के लिए नहीं। शायद इसीलिए सिर्फ सुननेवाले और जवाब न देनेवाले उल्लुओं की बाजार में ज्यादा माँग है। अगर किसी को काठ का उल्लू कहें तो गाली मानी जाती है। उल्लू का पट्ठा कहें तो बवाल मचता है। पट्ठा शब्द जवान के लिए प्रयोग में आता है। पर उल्लू का पट्ठा वल्दियत बदल देता है। कुछ उल्लू बने होते हैं। कुछ बनाने पड़ते हैं। देखा आपने, जनता को उल्लू बना सरकार किस तरह घोटाले-पर-घोटाले कर रही है और आवाम उल्लू की तरह आँख फाड़े तमाशबीन बनी है। उल्लू बनना तो जनता जनार्दन की किस्मत में ही लिखा है।

□

पालतू के सुख

फैज-अहमद-फैज की एक नज्म है कुत्ते—'ये गलियों के आवारा बेकार कुत्ते कि बख्शा गया जिनको जौक-ए-गदाई, जमाने की फटकार सरमाया इनका, जहाँ भर की दुत्कार इनकी कमाई।' फैज इस नज्म में कुत्तों को माध्यम बनाकर मजलूम इनसान की बात कह गए हैं या यूँ कहिए कि सर्वहारा कुत्तों का दर्द बयाँ कर गए हैं। पर मैं जिसकी बात कर रहा हूँ, वह सर्वहारा नहीं है, न ही वह कुत्ता सब तरफ से हारा है। ये वे कुत्ते हैं, जो चकाचक हैं, जिनकी आम आदमी से ज्यादा ऐश है।

सुबह टहलने जाता हूँ तो एक अबूझ पहेली मेरे पीछे पड़ी रहती है। हम कुत्ता शब्द को गाली के तौर पर क्यों इस्तेमाल करते हैं। उसकी तो बड़ी प्रतिष्ठा है। रोब है। वर्गीय चरित्र में वह मुझसे ऊपर दिखता है। मेरा बचपन मुहल्ले के सर्वहारा कुत्तों के साथ बीता। बनारस के मुहल्ले से नोएडा की कॉलोनी में पहुँचा तो बुर्जुआ कुत्तों से मेलजोल बढ़ा। यह फर्क मुहल्ले और कॉलोनी का था। कुत्तों की एकदम बदली दुनिया देखी। सुबह जिस रास्ते मैं टहलने निकलता हूँ, उनमें कुत्तों के ढेर सारे क्लीनिक हैं। जहाँ सिर्फ पप्पीज का इलाज होता है। लंबी विदेशी और लाल नीली बत्तियोंवाली सरकारी गाड़ी में इलाज के लिए 'बुर्जुआ कुत्ते' आते हैं। रोब से उतरते हैं। साथ में सेवादार रहते हैं, और उनके साथ होती हैं बड़े पर्सवाली मेम।

इन क्लीनिक में सिर्फ इलाज और निरोग रहने के टीके ही नहीं मिलते, कुत्तों के ब्रांडेड विदेशी भोजन, डिजाइनर कपड़े, महँगी एक्सेसरीज, पार्लर में बनाव-शृंगार, उनके बाल रँगने की व्यवस्था, महँगे बिस्तर सब मिलते हैं। उनके लिए वे सारे इंतजाम हैं, जो कुछ साल पहले तक

मध्यवर्गीय परिवार के सपने हुआ करते थे, वक्त की बात है इस 'इंडिया' में इन सुविधाओं का मजा कुत्ते ले रहे हैं। खबर है कि ब्रिटेन में कुत्तों के लिए एक फाइव स्टार होटल खुला है। वजनदार कुत्तों के लिए इसमें लिफ्ट बनाई गई है। जापान में मनुष्यों की जन्मदर घटी है, पर कुत्तों की बढ़ी है। हो सकता है, आनेवाले कुछ दिनों में जापान कुत्ते-बिल्लियों का 'सुपरपॉवर' बन जाए।

मेरे घर में भी दो कुत्ते हैं। एक 'डैसहाउंड' और दूसरा 'पग'। 'डैसहाउंड' की नस्ल को हिटलर ने तैयार किया था और पग तो एक दूरसंचार सेवा का 'ब्राण्ड अंबेसडर' है। इन दोनों कुत्तों का मेरे घर में खूब जलवा है। इनके भोजन और सुख-सुविधाओं का ध्यान मुझसे ज्यादा रखा जाता है। इस जलन में मेरा मन भी कभी-कभी कुत्ता बनने का करने लगता है। मेरी अंग्रेजनुमा पड़ोसन ने एक रोज मुझसे पूछा, आपके यहाँ कितने कुत्ते हैं। मैंने कहा, मुझे मिलाकर तीन। उन्हें कोई आश्चर्य नहीं हुआ। ये मोहतरमा रोज अंडे, दलिया, विदेशी बिस्किट और सूखी ब्रेड कुत्तों को बड़े चाव से खिलाती हैं। पर क्या मजाल कि साथ रहनेवाले नौकर के बच्चे उनसे ब्रेड का एक टुकड़ा ले लें। अजीब दौर है। कुत्तों का तो सम्मान बढ़ रहा है, लेकिन आदमी की मर्यादा घट रही है। मेरी कॉलोनी में ज्यादातर नवधनाढ्य हैं। उनकी पत्नियाँ कुत्तों को खुद टहलाती हैं, नहलाती, धुलाती हैं। उनकी सेहत का ध्यान रखती हैं, पर अपने छोटे-छोटे बच्चों की देखभाल के लिए वे आया रखती हैं।

मेरे एक मित्र हैं तिवारीजी। उन्होंने छोटे-बड़े ढेर सारे कुत्ते पाले हैं। मैं एक रोज उनके घर गया तो उनका कुत्ता भौंकने के बजाय दौड़कर अंदर भागा और जोर-जोर से आवाज कर दूध पीने लगा। मैंने पूछा, कुत्ता हमें बिना जाँचे-सूँघे कहाँ गायब हो गया। उनकी पत्नी ने बताया कि वह दिन भर दूध पीने में नखरे करता है, पर जब भी घर में कोई अतिथि आता है, तो दौड़कर दूध पी जाता है। उसे लगता है कि घर आए मेहमान कहीं उसका दूध न पी जाएँ।

भारत में कोई तीन करोड़ आवारा (सर्वहारा) कुत्ते हैं। इनके अलावा 85 नस्लों के लगभग अस्सी लाख पालतू कुत्ते हैं। एक रिपोर्ट के मुताबिक भारत में कुत्तों से जुड़े उद्योग में हर साल 22 फीसदी का इजाफा है। फिलहाल इस उद्योग का आठ सौ करोड़ का सालाना कारोबार है।

अमूमन पालतू कुत्तों के नाम विदेशी रखे जाते हैं। पहले ज्यादातर के नाम मोती होते थे। मैं इसकी वजह ढूँढ़ता रहा। कुछ रोज बाद समझ में आया कि कांग्रेस को चिढ़ाने की यह समाजवादियों की ही कारस्तानी होगी। आमिर खान ने शाहरुख खान को चिढ़ाने के लिए अपने कुत्ते का नाम शाहरुख रखा था। बाद में कबीर के जरिए समझ में आया कि पाँच सौ बरस पहले से ही कुत्ते का मोती नाम रखा जाता रहा है। कबीरदास कहते हैं 'कबिरा कूता राम का, मोतिया मेरो नाव। गले राम की जेवरी, जित खींचें तित जाऊँ॥' लेकिन इन बुर्जुआ कुत्तों को देखकर लगता है कि कबीर की यह कहावत उलट गई है।

दृष्टि बदल गई है। कुत्ते अब कुत्ते नहीं लगते। उनके भीतर से कुत्तेपन या कुत्तई का भाव जाता रहा। इनमें भी एक नया आभिजात्य वर्ग उभर रहा है। हमारी परंपरा में भैरव का वाहन कुत्ता है। सबसे ज्यादा वफादार। मैं कैलास मानसरोवर के आगे उस यम द्वार तक होकर आया हूँ, जिसके बाद युधिष्ठिर का साथ सिर्फ उनके कुत्ते 'धर्म' ने निभाया था। इकलौता जानवर जो चाँद से लेकर स्वर्ग तक आदमी का साथ निभाता है। अंतरिक्ष में भी सबसे पहले 'लाइका' नाम की रूसी कुतिया ही गई थी। तो मित्रो! कुत्ता गाली नहीं, प्रतिष्ठा है, नाक और इज्जत से जुड़ा है। दरवाजे पर कुत्ता भौंके तो रुतबा बढ़ता है। आदमी और कुत्ते का फर्क अब बहुत कम रह गया है। □

तोता होता!

सुप्रीम कोर्ट ने सी.बी.आई. को सरकार का तोता क्या कहा, सरकार में बैठे लोगों के हाथों से तोते उड़ गए। खुद सी.बी.आई. प्रमुख ने रोते हुए माना कि हाँ, हम तोता हैं। कोर्ट ने सही कहा है। देखिए सी.बी.आई. प्रमुख ने कितनी जल्दी कोर्ट की बात रट ली। यही 'तोता धर्म' है। वह बड़ा चतुर पक्षी है। ताकतवर मालिक को फौरन पहचान उसकी जुबान बोलने लगता है। तोता गजब का रटंतु है। जो रटा दीजिए, तुर्की-ब-तुर्की वैसे ही भाखेगा। तभी तो सुप्रीम कोर्ट ने आला जाँच एजेंसी को फटकार लगाते हुए कहा, ''मालिक की आवाज बोल रहे हैं पिंजरे में बंद तोते की तरह। पर अफसोस! इस तोते के कई मालिक हैं।'' तो बचपन में पढ़ी रघुवीर सहाय की कविता याद आ गई—

अगर कहीं मैं तोता होता/तोता होता तो क्या होता?/तोता होता/होता तो फिर?/होता 'फिर' क्या?/होता क्या? मैं तोता होता। उस वक्त मुझे इस कविता का अर्थ समझ में नहीं आया था। अब पता चला, तोता होता तो क्या-क्या कर सकता था?

प्राचीन काल से भारतीय राज-व्यवस्था के प्राण तोतों में बसते रहे हैं। तोते के बिना राजकाज असंभव है। तोता ही आदमी को महान् बनाता है। गधे को पहलवान बनाता है। तोता हिटलर के प्रचारमंत्री 'गोएबल्स' की तरह झूठ को रटते-रटते उसे सच में तब्दील करता है। पर सोनियाजी का तोता तो बोलता नहीं सिर्फ देखता है। देश में अरबों की लूट हो, सीमा पर पड़ोसी अंदर घुस आए, जनता कुशासन से ऊब सड़कों पर आ जाए, पर तोता बोलता नहीं। तोता अनुशासित है। बोलता तभी है, जब

मालिक का इशारा हो। दरअसल, सी.बी.आई. एक ऐसा तोता है, जिसकी जान सरकार के पास कैद रहती है। सरकार जब चाहे उसका टेंटुआ दबा सकती है। इसलिए तोता मालिक के इशारे पर नाचता है। इस तोते के पास ताकत भी रहती है। सरकार जिसको कहती है, यह तोता उसका टेंटुआ दबा देता है। दक्षिण में करुणानिधि हों या उत्तर में मायावती, आंध्र में जगन मोहन हों या यू.पी. में मुलायम सिंह यादव। इसी तोते के जरिए सरकार विपक्ष की राजनीति को नियंत्रित करती है।

तोता पुराण कोई नया नहीं है। लालू यादव ने गए साल नीतीश कुमार को आर.एस.एस. का तोता कहा था। जवाब में सुशील मोदी बोले, "लालू बूढ़ा तोता हो गए हैं, जिसे सिर्फ राम-राम कहना चाहिए।" अन्ना आंदोलन पर राहुल गांधी की खामोशी पर उठे सवाल के जवाब में रेणुका चौधरी ने कहा, "राहुल गांधी कोई तोता नहीं हैं कि जब आप चाहें, तब वे बोलें।"

कबूतर शांति और निष्ठा का प्रतीक है पर तोता चंपूपन का। तोते का वैज्ञानिक नाम 'सिटाक्यूला केमरी' है। कई रंगों में पाया जाने वाला यह पक्षी ज्यादातर गरम देशों में मिलता है। तोता मनुष्यों की बोली की बखूबी नकल करता है। धरती पर तीन सौ बहत्तर किस्म के तोते पाए जाते हैं। तोते छोटे-बड़े दो किस्म के होते हैं। छोटे तोते का जीवन दस से पंद्रह साल होता है, जबकि बड़ा तोता पचहत्तर साल तक जिंदा रहता है। लाल कंठवाला हरा तोता अफ्रीका से लेकर भारत तक पाया जाता है। ऑस्ट्रेलिया में पाए जाने वाले बड़े तोते खूबसूरत और रंगीन होते हैं। उसे 'काकातुआ' या 'मैकॉ' भी कहते हैं। मेरे बचपन में काशी विश्वनाथ मंदिर के पास एक काकातुआ था, जो 'ॐ नमः शिवाय' के अलावा शिव स्त्रोत का भी पाठ करता था। हम सब भीड़ लगाकर उसे सुनते थे।

तोता पत्नीव्रती पक्षी है। नर और मादा मिलकर घर बनाते और चलाते हैं। फरवरी से मार्च तक तोते घर बनाते हैं। अप्रैल से मई तक इसके अंडे देने का वक्त होता है। यह नकल करने में उस्ताद होते हैं। संदेशवाहक की भूमिका भी निभाता है। तोते को कामदेव का वाहन कहा गया है। हमारे शास्त्रों में इसे शुकदेव भी कहा गया है। शुकदेव महाभारतकालीन मुनि थे। गांधीजी अपने ब्रह्मचर्य के प्रयोग में शुकदेव

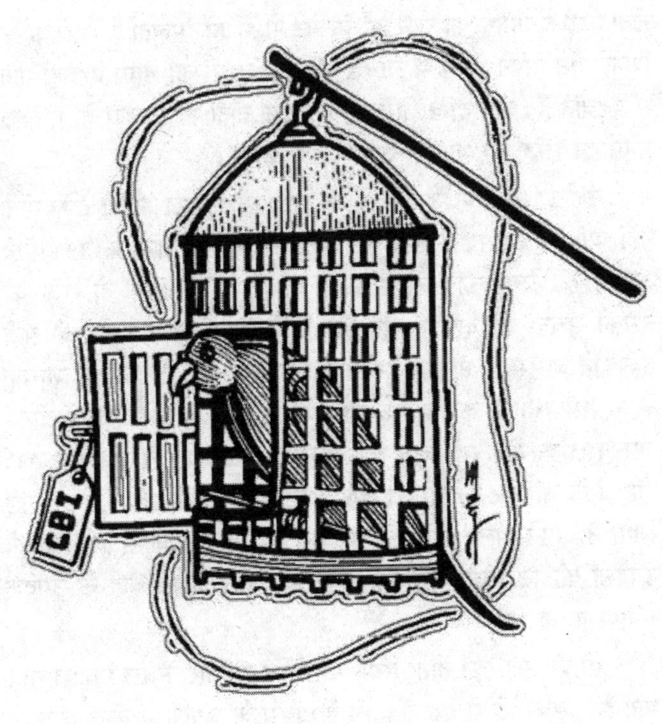
CBI

से बड़े प्रभावित थे। शुकदेव नग्न रहते थे। फिर भी उनकी मौजूदगी में स्त्रियाँ शर्म या संकोच महसूस नहीं करती थीं। जबकि शुकदेव के वृद्ध पिता व्यास के साथ ऐसा नहीं था। शुकदेव ने ही परीक्षित को 'श्रीमद्‌भागवत' सुनाई थी। इसलिए रिपोर्ट या कथा पढ़कर सुनाना तोते का पुराना 'कर्तव्य' है। कानून मंत्री अश्वनी कुमार को अगर सी.बी.आई. के तोते ने रिपोर्ट पढ़कर सुनाई तो यह उसका कर्तव्य था। कुछ तोते भाग्य भी बाँचते हैं; खासकर नेपाल की पहाड़ियों में पाया जानेवाला भूरा तोता। इसे ज्योतिष का ज्ञान माँ के पेट से में ही मिलता है। सड़क के किनारे बैठे अपने भाग्य से लाचार पंडितजी दूसरों का भाग्य ऐसे ही तोते से पढ़वाते हैं। अब देखिए सी.बी.आई. का तोता भी सरकार के मुखिया मनमोहन सिंह का भाग्य निर्धारण कर रहा है।

रंजीत सिन्हा या उनकी सी.बी.आई. कोई आज पहली दफा तोता नहीं बनी है। कुछ खास नस्ल के तोते पुरातनकाल से राज्य की रक्षा करते आ रहे हैं। अगर कोई जासूस राज्य की सीमा में घुसता तो राजा को उसकी सूचना कई देशों में तोते ही देते थे। ऑस्ट्रेलिया में तेरहवीं सदी तक तोते जासूस के तौर पर इस्तेमाल किए जाते थे। रोम के कई शासक अपने सिंहासन के करीब एक सोने का पिंजरा रखते थे, जिसमें तीन-चार नस्ल के तोते रखे जाते थे। महत्त्वपूर्ण फैसला लेने से पहले राजा टोटकों के जरिए उन तोतों की राय जानता था। 16वीं सदी में एक दलाई लामा ने अपने पालतू तोते को भगवान् बुद्ध के उपदेश सुनाए। तोते ने उपदेशों को रट लिया और वह भक्तों के बीच जाकर बुद्ध के उपदेश सुनाया करता था।

सी.बी.आई. का तोता सिर्फ मनमोहन सरकार के लिए काल नहीं बना है। इसका भी रोचक इतिहास है। मिस्र के जंगलों में लाल व काले रंग के तोते पाए जाते थे। उस वक्त वहाँ यह धारणा थी कि मुसीबत के दिनों में अगर लाल रंग का तोता दिखाई दे तो विपत्ति का समाधान होने की संभावना बनती है। अगर कोई काले रंग का तोता देख ले तो माना जाता था कि उसकी मृत्यु होने वाली है। साइबेरिया में मान्यता है कि अगर सपने में तोता दिखे तो धन की प्राप्ति होती है। पेरू में किसी के घर या बगीचे में तोते की मौत हो तो उसे अनिष्टकारक मानते हैं।

देखा आपने, तोते में कितने गुण हैं। 'तोतावाद' के बिना राज्य का तंत्र नहीं चल सकता। सुप्रीम कोर्ट ने बहुत अध्ययन कर सी.बी.आई. को तोते का तमगा दिया होगा। हो सकता है, अब यह चलन में आ जाए। कल आप अखबार में पढ़ें—फलाँ जगह पर 'सरकारी तोतों का छापा।' तब क्या होता? होता क्या? रघुवीर सहाय से क्षमा सहित—'अगर कहीं मैं तोता होता, बेशर्मी पर कभी न रोता।'

□

यादों में गौरैया

गौरैया, अम्मा और आँगन। मेरे बचपन की ये यादें हैं। अम्मा रहीं नहीं। अब घरों में आँगन भी नहीं रहे। गौरैया भी मेरे घर आती नहीं। मेरी वे यादें छिन गईं, जिन्हें लेकर मैं बड़ा हुआ था। जीवन में चहकने और फुदकने के मायने भी हमने गौरैया से सीखे थे। प्रकृति से पहला नाता भी उसी के जरिए बना था। अब ऊँचे होते मकान, सिकुड़ते खेत, कटते पेड़, सूखते तालाब और फैलते मोबाइल टावरों ने प्यारी गौरैया को हमसे छीन लिया है। पिछले दिनों गौरैया को दिल्ली का 'राज्य पक्षी' घोषित किया गया। यह याद करना मुश्किल है कि गौरैया को आखिरी बार मैंने कब देखा था। पक्षी विज्ञानियों की मानें तो गौरैया विलुप्ति की ओर है। उसकी आबादी सिर्फ बीस फीसदी बची है।

चंचल, शोख और खुशमिजाज गौरैया का घोंसला घरों में शुभ माना जाता था। इसके नन्हे बच्चे की किलकारी घर की खुशी और संपन्नता का प्रतीक होती थी। हमारे घरों में छोटे बच्चों का पहला परिचय जिस पक्षी से होता था, वह गौरैया ही थी। उसके बाद कौवे से पहचान होती थी। सुनते हैं कि मेहमान के आने का संदेश देनेवाले काग पर भी अब खतरा है। कौवे भी गायब हो रहे हैं।

माँ अकसर इन गौरैयों के ही सहारे रोते बच्चों को चुप कराती थीं। सुबह की नींद टूटती थी गौरैयों की चहक के साथ। मैं अपने आँगन में हर रोज गौरैया को पकड़ने की असफल चेष्टा के साथ ही बड़ा हुआ हूँ। कोई पंद्रह सेंटीमीटर लंबी इस फुदकनेवाली चिड़िया को पूरी दुनिया में घरेलू चिड़िया मानते हैं। सामूहिकता में इसका भरोसा है। झुंड में रहती है। मनुष्यों की बस्ती के आस-पास घोंसला बनाती है। आज के सजावटी

पेड़ों पर इसके घोंसले नहीं होते। इस लिहाज से यह घोर समाजवादी है। दाना चुगती है। साफ-सुथरी जगह रहती है। हाइजिन का खयाल रखती है। पक्षियों के जात-पाँत में इसे ब्राह्मण चिड़िया माना जाता है, क्योंकि शाकाहारी है। हर वातावरण में अपने को ढालनेवाली यह चिड़िया हमारे बिगड़ते पर्यावरण का दबाव नहीं झेल पा रही है। जीवन-शैली में आए बदलाव ने उसका जीवन मुहाल कर दिया है। लुप्त होती इस प्रजाति को 'रेड लिस्ट' यानी खतरे की सूची में डाला गया है।

गौरैया हमारी आधुनिकता की भेंट चढ़ती जा रही है। चालीस बरस पहले जब मेरे घर में छत से लटकनेवाला पहला पंखा आया। बड़ी खुशी हुई, लगा मौसम पर विजय मिली। उसी कमरे के रोशनदान में नन्ही गौरैया का हँसता-खेलता एक छोटा परिवार रहता था। आते-जाते एक रोज गौरैया पंखे से टकराकर कट गई। मासूम गौरैया घर आई आधुनिकता की पहली भेंट चढ़ी। पंखा तो हट नहीं सकता था, हमने इंतजाम किया कि गौरैया रोशनदान में न रहे। अब घरों से रोशनदान ही गायब हो गए हैं। मेरी माँ घर में ही अनाज धोती-सुखाती थीं। आँगन में दाने फटकती थीं। आँगन में चावल के टूटे दाने गौरैया के लिए डाले जाते थे। गौरैया का झुंड पौ फटते ही आता था। चूँ-चूँ का उनका सामूहिक संगीत घर में जीवन की ऊर्जा भरता था। आज घर में आँगन नहीं है। पैकेट बंद अनाज आता है। वातानुकूलन के चलते रोशनदान नहीं है, माइक्रोवेव उपकरण हैं। इसीलिए गौरैया रूठ गई हैं, अब वह नहीं आती।

गौरैया समझदार और संवेदनशील चिड़िया है। बच्चों से इसका अपनापन है। रसोई तक आकर चावल का दाना ले जाती है। घर में ही घोंसला बनाकर परिवार के साथ रहना चाहती है। मौसम की जानकार है। कवि घाघ और भड्डरी की मानें तो अगर गौरैया धूल स्नान करे तो समझिए भारी बरसात होनेवाली है। तो फिर आखिर क्यों रूठ गई गौरैया? घरों के आकार बदल गए हैं और जीवन-शैली बदल गई है। दोनों का असर गौरैया के जीवन पर पड़ा है।

तमाम लोकगीतों, लोककथाओं और आख्यानों में जिस पक्षी का सबसे ज्यादा वर्णन मिलता है—वह गौरैया है। महादेवी वर्मा की एक कहानी का नाम ही है—'गौरैया'। उड़ती चिड़िया को पहचाननेवाले पक्षी विशेषज्ञ सालिम अली ने अपनी आत्मकथा का नाम रखा है 'एक गौरैया

का गिरना'। कवि हरिवंश राय बच्चन ने अपनी आत्मकथा 'नीड़ का निर्माण फिर' में गौरैया के हवाले से अपनी बात कही है। शेक्सपियर के नाटक 'हेमलेट' में भी एक पात्र अपनी बात कहने के लिए गौरैया को जरिया बनाता है। मशहूर शिकारी जिम कॉर्बेट कालाडूँगी के अपने घर पर हजारों गौरैयों के साथ रहते थे।

पूरे देश में बोली-भाषा, खान-पान, रस्मों-रिवाज बदलता है। पर गौरैया नहीं बदलती। हिंदी पट्टी की गौरैया तमिल और मलयालम में कुरूवी बन जाती है। तेलुगु में इसे पिच्यूका और कन्नड़ में गुव्वाच्ची कहते हैं। गुजराती में यह चकली और मराठी में चीमानी हो जाती है। गौरैया को पंजाबी में चिड़ी, बँगला में चराई पाखी और ओड़िया में घट चिरिया कहा जाता हैं। सिंधी में झिरकी, उर्दू में 'चिड़िया' और कश्मीरी में चेर नाम से इसे बुलाते हैं। गौरैया के नाम भले ही अलग-अलग हों लेकिन स्वभाव वही है।

जैव विविधता पर लगातार बढ़ते संकट से न सरकार अनजान है और न समाज। फिर कैसे बचे गौरैया? हम क्या करें? वह सिर्फ यादों में चहकती है। अतीत के झुरमुट से झाँकती है। क्यों यह समाज नन्ही गौरैया के लिए बेगाना है? हमें वापस इसे अपने आँगन में बुलाना होगा। नहीं तो हम आनेवाली पीढ़ी को कैसे बताएँगे कि गौरैया क्या थी। उसे नहीं सुना पाएँगे—'चूँ-चूँ करती आई चिड़िया। दाल का दाना लाई चिड़िया।'

□

दिल्ली उनका परदेस

पिताश्री ठीक होकर बनारस लौट गए हैं। मैं दिल्ली में उन्हें उतने ही दिन रोक पाया जब तक वे बिस्तर पर थे। उनका दिल सामान्य आदमी से आधा धड़क रहा था। इस कारण शरीर के दूसरे हिस्से में खून और ऑक्सीजन की आपूर्ति काफी कम थी। डॉक्टरों ने उनके दिल में 'पेसमेकर' लगाया। ठीक होने के बाद वे एक रोज भी नहीं रुके। लौट गए बनारस। इस दलील के साथ कि 'मेरौ मन अनत कहाँ सुख पावै। जैसे उड़ि जहाज को पंछी पुनि जहाज पर आवै।'

वे दिल्ली आना नहीं चाहते। कहते—"यह भी कोई शहर है। सत्ता के लिए षड्यंत्रों का शहर। शोहरत के पीछे भागते लोग। वहीं काशी। राग और विराग का शहर। जहाँ लोग मोक्ष के लिए शरीर तक छोड़ देते हैं एक फक्कड़ मस्ती के साथ और दिल्ली में अनंत लिप्सा की न थकनेवाली होड़ जारी है।"

डॉक्टरों की सलाह के बावजूद पिताश्री इलाज के लिए दिल्ली आने में ना-नुकुर कर रहे थे। भला इस उम्र में कोई काशी छोड़ता है। उनके इस हठ की दूसरी वजह भी देखता हूँ। बनारस का एक खास किस्म का 'आर्गेनिक' चरित्र है। कोई वहाँ कुछ दिन रह ले तो उसकी जड़ें उग आती हैं। ये जड़ें उसे शहर नहीं छोड़ने देतीं। इसलिए एक बुरी आदत सा बनारस व्यक्ति को छोड़ता नहीं। फिर दिल्ली से बनारस की क्या तुलना। एक ओर सदियों से सिकुड़ती-फैलती, बनती-बिगड़ती, उजड़ती-बसती दिल्ली। दूसरी तरफ धर्म, परंपरा और संस्कृति की अनादि, अनंत परंपरा, जिसका न इतिहास बदला न भूगोल।

दिल्ली को पिताजी एक सराय मानते हैं। दुनिया का सबसे बड़ा

ट्रांजिट कैंप। जहाँ लोग लगातार आते और जाते रहते हैं। अस्पताल में उन्होंने बताया कि डॉ. लोहिया दिल्ली को भारतीय इतिहास की शाश्वत नगरवधू कहा करते थे। डॉ. लोहिया और पिताजी का जन्म अकबरपुर के शहजादपुर कस्बे में कोई सौ गज की दूरी पर ही हुआ था। शायद इसलिए दोनों मानते हैं कि दिल्ली न किसी की रही है, न किसी की होगी। इसका अपना एक बेवफा चरित्र है। मुकाबले में अपने बनारस की आत्मीयता और अड्डेबाजी का जवाब नहीं। जहाँ जुलाहे में भी ब्रह्मज्ञान जगा था। शायद इसीलिए तुलसी ने भी यहीं शरीर त्यागा था।

दिल्ली से उनके वैरभाव के बावजूद इलाज के लिए उन्हें दिल्ली लाना मुश्किल काम था। मोक्ष भले बनारस में मिले, पर जीवन पर आए संकट से बचने के उपकरण दिल्ली में थे। क्या करें? संकट बड़ा था। समय के साथ उनकी सेहत गिर रही थी। बनारस के डॉक्टर फौरन ऑपरेशन चाहते थे। मैं कुछ कहता, वे बोल पड़ते, इस उम्र में कोई काशी छोड़ता है भला। मेरे मन में एक अपराधबोध पहले से ही था। माता को भी इलाज के लिए दिल्ली लाया था। वे यहीं चली गईं। दिल पर बना यही बोझ फैसला लेने में बाधक था। तब माता के दिल के वॉल्व बदलवाने थे।

दिल्ली में बड़े अस्पतालों में पव्वा न हो तो कोई पूछता नहीं है। अपना पव्वा साबित करने के लिए माताजी को मैं दिल्ली ले आया था। मेरा पव्वा उन पर भारी पड़ा। दिल्ली के एक बड़े अस्पताल में उनका ऑपरेशन हुआ। वे दिल्ली चलकर आई थीं और मैं वापस बनारस लौटा, उनकी देह लेकर।

बनारस के एक निजी अस्पताल के आई.सी.यू. में मैं इसी उधेड़बुन में था। तभी पिताश्री ने कहा, क्यों परेशान हो। उन्होंने गालिब का एक शेर सुनाया—'मौत का एक दिन मुअय्यन है; नींद क्यों रात भर नहीं आती।' चचा गालिब के इस शेर ने मुझमें ताकत भर दी। फैसला हो गया कि अब दिल्ली ही चलना है।

फिर भी पिताजी को दिल्ली लाना दिल-जिगरे का काम था। ऐसा नहीं था कि वे दिल्ली के हमारे घर आते नहीं थे। पिताजी कई बार आए। बनारस से उनका आना दिल्ली के हमारे घर में उत्सव की तरह होता है। वे आएँ तो उत्सव और टिक जाएँ तो महोत्सव। अब उत्सव होगा या

महोत्सव, यह निर्णय हर बार अपने मूड के अनुसार पिताजी ही लेते। काशी से उनका निकलना या कहिए उन्हें निकालना, उतना ही कठिन होता, जितना स्वयं काशीनाथ को उनकी नगरी से निकाल पाना। गोया हजरते जौक की एक पंक्ति, कुछ यूँ बदलकर उन्होंने अपने सीने से लगा रखी थी—'कौन जाए ए जौक अब काशी की गलियाँ छोड़कर।' काशी में पिताजी के प्राण बसते हैं।

लेकिन इस बार व्यथा कुछ अलग थी। उन्हें दिल्ली लाना जितना कठिन था, उतना ही जरूरी भी। हमेशा जिंदादिली से जीनेवाले पिता उम्र के 84वें पड़ाव पर दिल के ही हाथों मात खा रहे थे। उनके सीने में 'पेसमेकर' लगाया जाना जरूरी हो गया था। पेसमेकर यानी एक प्रकार का 'इनवर्टर'। जब दिल को धड़कानेवाली बिजली की तरंगें फेल होने लगती हैं तो यह खुद-ब-खुद ऑन होकर दिल को धड़काने लगता है। 'पेसमेकर' तो बनारस में भी लग सकता था, पर इसके लिए जरूरी सुविधाएँ वहाँ नहीं थीं।

"अब जो होगा सो यहीं होगा!" उनकी इस हठधर्मिता के पीछे छुपी अंत तक अपनी मिट्टी से जुड़े रहने की आस्था एकदम तटस्थ थी। उन्हें कैसे कहूँ कि आपको दिल्ली चलना ही होगा। मितव्ययिता जीवन भर उनके स्वभाव का हिस्सा रही। अचानक यह कुंजी मेरे दिमाग पर लगा ताला खोल गई। सो इसी के सहारे दाँव का एक नया मसौदा तैयार किया। कल सुबह-सुबह बात बन जाएगी। सुबह आई.सी.यू. में उनके सामने था। ऊपरवाले का सुमिरन किया और अपना पत्ता फेंका। "देखिए दिल्ली से एयर एंबुलेंस मँगवाई है। आज दोपहर तक आ जाएगी। अभी। एक मित्र के कहने पर कोई पैसा नहीं लग रहा है। मगर कल कोई ऊँच-नीच हो गई तो आनन-फानन में यही एयर एंबुलेंस दोगुना पैसा लेकर आएगी।" सधा हुआ तीर सीधा निशाने पर लगा। पिताजी का स्वर फूटा, "अच्छा, ठीक है। चलता हूँ। तुम मुझे दिल्ली ले जा रहे हो तो कुछ-न-कुछ गड़बड़ जरूर है।"

इलाज के लिए पिताजी का दिल्ली चलने को राजी होना मेरे लिए उनके आधे स्वस्थ हो जाने की आश्वस्ति थी। यूँ भी जीवन की आपाधापी में एक बेटे का पिता से कितना सरोकार रहता है? ममत्व, आत्मीयता, प्यार, साहस और एक वृक्ष के साये के अलावा? जरूरत के वक्त उनसे

ही रास्ता पूछना और राह भटकने पर उन्हीं से दंड पाना। शायर मित्र आलोक का शेर है—'कभी बड़ा सा हाथ खर्च है, कभी हथेली की सूजन, मेरे मन का आधा साहस आधा डर हैं बाबूजी।'

मगर स्वयं पिता बनने पर कई मानक एकदम उलट जाते हैं। एक पिता के रूप में हम अपनी आकांक्षाओं और अपेक्षाओं का प्रतिबिंब अपने पिता की आँखों में देखने लगते हैं। तब इस रिश्ते का महत्त्व समझ में आता है। यह रिश्ता सबसे बड़ी जरूरत बन जाता है। तपती धूप की यात्रा के बीच आने वाले मीठे जल के कुएँ में बदल जाता है।

पिताश्री दिल्ली आए। इलाज कराया। और ठीक होकर बनारस लौट गए। दिल्ली के चाक-चिक्य को छोड़ उसी काशी को, जिसके बारे में कहा गया है 'चना-चबैना गंग जल जो पुरवै करतार/ काशी कबहुँ न छोड़िए विश्वनाथ दरबार।' उन्हें दिल्ली दरबार से बेहतर विश्वनाथ दरबार लगता है।

□

माँ ऐसे बनती है

एक और मातृनवमी बीत गई। फिर मैंने अपनी माँ का श्राद्ध नहीं किया, क्योंकि मैं नहीं मानता कि वे अब मेरे साथ नहीं हैं। मृत्यु सिर्फ देहावसान है। आत्मा तो अमर है। अम्मा को गुजरे बीस बरस हुए। बावजूद इसके हर वक्त हर दिन वे मेरे साथ रही हैं। खुशी-गम, अच्छे-बुरे, सभी में। मेरी रगों में उनका ही खून बहता है। मेरी उँगलियों में उनके ही स्पर्श का आभास साँस लेता है। उन्होंने खुद को खोकर मुझमें एक नया आकार लिया है। इसलिए मैं पितृपक्ष में अम्मा का श्राद्ध और तर्पण नहीं करता। श्राद्ध पितरों के ऋण से उऋण होने के लिए है। माँ जैसी अलौकिक शक्ति का सिर्फ एक रोज तर्पण कर हम क्या उसके अनंत कर्ज को चुका सकते हैं। माँ के विशाल व्यक्तित्व के आगे बौना है यह कर्मकांड। मेरे जीवन में तीन सौ पैंसठ दिन जो घटित होता है! उसके पीछे माँ ही है। वे हमेशा मेरे साथ रहती हैं। फिर मैं यह सब क्यों करूँ?

मेरी माँ बहुत पढ़ी-लिखी नहीं थीं। आधुनिकता और संपन्नता से भी उनका सीधा साक्षात्कार नहीं हुआ था। बावजूद इसके वे कभी जीवन से असंतुष्ट नहीं दिखीं। जब भी मैं मोमबत्ती को पिघलकर रोशनी देते हुए देखता हूँ, अम्मा याद आती हैं। खुद को खोकर हमें बड़ा करते हुए दिखती हैं। चोट किसी को लगे, दर्द उसे होता था। पिता की लंबी उम्र के लिए बरगद की परिक्रमा में उसके पाँव कभी नहीं थके। अपने बच्चों की सलामती के लिए 'अहोई अष्टमी' हो या 'गणेश चौथ' का व्रत, इन्हें रखने में वह कभी नहीं उकताई। आधी सोई, आधी जागी, थकी रात में कभी किसी को कंबल ओढ़ाती, तो किसी का तकिया ठीक करती। सुबह जब हम सोकर उठते तो झकाझक धुले हमारे कपड़े आँगन में सूख रहे

होते। चूल्हा धुआँ उगल रहा होता, चाय का पानी अँगीठी पर चढ़ा होता। रसोई से ही पूरे घर को कंट्रोल करती अम्मा। किसका सामान कहाँ है? कौन क्या पहनेगा? क्या खाएगा! क्या ले जाएगा! एक अम्मा। हजार जहमत। फिर भी वह परम संतुष्ट।

घर में इतने लोग होते थे, पर संयुक्त परिवार के रिश्तों की बारीकियाँ सिर्फ वही समझती थीं। गलती किसी की हो, सारा गरल वे अपने गले में रखती थीं। परिवार में कैसे भी झगड़े हों, वो दूसरों के गुनाहों को धो देती थीं। बहुत गुस्सा होतीं तो रो देती थीं। कवि आलोक ने कहा है—''घर में झीने रिश्ते, मैंने लाखों बार उधड़ते देखे। चुपके-चुपके कर देती थी जाने कब तुरपाई अम्मा।'' उनके न रहने पर रिश्ते उधड़े । तार-तार हुए। तभी लगा अम्मा अब नहीं हैं।

मन में ढेर सारी इच्छाएँ, सपने दबाए अम्मा एक रोज अचानक चली गईं। आज आधुनिकता के ये साजो-सामान हमारे किस काम के! अम्मा ने तो उसे भोगा ही नहीं। हमने हड़बड़ी न दिखाई होती तो शायद थोड़ा वक्त वे और साथ रहतीं। उनके दिल के वॉल्व खराब हो गए थे। इसलिए उनका दिल असामान्य धड़कता था। डॉक्टरों का कहना था, ऑपरेशन हुआ तो ज्यादा समय के लिए दिल ठीक रह सकता है। नहीं हुआ तो पाँच-सात साल से ज्यादा नहीं हैं। हमने ऑपरेशन करा दिया। वे नहीं चाहती थीं। उनसे झेला नहीं गया। वे चली गईं। हमारे लिए वे स्नेह, त्याग, उदारता, सहनशीलता के प्रतिमान गढ़ती थीं। खुद का सवाल होता तो दर्द भी पी लेती थीं।

मेरे जन्म के वक्त भयानक बरसात हो रही थी। पानी रुकने का नाम नहीं ले रहा था। 'घन घमंड नभ गर्जत घोरा' कच्चे घर के टूटे छप्पर से जगह-जगह पानी चू रहा था। पूरी रात मेरी माँ इस जुगाड़ में मुझे चारपाई पर इधर से उधर हटाती-बढ़ाती रहीं कि टपकते पानी में मैं कहीं भीग न जाऊँ। पानी रोकने के लिए कहीं थाली रखी गई, तो कहीं बालटी। प्रसव पीड़ा के बावजूद बच्चे के प्रति इतनी आसक्ति। यही है माँ।

कच्चा घर और टूटा छप्पर तो मेरे जन्म के साथ जाते रहे, पर नहीं गया तो अम्मा का स्नेह। आज भी जब मुश्किल में होता हूँ तो उनका स्नेहिल स्पर्श महसूस करता हूँ। अब मेरे मकान में न छप्पर है, न पानी टपकने की कोई गुंजाइश। मौसम को नियंत्रित करने के सभी उपकरण भी

हैं। नहीं हैं तो सिर्फ अम्मा। होतीं तो बहुत खुश होतीं। 'वे आज जहाँ भी होंगी, इसी चिंता में लगी होंगी कि उसके बेटे को कोई तकलीफ न हो। उसकी इसी इच्छाशक्ति ने उसे जीवित रखा है।'

इसीलिए अपना मानना है कि वे जिंदा हैं। निदा फाजली के शब्द उधार लूँ तो 'तुम्हारी मौत की सच्ची खबर जिसने उड़ाई है वह झूठा था/ कोई सूखा हुआ पत्ता हवा से गिरकर टूटा था/वह तुम कब थीं।... मैं तुझमें कैद हूँ।... तुम मुझमें ज़िंदा हो।'

यह सही है कि सबके अपने-अपने दर्द होते हैं। लेकिन दर्द सहने का मापक यंत्र माँ ही होती है। मनुष्य के शरीर में अधिकतम 45 डेल (दर्द नापने की इकाई) दर्द सहने की क्षमता होती है। प्रसव के वक्त स्त्री में ये दर्द 57 डेल तक पहुँच जाता है। इतना दर्द 20 हड्डियों के एक साथ टूटने जितना होता है। हमें दुनिया दिखाने के लिए माँ को कितना दर्द सहना पड़ता है। पौराणिक कथा है—नारद ने ब्रह्मा से पूछा, आप क्या बना रहे हैं। ब्रह्मा का जवाब था, माँ बना रहा हूँ। नारद ने फिर पूछा, माँ कैसे बनती है? ब्रह्मा ने कहा, जिसकी कोख से इनसानियत जनमती हो। जिसकी गोद में दुनिया समा जाए। जो बच्चे की आवाज से उसकी परेशानी जान जाए। जिसकी संतान परदेश में रोए, लेकिन आँचल देश में भीगे। लाख तकलीफों के बावजूद जिसके दिल से दुआ निकले। जिसके मन में जमाने भर का दर्द समा जाए और अधरों पर आह न आए। माँ ऐसे बनती है। माँ ऐसी होती है।

□

चाची की याद

चाची सप्ताहांत में घर आती थीं। चाचा-चाची, तीज-त्योहार, छुट्टियों में ही मिलते थे, क्योंकि चाची शहर से बाहर अध्यापन करती थीं। डेढ़ बरस पहले चाची जब रिटायर हुईं तो कहा, तीस साल बाद आजादी मिली। अब बचा जीवन काशी में काटना है, आनंद के साथ। पर गए हफ्ते चाची दुनिया छोड़ गईं। उनके दिल ने साथ नहीं दिया। उन्हें मौत का इंतजार नहीं करना पड़ा। आधे घंटे में झटपट चली गईं। हाँ, जाने के लिए उन्होंने वही दिन चुना, जिस रोज 20 साल पहले माता गई थीं।

चाची से अपना खास लगाव था। उन्हें कंधा देने बनारस भी गया। चाचा की शादी के लिए मैं उन्हें देखने काशी विश्वनाथ मंदिर भी गया था। तब अपने समाज में 'रिंग सेरेमनी' होटलों में नहीं बल्कि मंदिरों में हुआ करती थी। जीवन, सुख-दुःख और संताप पर चाची की दृष्टि साफ थी। वजह उनका मायका मणिकर्णिका घाट के पास ही था। वही मणिकर्णिका जहाँ मोक्ष की कामना में और परलोक सुधारने के लिए लोग अंतिम समय में आते हैं। इसलिए जीवन से जगत् का रिश्ता वे बेहतर समझती थीं। उन्हीं घाट की सीढ़ियों पर उनका बचपन बीता था। जहाँ उनका दाह-संस्कार हुआ। इसे ही समय का चक्र कहते हैं। मणिकर्णिका की जिस गली में कभी चाचा की बारात गई थी। उसी रास्ते शवयात्रा जा रही थी। अजीब स्थिति है, जब से सूर्य उत्तरायण हुआ है। हर रोज किसी आत्मीय के जाने की खबर आती है। शायद अब हम उम्र के इस मोड़ पर हैं, जहाँ से लोग बिछड़ना शुरू हो जाते हैं।

'क्षेत्रे भोजन मठे निद्रा। बाकी दुनिया ठेंगे पर।' यह आम बनारसी का जीवन सूत्र है। अन्न क्षेत्र बनारस में धर्म के प्रचार के लिए धन्ना सेठों द्वारा

चलाए जानेवाले लंगर को कहते हैं। पर अगर आप एक दिन मणिकर्णिका घाट पर बिता लें तो आप बाकी जीवन का सार भी जान सकते हैं। श्मशान वैराग्य से भी मुक्त हो सकते हैं। मणिकर्णिका यानी महाश्मशान। जहाँ कभी शिव के साथ जाते हुए सती के कान की मणि गिरी थी। उसी वजह से नाम पड़ा मणिकर्णिका। इस घाट की दिनचर्या से ही बनारस और बनारसियों का चरित्र समझा जा सकता है। शायद जिसे ही देख कवि केदारनाथ सिंह ने लिखा—अद्‌भुत है इसकी बनावट/ ये शहर आधा जल में है/ आधा मंत्र में/ आधा फूल में है/ आधा शव में/ आधा नींद में है/ आधा शंख में/ अगर ध्यान से देखो तो आधा है/ आधा नहीं है।

इसी होने और न होने के बीच मैं चाची की देह के साथ मणिकर्णिका घाट पर था। गंगा के किनारे चिता पर चाची की देह और अस्त होते सूर्य का रंग एक था। मणिकर्णिका के माहौल को जाने बिना जीवन के ज्ञान-विज्ञान को नहीं जाना जा सकता। ऐसा लगता है कि वसंत यहाँ स्थित मंदिरों के शिखर, डोम राजा की धूनी, पत्थर की सीढ़ियों के साथ ही जलती चिताओं पर उतरा है। इन्हीं सीढ़ियों पर गुलाब और गेंदे के फूल बिखरे पड़े हैं। गंगा से इस घाट का लैंडस्कैप 'पियाव' नदी के किनारे बसे वेनिस से भी सुंदर दिखता है। हर समाज अपने आनंद के कुछ जरिए बनाता है। मणिकर्णिका का समाज मुर्दा फूँककर आनंद लेता है। शिव काशी के अधिपति देवता हैं। वे महाश्मशान में रहते हैं। यहीं खेलते हैं, यहीं रमते हैं। तभी तो वसंत में पंडित छन्नूलाल मिश्र यहीं बैठकर गाते हैं—"खेलें मसाने में होरी दिगंबर, खेलें मसाने में होरी। भूत-पिशाच बटोरी दिगंबर, खेलें मसाने में होरी।"

धूप, अगरबत्ती, गाँजे और ठहरे पानी की गंध के साथ चिताओं से उठती चिराँध से युक्त यहाँ की हवा ही काशी की प्राणवायु है। इस हवा और पानी का अपना समाजवाद है। पंडे, पुरोहित, नाई, डोम, मेहतर, साधु, भिखारी और चिताओं से सोना-चाँदी बीनते मल्लाह (गंगापुत्र) यहाँ एक साथ बैठते हैं। खाते-पीते हैं। गप्प करते हैं। अड़ी लगाते हैं। इस समाज में सब बराबर है। यहाँ के राजा हैं डोम राज। उनकी हैसियत इतनी बड़ी है कि उन्होंने राजा हरिश्चंद्र को खरीदकर अपने यहाँ नौकर रखा था। मुक्ति की इस धुरी पर चौबीस घंटे जलती लाशों के बीच उनकी धूनी है। धूनी देख लगता है कि समय ठहर गया है। घड़ी रुक गई है। इसी धर्मध्वजा के नीचे मदिरा से आकंठमग्न डोमराज मुर्दों को फूँकने के लिए आग देते हैं। दुनिया के साथ

उनका परिवार भी बढ़ा है। अब डोमराज के 16 परिवार हो गए हैं, जिनकी पारी बारी-बारी से आती है।

मणिकर्णिका का सच वहाँ गए बिना नहीं समझा जा सकता। पिंड और ब्रह्मांड को एक समझनेवाली दृष्टि ही इस सच को पहचान सकती है, क्योंकि मृत्यु यहाँ जीवन की लीला है। अंत नहीं है। मृत्यु यहाँ मंगल है। चिता-भस्म आभूषण है और गंगाजल औषधि। दुनिया भले न माने, पर यह शहर ऐसे ही चल रहा है। शायद इसीलिए मणिकर्णिका की गलियों में शवयात्रा और बारात में कोई खास अंतर नहीं रहता। श्रीकांत वर्मा लिखते हैं—तुमने देखी है काशी/ जहाँ जिस रास्ते जाता है शव/ उसी रास्ते आता है शव। इसी मणिकर्णिका से कुछ दूर आगे ही पंचगंगा घाट पर चादर बुनते थे कबीर। वही चादर, जो उन्होंने ज्यों की त्यों धर दी थी। उससे थोड़ा आगे जूता गाँठते थे रैदास। और घाट-घाट जाएँ तो कोई दो किलोमीटर बाद अस्सी घाट पर रामकथा लिख रहे थे तुलसी। तुलसी ने भी इस शहर के जीवन-दर्शन पर अपनी टिप्पणी की थी—'माँग के खइबो, मसीद में सोइबो/ लेवे के एक, न देवे के दोऊ।' इन सभी संतों का जीवन से सामना इन्हीं घाटों की सीढ़ियों पर हुआ था। सीढ़ियाँ इस शहर की पहचान हैं। एक लोकोक्ति है—राँड़, साँड़, सीढ़ी, संन्यासी, इनसे बचे सो सेवै काशी। जहाँ की सीढ़ियों पर साँड़ इतनी तादाद में मिलते हैं कि भ्रम होता है, "कहीं धर्म इन्हीं के सहारे तो नहीं टिका है। दरअसल, काशी में पुरखों की याद में साँड़ों को दागकर छोड़ने का चलन है। गोवंश की बढ़ोतरी के लिए।

कहना ठीक नहीं है कि काशी मरने की नगरी है। दरअसल, यह जीने की कला भी बताती है, क्योंकि यह शहर आधा शव में है, आधा फूल में। काशी महाश्मशान भी है। आनंद वन भी। भक्ति, श्रद्धा, त्याग और बेपरवाही का ऐसा संगम अनूठा है। मणिकर्णिका से लौटते वक्त यही एहसास चाची की मृत्यु के शोक को कम कर रहा था। चाची से अपना बेहद लगाव था। □

बिन मामा सब सून

शकुनि, कंस, मारीच, शल्य और बंसल मामा। मामाओं की यह विस्तृत और समृद्ध परंपरा है। कहाँ से हम चले थे और कहाँ पहुँच गए? कभी मामा रिश्तों में मिठास का प्रतीक था। इन महापुरुषों ने उसकी छवि चालबाज, धूर्त, कुटिल, षड्यंत्रकारी और बर्बर की बना दी है। मामा सदा से बदनाम है। इतिहास में शकुनि और दुर्योधन के बाद पवन बंसल और विजय सिंगला की मामा-भानजा जोड़ी को ही सबसे कामयाब और प्रसिद्ध माना जा सकता है।

भाई-भतीजावाद, दामादवाद की अगली कड़ी है मामा-भानजावाद। मामाओं का इतिहास कभी अच्छा नहीं रहा है। कालांतर में बुरे आदमी को 'मामा' कहा जाने लगा। अब तो मामा कहने से लोग चिढ़ते हैं। विश्वविद्यालयी दिनों में आंदोलनों के दौरान पुलिसवालों को 'मामा' कहने से वे चिढ़कर हम पर डंडे बरसाते थे। दिल्ली के शाहपुर जट इलाके में तो मामा गाली है। किसी जाट भाई को मामा कहिए, फिर देखिए मजा। मेरे भी एक मामा हैं। मित्रों के जगत् मामा। ऊँचे कलाकार। मंदिर में अभिषेक हो या मुजरे का इंतजाम, दोनों में गुड़िया मामा की समान गति है। जितने लोग उन्हें प्यार करते हैं, उतने ही नफरत।

मामा यानी कुटिल। उसमें कोई खोट जरूर होगा। चाहे वह चंदामामा ही क्यों न हो। उसमें भी दाग है। सोचिए, अगर कंस मामा न होते तो भानजे कृष्ण का 'फ्यूचर' क्या होता? शकुनि नहीं होते तो महाभारत कराने की औकात दुर्योधन में नहीं थी। मामा शल्य दुर्योधन के आदर-सत्कार से इतने खुश हुए कि वे विरोध पक्ष के पाले में चले गए और कर्ण के सारथी बन बैठे। सिर्फ कर्ण को ही पता था कि शल्य उसका मामा है। आजीवन जातीय

अपमान और 'आइडेंटिटी क्राइसिस' झेलनेवाले कर्ण को शल्य के ताने भी सुनने पड़े। रावण का मामा मारीच न होता तो सीता का हरण कैसे होता? राम-रावण युद्ध न हो पाता। रामकथा उलट जाती। राम कमजोर और रावण का चरित्र बेहतर दिखता।

इतिहास गवाह है कि सारे बड़े काम भानजों ने मामा के निर्देशन में किए हैं। हर मामा का फर्ज है कि वह अपने भानजे की मौज करवाए। चाहे अपनी जेब से या जनता की जेब काटकर। यह तो भानजे की बदकिस्मती थी कि वह पकड़ा गया। इसमें मामा का क्या दोष? वह तो भानजे के प्रति अपने कर्तव्य का पालन कर रहे थे। भानजा मामा का माल उड़ाने के लिए चढ़ा तो था रेल में, पर पहुँच गया जेल में। मेरे मामा जब घर आते कभी खाली हाथ नहीं आते। हम भानजों के लिए कुछ-न-कुछ लाते जरूर थे, तो बंसल साहब ने क्या बुरा किया! उनके हाथ लंबे थे, इसलिए भानजे को ज्यादा माल दिलवाया। कवि यश मालवीय मामा-भानजा रिश्तों की गाँठ खोलते हैं। 'भला पुरानी कब हुई, शकुनि तेरी चाल। मामा-भानजे साथ मिल, गला रहे हैं दाल॥'

माहिल मामा के कारण ही आल्हा-ऊदल में जंग छिड़ी थी। इस मामा की करतूत से भाई, भाई के खून का प्यासा हो गया था। पद्मपदाचार्य आठवीं शती में आदिशंकर के चार शिष्यों में एक थे। उनके मामा द्वैती थे। पद्मपदाचार्य ने 'ब्रह्मसूत्र भाष्य' पर टीका लिखी। भानजे ने द्वैत का खंडन कर अद्वैत का प्रतिपादन किया था। मामा को बुरा लगा। पद्मपदाचार्य जब तीर्थयात्रा पर गए तो मामा द्वैती ने घर में आग लगा दी। घर के साथ भानजे की टीका भी जल गई। मामा की इस कुटिलता से पद्मपदाचार्य दुबारा टीका नहीं लिख पाए।

लखनऊ के अमीनाबाद के पास मामू-भानजे की कब्र है। जहाँ षड्यंत्रों के शिकार लोग अपनी झाड़-फूँक कराते हैं। यानी कब्र में जाने के बाद भी मामू-भानजे षड्यंत्र के सूत्र अपने हाथ में ही रखते हैं। छत्तीसगढ़ में मामा-भानजे का मंदिर है। वहाँ भी ऐसे ही उपाय होते हैं। हालाँकि छत्तीसगढ़ में भानजों की बड़ी प्रतिष्ठा है। मामा उनके पाँव छूता है। छत्तीसगढ़ ही प्राचीन कोसल राज्य था। जहाँ की बेटी कोसल्या महाराज दशरथ को ब्याही थी। इस नाते कोसल्या बहन और राम भानजे हुए, सो वहाँ हर भानजा राम के तौर पर प्रतिष्ठित हो गया। उसके पाँव छूकर लोग

यश और पुण्य के भागी बनते हैं। चाँद को मामा इसलिए कहते हैं, क्योंकि चाँद और पृथ्वी का जन्म एक ही नक्षत्र में हुआ। पृथ्वी माँ है, इसलिए उसका सहोदर मामा, पर वो भी दागदार है। महाभारत में कृपाचार्य अश्वत्थामा के मामा थे। उनकी कुटिलता ने द्रौपदी के बेटों की हत्या सोते वक्त करा दी थी। पूरे महाभारत की यह सबसे जघन्य कथा है।

इमरजेंसी के उत्पीड़न से तंग आकर हेमवती नंदन बहुगुणा ने कांग्रेस छोड़ दी थी। संजय गांधी ने उनका अपमान किया था। कुछ समय बाद बहुगुणाजी दुबारा कांग्रेस में लौटे तो संजय गांधी ने उन्हें मामा कहा और माफी माँगी। यह बात दूसरी है कि इस दफा कांग्रेस ने उन्हें 'मामू' बनाया। नाराज बहुगुणा ने फिर कांग्रेस छोड़ दी। उसके बाद पलटकर देखा नहीं। यह मामा को 'मामू' बनाने का कांग्रेसी तरीका था।

वैसे राजनीति में भानजे के जरिए पैसा कमाना भी जनता को 'मामू' बनाने जैसा ही खेल है। यह काम कोई भाई, भतीजा या बेटा बखूबी नहीं कर सकता, क्योंकि उसके नाम के अंत में बंसल लिखा होता। ऐसे में घपला पहली नजर में ही पकड़ा जाता, लेकिन भानजे के साथ ऐसी दिक्कत नहीं है। वे तो 'सरकारी तोते' थे, जिन्होंने बंसल-सिंगला के बीच रिश्ता ढूँढ़ निकाला। वरना जनता जान ही नहीं पाती सिंगला नामक प्रजाति क्या होती है।

धन्य हैं वे मामा, जिनके नाम पर भानजे करोड़ों की डील फाइनल करते हैं। हम तो बचपन में गाते थे, 'मामा-मामा भूख लगी है। खा लो बेटा मूँगफली। मूँगफली में दाना नहीं। हम तुम्हारे मामा नहीं।' इस पंक्ति में अब बदलाव जरूरी हैं—'मामा-मामा भूख लगी। खा लो बेटा घूस बड़ी। पर घूस पर हंगामा नहीं, वरना हम तुम्हारे मामा नहीं।' बदकिस्मती है कि मेरे पास ऐसा कोई मामा नहीं है। मुझे भी एक ऐसे ही मामा की तलाश है—'बिन मामा सब सून'।

□

मर्यादा के राम

जिसमें रम गए वही राम है। सबके अपने-अपने राम हैं। गांधी के राम अलग हैं, लोहिया के राम अलग। वाल्मीकि और तुलसी के राम में भी फर्क है। भवभूति के राम दोनों से अलग हैं। कबीर ने राम को जाना था, तुलसी ने माना। राम एक ही हैं पर दृष्टि सबकी भिन्न। भारतीय समाज में मर्यादा, आदर्श, विनय, विवेक, लोकतांत्रिक मूल्यवत्ता और संयम का नाम है राम। भले आप ईश्वरवादी न हों। फिर भी घर-घर में राम की गहरी व्याप्ति से उन्हें मर्यादा पुरुषोत्तम तो मानना ही पड़ेगा। स्थितप्रज्ञ, असंपृक्त, अनासक्त एक ऐसा लोकनायक, जिसमें सत्ता के प्रति निरासक्ति का भाव है। जो सत्ता छोड़ने के लिए सदा तैयार है।

राम का आदर्श लक्ष्मण रेखा की मर्यादा है। लाँघी तो अनर्थ, सीमा में रहे तो खुशहाल और सुरक्षित जीवन। वे जाति वर्ग से परे हैं। नर, वानर, आदिवासी, पशु, मानव, दानव सभी से उनका करीबी रिश्ता है। अगड़े-पिछड़े से ऊपर। निषादराज हों या सुग्रीव, शबरी हों या जटायु, सभी को साथ ले चलनेवाले वे अकेले देवता हैं। भरत के लिए आदर्श भाई, हनुमान के लिए स्वामी, प्रजा के लिए नीतिकुशल न्यायप्रिय राजा हैं। परिवार नाम की संस्था में भी उन्होंने नए संस्कार जोड़े। पति-पत्नी के प्रेम की नई परिभाषा दी। ऐसे वक्त जब खुद उनके पिता ने तीन विवाह किए थे। तब भी राम ने अपनी दृष्टि सिर्फ एक महिला तक सीमित रखी। उस निगाह से किसी दूसरी महिला को कभी नहीं देखा। जब सीता का अपहरण हुआ वे व्याकुल थे। रो-रोकर पेड़, पौधे, पक्षी और पहाड़ से उनका पता पूछ रहे थे। इससे उलट जब कृष्ण धरती पर आए तो उनकी प्रेमिकाएँ असंख्य थीं। सिर्फ एक रात में सोलह हजार गोपिकाओं के साथ उन्होंने रास किया था।

अपने पिता की अटपटी आज्ञा का पालन कर उन्होंने पिता-पुत्र के संबंधों को नई ऊँचाई दी।

बेशुमार ताकत से अहंकार का एक खास रिश्ता हो जाता है। लेकिन अपार शक्ति के बावजूद राम मनमाने फैसले नहीं लेते, वे लोकतांत्रिक हैं। सामूहिकता को समर्पित विधान की मर्यादा जानते हैं। धर्म और व्यवहार की मर्यादा भी और परिवार का बंधन भी। नर हो या वानर इन सबके प्रति वे अपने कर्तव्यबोध पर सजग रहते हैं। वे मानवीय करुणा जानते हैं। वे मानते हैं—'परहित सरिस धर्म नहिं भाई।' डॉ. लोहिया पूछते हैं, 'जब कभी गांधी ने किसी का नाम लिया तो राम का ही क्यों लिया? कृष्ण और शिव का भी ले सकते थे? दरअसल, राम देश की एकता के प्रतीक हैं। गांधी राम के जरिए हिंदुस्तान के सामने एक मर्यादित तसवीर रखते थे।' वे उस रामराज्य के हिमायती थे, जहाँ लोकहित सर्वोपरि था, जो गरीब नवाज था। तुलसी से सुनिए।—'मणि मानिक महँगे किए, सहजे तृण जल नाज। तुलसी सोई जानिए, राम गरीब नवाज।' इसीलिए लोहिया भारत माँ से माँगते हैं, 'हे भारत माता! हमें शिव का मस्तिष्क दो, कृष्ण का हृदय दो, राम का कर्म और वचन दो।' लोहियाजी अनीश्वरवादी थे। पर धर्म और ईश्वर पर उनकी सोच मौलिक थी।

राम साध्य है, साधन नहीं। यह बात और है कि हमारे कुछ राजनैतिक दलों ने उन्हें साधन बना लिया है। गांधी का राम सनातन, अजनमा और अद्वितीय है। वह दशरथ का पुत्र और अयोध्या का राजा नहीं है। वह आत्मशक्ति का उपासक प्रबल संकल्प का प्रतीक है। निर्बल का एकमात्र सहारा है। शासन की उसकी कसौटी प्रजा का सुख है। यह लोकमंगलकारी कसौटी आज की सत्ता पर हथौड़े सी चोट करती है—"जासु राज प्रिय प्रजा दुःखारी। सो नृपु अवसि नरक अधिकारी"। राम की व्यवस्था सबको आगे बढ़ने की प्रेरणा और ताकत देती है। हनुमान, सुग्रीव, जांबवंत, नल, नील सभी को समय-समय पर नेतृत्व का अधिकार उन्होंने दिया। उनका जीवन बिना हड़पे हुए फलने की कहानी है। वह देश में शक्ति का सिर्फ एक केंद्र बनाना चाहते हैं। देश में इसके पहले शक्ति और प्रभुत्व के दो प्रतिस्पर्धी केंद्र थे—अयोध्या और लंका। राम अयोध्या से लंका गए। रास्ते में अनेक राज्य जीते। राम ने उनका राज्य नहीं हड़पा। उनकी जीत शालीन थी। जीते राज्यों को जैसे का तैसा रहने दिया। अल्लमा इकबाल कहते हैं,

'है राम के वजूद पे हिंदोस्तां को नाज, अहले नजर समझते हैं, उसको इमाम-ए-हिंद।'

राम का जीवन बिलकुल मानवीय ढंग से बीता। उनके यहाँ दूसरे देवताओं की तरह किसी चमत्कार की गुंजाइश नहीं है। आम आदमी की मुश्किल उनकी मुश्किल है। जो लूट, डकैती, अपहरण और भाइयो के द्वारा सत्ता से बेदखली के शिकार होते हैं। जिन समस्याओं से आज का आम आदमी जूझ रहा है। राम उनसे दो-चार होते हैं। कृष्ण और शिव हर क्षण चमत्कार करते हैं। राम की पत्नी का अपहरण हुआ तो उसे वापस पाने के लिए उन्होंने अपनी गोल बनाई। लंका जाना हुआ तो उनकी सेना एक-एक पत्थर जोड़ पुल बनाती है। वे कुशल प्रबंधक हैं। उनमें संगठन की अद्‌भुत क्षमता है। जब दोनों भाई अयोध्या से चले तो महज तीन लोग थे। जब लौटे तो पूरी सेना के साथ। एक साम्राज्य का निर्माण कर। राम कायदे-कानून से बँधे हैं। वे उससे बाहर नहीं जाते। एक धोबी ने जब अपहृत सीता पर टिप्पणी की तो वे बेबस हो गए। भले ही उसके आरोप बेदम थे। फिर भी वे इस आरोप का निवारण उसी नियम से करते हैं, जो आम जन पर लागू है। वे चाहते तो नियम बदल सकते थे। संविधान संशोधन कर सकते थे। पर उन्होंने नियम-कानून का पालन किया। सीता का परित्याग किया। जो उनके चरित्र पर एक बड़ा धब्बा है। तो आखिर मर्यादा पुरुषोत्तम क्या करते? उनके सामने एक दूसरा रास्ता भी था, सत्ता छोड़ सीता के साथ चले जाते। लेकिन जनता (प्रजा) के प्रति उनकी जवाबदेही थी। इसलिए इस रास्ते पर वे नहीं गए।

राम अगम हैं, संसार के कण-कण में विराजते हैं। सगुण भी हैं, निर्गुण भी। कबीर कहते हैं—निर्गुन राम जपहु रे भाई। मैथिलीशरण गुप्त मानते हैं—राम तुम्हारा चरित्र स्वयं ही काव्य है। कोई कवि बन जाए सहज संभाव्य है। यह राम से ही संभव है कि मैथिलीशरण गुप्त जैसा तुकाराम भी राष्ट्रकवि बन जाता है।

□

उन्मुक्त कृष्ण

कृष्ण के साथ अपना रिश्ता जितना आत्मीय है, किसी और देवता के साथ नहीं। बचपन से एक तादात्म्य है। सखा भाव है। राज-रंग, छल-कपट, भक्ति, योग, भोग, राजनीति, चोरी, मक्कारी, झूठ, फरेब जिस ओर नजर डालें, गोपाल खड़े मिलते हैं। वे हमारे नजदीक दिखते हैं। कृष्ण का यही अनूठापन उन्हें आज भी प्रासंगिक बनाता है। सच पूछिए तो कृष्ण ही हैं जो हर उम्र में हमउम्र लगते हैं। शायद इसीलिए आज भी जन्माष्टमी पर दिल बच्चा हो जाता है। इस उत्सव को मनाने में वैसा ही जोश हममें रहता है जैसा 40 बरस पहले था। आखिर क्यों? दस बरस की उम्र में तो धर्म के प्रति वैसी आस्था भी नहीं बनती। तो आखिर क्या है इस कृष्ण में जो हमेशा संगी-साथी सा दिखता है।

कृष्ण हुए तो अतीत में, लेकिन हैं भविष्य के। उनका देवत्व धर्म की परम गहराइयों और ऊँचाइयों पर होकर भी गंभीर नहीं है। वह जिंदगी से उदास, निराश और भागा हुआ नहीं है। कृष्ण हर परिस्थिति में अकेले नाचते दिखते हैं। हँसते-गाते मिलते हैं। अतीत के सभी दु:खवादी धर्म की नींव पर। डॉ. लोहिया की मानें तो कृष्ण उन्मुक्त समाज के प्रथम पुरुष थे। यही उन्मुक्तता उन्हें देवत्व से कभी-कभी दूर ले जाती है। वे कायदे तोड़ते थे। ठीक उसी तरह जैसे आज का सत्ता प्रतिष्ठान बुद्धि के जरिए नियम तोड़ता है। इसलिए आज भी कृष्ण की निरंतरता है।

सूर के कृष्ण गोवर्धनगिरिधारी, कुशल रणनीतिकार थे। द्वारिका नरेश कम, नटखट माखनचोर ज्यादा हैं। इसीलिए हम बचपन में कभी रामनवमी या शिवरात्रि में उतने उत्साह से नहीं भरे-जितने जन्माष्टमी में। सात रोज पहले से तैयारियाँ शुरू हो जाती थीं। लकड़ी के बुरादे का रंग-

रोगन होता था, घर से दस किलोमीटर दूर साइकिल से बिजलीघर जाकर खंगर (जला कोयला) लाते थे। गोवर्धन पर्वत की झाँकी के लिए। पूरे साल अपने जेबखर्च से पैसा बचा-बचाकर खिलौने खरीदना। हर बार एक नएपन के साथ। मेरी पत्नी बताती हैं कि ऐसी ही तैयारियाँ उनके यहाँ भी होती थीं। फर्क इतना था कि वे कार से जाती थीं मैं साइकिल से। वे सजावट के सामान खरीदकर लाती थीं और मैं जुगाड़ से। पर साइकिल और कार का यह अंतर कृष्ण का जन्मदिन मनाने के उत्साह को कहीं कम नहीं करता था।

यह आकर्षण मात्र इसलिए नहीं है कि देवताओं की श्रृंखला में इकलौते कृष्ण हैं, जो सामान्य आदमी के करीब हैं, बल्कि इसलिए है कि कृष्ण के जन्म के साथ ही उनके मारे जाने की धमकी है। यह धमकी उनके देवत्व को चुनौती देती है। जन्म के बाद प्रतिपल उनकी मृत्यु संभावी है। किसी भी क्षण मृत्यु आ सकती है, इसी आशंका में उनका बचपन बीतता है। कृष्ण ऐसी जिंदगी है, जिसके दरवाजे पर मौत कई बार आती है और हारकर लौटती है। जैसे आज के असुरक्षित समाज में पैदा होते ही मृत्यु से लड़ना आम आदमी की नियति है। इसलिए कृष्ण हमें अपने पास के लगते हैं।

वे कृष्ण ही थे, जिन्होंने माँ का मक्खन चुराने से लेकर दूसरे की बीवी हरने तक का काम किया। महाभारत में एक ऐसे आदमी से झूठ बुलवाया, जिसने कभी झूठ नहीं बोला। उनके अपने झूठ अनेक हैं। सूर्य को छिपाकर नकली सूर्यास्त करा दिया, ताकि शत्रु मारा जा सके। भीष्म के सामने नपुंसक शिखंडी खड़ा कर दिया, ताकि बाण न चले। खुद सुरक्षित आड़ में रहे। उन्होंने मित्र की मदद स्वयं अपनी बहन को भगाने में की। यानी कृष्ण एक पाप के बाद दूसरा पाप बेहिचक करते हैं। उनके कायदे-कानून जड़ नहीं हैं। वह धर्म की रक्षा के लिए परिस्थितियों के अनुसार बदलते रहते हैं।

सदियों के अंतराल के बाद भी उनका बाँकपन, उनका अनूठा व्यक्तित्व हमें आकर्षित करता है। आज के संदर्भ में कृष्ण को समझना जरूरी है। मनुष्य की बनाई यह सभ्यता कृष्ण की समझ से सहज हो सकेगी, दुःखदायी नहीं रहेगी, निषेधवादी नहीं रहेगी। हमें समझ पड़ेगा कि जीवन आनंद है, उत्सव है, उसके विरोध में कोई परमात्मा नहीं बैठा

है। धर्म की कट्टरता उस फोल्डिंग कुरसी की तरह समझ में आने लगेगी, जिसकी जरूरत पड़ी तो फैलाकर बैठ गए, नहीं तो मोड़कर कोने में टिका दिया।

कृष्ण ही नहीं, उनकी बोली-बानी गीता, युद्धक्षेत्र में लिखी गई पहली पुस्तक है, जिसका मुकाबला दुनिया की कोई किताब नहीं करती। धर्म के दायरे से बाहर भी। कृष्ण सिर्फ रणकौशल के ही जानकार नहीं थे। वे रणनीतिकार और सत्ता प्रतिष्ठान की बारीकियाँ भी बखूबी समझते थे। वे रसिक भी थे। आनंदमार्गी भी। प्रेम के संयोग और वियोग दोनों ही अवस्थाओं से सीधे जुड़े थे। कृष्ण रम जाने का सारा कौशल जानते थे। एकाकार होना उन्हीं ने सिखाया। 'नंदग्राम की भीड़ में गुमे नंद के लाल। सारी माया एक है, क्या मोहन क्या ग्वाल।'

शरद पूर्णिमा की आधी रात को कृष्ण ने वृंदावन में सोलह हजार गोपिकाओं के साथ रास किया था। इस महारास की खासियत थी कि हर गोपिका को कृष्ण के साथ नाचने का आभास था। उनका आनंद अटूट था। 'निसदिन बरसत नैन हमारे। सदा रहत पावस ऋतु हम पर जब ते स्याम सिधारे।' वाली हालत से कौन नहीं गुजरा होगा अपनी किशोरावस्था में।

कृष्ण के मायने ही हैं, जिसे संसारी चीजें खींचती हों। यानी चुंबकीय व्यक्तित्व, आकर्षण का केंद्र। कृष्ण भक्त तो हैं ही और भगवान् भी, इसलिए उनसे रिश्ता सीधा और सहज जुड़ता है। जीवन जीने में आनेवाली तमाम चुनौतियों के जवाब उनके पास वर्तमान सामाजिक संदर्भों में हैं। शासन तंत्र की समस्याएँ, सत्ता के षड्यंत्र, रिश्तों की नाजुकता आज भी वैसी ही है, जो कृष्ण-काल में थी।

□

सत्य के शिव

आखिर शिव में ऐसा क्या है? जो उत्तर में कैलास से लेकर दक्षिण में रामेश्वरम् तक वे एक जैसे पूजे जाते हैं। उनके व्यक्तित्व में कौन सा चुंबक है जिस कारण समाज के भद्रलोक से लेकर शोषित, वंचित, भिखारी तक उन्हें अपना मानते हैं। वे क्यों सर्वहारा के देवता हैं। उनका दायरा इतना व्यापक क्यों है?

राम का व्यक्तित्व मर्यादित है। कृष्ण का उन्मुक्त और शिव असीमित व्यक्तित्व के स्वामी। वे आदि हैं और अंत भी। शायद इसीलिए बाकी सब देव हैं। केवल शिव महादेव। वे उत्सव प्रिय हैं। शोक, अवसाद और अभाव में भी उत्सव मनाने की उनके पास कला है। वे उस समाज में भरोसा करते हैं। जो नाच-गा सकता हो। यह शैव परंपरा है। जर्मन दार्शनिक फ्रेडरिक नीत्शे कहते हैं 'उदास परंपरा बीमार समाज बनाती है।' शिव का नृत्य श्मशान में भी होता है। श्मशान में उत्सव मनानेवाले वे अकेले देवता है। लोक गायन में भी वे उत्सव मनाते दिखते हैं। 'खेले मसाने में होरी दिगंबर खेले मसाने में होरी। भूत, पिशाच, बटोरी दिगंबर खेले मसाने में होरी।'

सिर्फ देश में ही नहीं विदेश में भी शिव की गहरी आस्था है। हिप्पी संस्कृति साठवें दशक में अमेरिका से भारत आई। हिप्पी आंदोलन की नींव यूनानियों की प्रति संस्कृति आंदोलन में देखी जा सकती है। पर हिप्पियों के आदि देवता शिव तो हमारे यहाँ पहले से ही मौजूद थे या यों कहे शिव आदि हिप्पी थे। अधनंगे, मतवाले, नाचते-गाते, नशा करते भगवान् शंकर। इन्हें भंगड़, भिक्षुक, भोला भंडारी भी कहते हैं। आम आदमी के देवता भूखो-नंगों के प्रतीक। वे हर वक्त समाज की सामाजिक

बंदिशों से आजाद होने, खुद की राह बनाने और जीवन के नए अर्थ खोजने की चाह में रहते हैं।

यही मस्तमौला 'हिप्पीपन' उनके विवाह में अड़चन था। कोई भी पिता किसी भूखे, नंगे, मतवाले से बेटी ब्याहने की इजाजत कैसे देगा। शिव की बारात में नंग-धड़ंग, चीखते, चिल्लाते, पागल, भूत-प्रेत, मतवाले सब थे। लोग बारात देख भागने लगे। शिव की बारात ही लोक में उनकी व्याप्ति की मिसाल है।

विपरीत ध्रुवों और विषम परिस्थितियों से अद्‌भुत सामंजस्य बिठानेवाला उनसे बड़ा कोई दूसरा भगवान् नहीं है। मसलन, वे अर्धनारीश्वर होकर भी काम पर विजेता हैं। गृहस्थ होकर भी परम विरक्त हैं। नीलकंठ होकर भी विष से अलिप्त हैं। उग्र होते हैं तो तांडव, नहीं तो सौम्यता से भरे भोला भंडारी। परम क्रोधी पर दयासिंधु भी शिव ही हैं। विषधर नाग और शीतल चंद्रमा दोनों उनके आभूषण हैं। उनके पास चंद्रमा का अमृत है और सागर का विष भी। साँप, सिंह, मोर, बैल, सब आपस का बैर-भाव भुला समभाव से उनके सामने है। वे समाजवादी व्यवस्था के पोषक। वे सिर्फ संहारक नहीं कल्याणकारी, मंगलकर्ता भी हैं। यानी शिव विलक्षण समन्वयक हैं।

शिव गुट निरपेक्ष हैं। सुर और असुर दोनों का उनमें विश्वास है। राम और रावण दोनों उनके उपासक हैं। दोनों गुटों पर उनकी समान कृपा है। आपस में युद्ध से पहले दोनों पक्ष उन्हीं को पूजते हैं। लोक कल्याण के लिए वे हलाहल पीते हैं। वे डमरू बजाएँ तो प्रलय होता है, प्रलयंकारी इसी डमरू से संस्कृत व्याकरण के चौदह सूत्र भी निकलते हैं। इन्हीं माहेश्वर सूत्रों से दुनिया की कई दूसरी भाषाओं का जन्म हुआ।

आज पर्यावरण बचाने की चिंता विश्वव्यापी है। शिव पहले पर्यावरण प्रेमी हैं, पशुपति हैं। निरीह पशुओं के रक्षक हैं। आर्य जब जंगल काट बस्तियाँ बसा रहे थे। खेती के लिए जमीन तैयार कर रहे थे। गाय को दूध के लिए प्रयोग में ला रहे थे पर बछड़े का मांस खा रहे थे। तब शिव ने बूढ़े बैल नंदी को वाहन बनाया। सांड़ को अभयदान दिया। जंगल कटने से बेदखल साँपों को आश्रय दिया।

कोई उपेक्षितों को गले नहीं लगाता, महादेव ने उन्हें गले लगाया। श्मशान, मरघट में कोई नहीं रुकता। शिव ने वहाँ अपना ठिकाना बनाया।

जिस कैलास पर ठहरना कठिन है। जहाँ कोई वनस्पति नहीं, प्राणवायु नहीं, वहाँ उन्होंने धूनी लगाई। दूसरे सारे भगवान् अपने शरीर के जतन के लिए न जाने क्या-क्या द्रव्य लगाते हैं। शिव केवल भभूत का इस्तेमाल करते है। उनमें रत्ती भर लोक दिखावा नहीं है। शिव उसी रूप में विवाह के लिए जाते हैं, जिसमें वे हमेशा रहते हैं। वे साकार हैं, निराकार भी। इस इससे अलग लोहिया उन्हे गंगा की धारा के लिए रास्ता बनानेवाला अद्धितीय इंजीनियर मानते थे।

शिव न्यायप्रिय हैं। मर्यादा तोड़ने पर दंड देते हैं। काम बेकाबू हुआ तो उन्होने उसे भस्म किया। अगर किसी ने अति की तो उनके पास तीसरी आँख भी है। दरअसल तीसरी आँख सिर्फ 'मिथ' नहीं है। आधुनिक शरीर शास्त्र भी मानता है कि हमारी आँख की दोनों भृकुटियों के बीच एक ग्रंथि है और वह शरीर का सबसे संवेदनशील हिस्सा है, रहस्यपूर्ण भी। इसे 'पीनियल ग्रंथि' कहते हैं। यह हमेशा सक्रिय नहीं रहती पर इसमें संवेदना ग्रहण करने की अद्‌भुत ताकत है। इसे ही शिव का तीसरा नेत्र कहते हैं। उसके खुलने से प्रलय होगा। ऐसी अनंत काल से मान्यता है।

शिव का व्यक्तित्व विशाल है। वे काल से परे महाकाल है। सर्वव्यापी हैं, सर्वग्राही हैं। सिर्फ भक्तों के नहीं देवताओं के भी संकटमोचक हैं। उनके 'ट्रबल शूटर' हैं। शिव का पक्ष सत्य का पक्ष है। उनके निर्णय लोकमंगल के हित में होते हैं। जीवन के परम रहस्य को जानने के लिए शिव के इन रूपों को समझना जरूरी होगा, क्योंकि शिव उस आम आदमी की पहुँच में हैं, जिसके पास मात्र एक लोटा जल है। इसीलिए उत्तर में कैलास से लेकर दक्षिण में रामेश्वरम् तक उनकी व्याप्ति और श्रद्धा एक सी है।

□

आज भी रावण

रावण जनशक्ति का शत्रु है। उसे जलाया जाना सालाना उत्सव है। हर साल जलाएं जाने के बाद फिर से जलने के लिए पैदा होना, यही रावण होने का मतलब है। रावण के रक्तबीज चारों तरफ फैले हैं। आप जलाते जाएँगे। वह जनमते जाएँगे। रावण प्रतीक है अधर्म का, अन्याय का, अहंकार का, अनीति का, सामान्य जन के उत्पीड़न का। वह दशानन है, उसके दस सिर और दस मुँह हैं। सिर अहंकार का प्रतीक है और मुँह एक साथ दस किस्म के बात की गारंटी। राम का पक्ष आम जन का पक्ष है और रावण अनियंत्रित बेकाबू सत्ता पर सवार शासक। रथी और विरथ की यह सर्वव्यापी लड़ाई युगों-युगों से जारी है।

रावण कालजयी है, वह देशकाल से परे है। रावण रथी है, उससे युद्धरत रघुवीर पैदल हैं। आज की शोषक परंपरा भी रथी है, उस वक्त भी वह रथी थी। तब से इस प्रवृत्ति से बार-बार लड़ना; लड़ते-लड़ते थकना, हारते हुए दिखना, फिर लड़ना, यही आम आदमी की नियति है। वह हर काल में विरथ ही रहा है, यानी रावण रथ पर, जनता पैदल है। रावण मंच पर, जनता नीचे है। रावण तंत्र पर काबिज है, जनता उससे जूझ रही है। रावण नीति निर्माता है, जनता उसे भुगतती है। यह लड़ाई अनंत है।

रथी और विरथ का यह द्वंद्व प्रतीक है ताकत, सत्ता बनाम मानव मूल्यों के संघर्ष का। रावण के फौज-फाटे को देख विभीषण अधीर होते हैं। तुलसीदास कहते हैं—'रावनु रथी बिरथ रघुबीरा, देखि बिभीषण भयउ अधीरा।' विभीषण की चिंता सत्ता के औजारों से है। राम निरपेक्ष भाव से उन्हें भरोसा देते हैं—"हम सत्य, शील, शौर्य, धैर्य, बल, विवेक, परोपकार, क्षमा, दया के रथ पर सवार हैं।" राम का पक्ष मानव मूल्यों का है, आम

जन का है, इसलिए वे अपनी सीमाएँ जानते हैं। विभीषण की नजर साध्य की तरफ है, राम की साधन की ओर। साधन जिसके पवित्र होंगे, जीत उसकी होगी। यही पक्ष तो गांधी का भी था।

समय बदला है। रावण सत्ता से निकल उदारीकरण और एफ.डी.आई. के जरिए बाजार तथा तंत्र में घुस गया है। रावण अब 'ग्लोबलाइजेशन' के रथ पर सवार है। यह बदलाव हमारी धार्मिक परंपरा में नहीं, आज की राजनीति में भी दिखता है। डॉ. लोहिया ने तो कहा ही था, "धर्म दीर्घकालीन राजनीति है और राजनीति अल्पकालीन धर्म।" राम की जीत अधर्म पर धर्म की जीत थी। सच जीता था, रावण हारा था। हमारे यहाँ कहा ही गया है, 'सत्यमेव जयते'। भारत ने इसे अपना राष्ट्रीय प्रतीक बनाया है। सत्य की सदा विजय होती है, ऐसा होना चाहिए। यह हमारी आकांक्षा है, मगर ऐसा होता नहीं। यह एक 'यूटोपिया' है, आज तथ्य उलटा है। जिसकी जीत होती है, उसे ही लोग सत्य कहते हैं।

चिकमंगलूर उपचुनाव में इंदिरा गांधी के मुकाबले जनता पार्टी के वीरेंद्र पाटील उम्मीदवार थे। दोनों शृंगेरी के शंकराचार्य से अलग-अलग मिले। शंकराचार्य ने दोनों को विजयी होने का आशीर्वाद दिया। लोगों ने पूछा, आपने दोनों को जीतने का आशीर्वाद दिया है, यह कैसे हो सकता है। शंकराचार्य बोले, "सत्यमेव जयते।" यहाँ हारना पाप है, जीतना पुण्य है। रावण प्रवृत्ति के तौर पर आज भी जीवित है, और हम हर साल उसे फूँकते हैं। युगों से इस प्रवृत्ति से लड़ते लोगों के लिए राम उम्मीद की एक किरण हैं, इसलिए वे राम के पक्ष में खड़े हो रावण का पुतला जलाते हैं।

रथी परंपरा के वाहक आज के मौजूदा राजनैतिक व्यवस्था में भी हैं। आम जन के खिलाफ यह राजनैतिक ढाँचा उसी रथी परंपरा के साथ खड़ा नजर आता है। यह ढाँचा मुट्ठी भर लोगों को पूरे देश पर नियंत्रण करने के लिए बनाया गया है। इसमें सारी ताकत सत्ता के एक छोटे केंद्र में सिमटती गई। 66 बरस के सत्ता के सफर का मकसद सिर्फ यही रहा कि कहीं कोई ऐसा व्यक्ति न पैदा हो जो उससे ताकतवर दिखे। इसी प्रवृत्ति ने रावण को जिलाए रखा है। हम पुतला जलाते जाएँगे, वह जीवन पाता रहेगा।

रावण अद्‌भुत विद्वान् था। सभी शास्त्रों का ज्ञाता था। महान् ऋषि पुलस्त्य का पौत्र था। विश्वश्रवा का पुत्र था। अपने समय के महान् वास्तुकार मय का जामाता था। फिर अधर्म का प्रतीक क्यों माना गया? क्योंकि वह

अमर्यादित था, अहंकारी था। खुद ईमानदारी का चोंगा ओढ़ बेईमानों का सरगना था। कायदे-कानून उसकी मरजी पर चलते थे। सत्ता के दंभ में चूर और विधान से ऊपर था। अलोकतांत्रिक था, इसलिए अधर्मी माना गया। क्या आज के रथी परंपरा के वाहक इन ढेर सारे गुणों से लैस नहीं दिखते? इस परंपरा की मजबूरी है बुराइयों से घिरना। इसलिए रावण जीवित है।

दूसरी ओर राम 'मर्यादा पुरुषोत्तम' हैं। उनकी ताकत, आचरण, व्यवहार मर्यादा के दायरे में है। धोबी का आरोप हो या पिता का आदेश, राम ने कभी नियमों को नहीं तोड़ा। वे चाहते तो अपने हक में संविधान संशोधन भी कर सकते थे। वे चाहते तो राज छोड़ सीता के साथ रह सकते थे। पहले उत्तर प्रदेश में और अभी कर्नाटक में यह घटा है।

दरअसल रावण 'मिथ' नहीं प्रवृत्ति है और उससे लड़ना आम आदमी की नियति है। आम आदमी बिलकुल निहत्था और पैदल, रावण और उसकी पूरी सेना के सामने। काम भस्म होने के बाद अनंग होकर हममें जीवित है। लगता है, रावण भी अनंग होकर हममें जीवित है। सज्जनों को त्रासित करता है। कवि की भी यही चिंता है, ''किस रावण की भुजा उखाड़ूँ, किस लंका में आग लगाऊँ, जन-जन रावण, घर-घर लंका। इतने राम कहाँ से लाऊँ?''

□

मातृ रूपेण संस्थिता

'शक्ति' को साधने का उत्सव है दुर्गापूजा। हम सबमें ऊर्जा की इकलौती स्रोत है शक्ति। हर किसी को शक्ति चाहिए। मनमोहन सिंह को आर्थिक सुधार लागू करने के लिए शक्ति चाहिए। नरेंद्र मोदी को में कांग्रेस को हराने के लिए शक्ति चाहिए। विपक्ष को सरकार गिराने के लिए शक्ति चाहिए। रॉबर्ट वाड्रा को अरविंद केजरीवाल से निपटने के लिए शक्ति चाहिए। रोजी-रोटी की लड़ाई में आमजन को भी शक्ति चाहिए। यानी सबकी व्याकुलता शक्ति के लिए है। दरअसल, धारणा यह है कि गऊपट्टी में रहनेवालों के पास अध्यात्म तो है पर शक्ति नहीं है। इसलिए शक्ति पाने के लिए हमारे पुरखों ने साल में दो बार नवरात्र पूजा का विधान किया जीवन और समाज की रक्षा के लिए। इन नवरात्रों में शक्ति के उत्सव में आमजन इस कदर लीन होता है कि स्पर्श, गंध और स्वर सबमें शक्ति को महसूस करने लगता है। दुर्गापूजा का प्राणतत्त्व उसका यही लोकतत्त्व है।

एक हजार साल की पराजित मानसिकता से हममें जो शक्तिहीनता दिखी, उससे इस समाज में 'शक्ति पूजा' केंद्र में आ गई। यह आत्महीनता की अवस्था थी। जब भगवान् राम का आत्मविश्वास भी रावण के सामने डिगने लगा। वे रावण के बल और शौर्य से चकित अपनी जीत के प्रति संशयग्रस्त हो रहे थे। तब उन्होंने भी 'शक्ति पूजा' का सहारा लिया। राम की आस्था और जनपक्षधरता को देखते हुए शक्ति ने उन्हें भरोसा दिया—'होगी जय, होगी जय, हे पुरुषोत्तम नवीन।' शक्ति असुर भाव को नष्ट करती है। चाहे वह भीतर हो या बाहर। नवरात्र में शक्तिपूजा का मतलब भी यही है कि अपनी समस्त ऊर्जा का समर्पण और सभी ऊर्जा का स्रोत

एक शक्ति को मानना।

बचपन से हमें घुट्‌टी पिलाई गई कि जब-जब आसुरी शक्तियों के अत्याचार या प्राकृतिक आपदाओं से जीवन तबाह होता है। तब शक्ति का अवतरण होता है। पर आज की पीढ़ी के लिए शक्ति पूजा गरबा, डांडिया और जात्रा के अलावा और क्या है? पूजा के नाम पर जबरन चंदा वसूली का एक नया सांस्कृतिक-राष्ट्रवाद पैदा हो रहा है, जिसमें साधना गायब है। दुर्गापूजा की मौजूदा परंपरा चार सौ साल पुरानी है। बंगाल के तारिकपुर से शुरू हुई यह परंपरा जब बंगाल से बाहर निकली तो सबसे पहले बनारस पहुँची। दिल्ली में 1911 ई. के बाद दुर्गापूजा का आगमन हुआ, जब यहाँ नई राजधानी बनी। आजादी की लड़ाई में पूजा पंडाल राजनैतिक और समाजिक गतिविधियों के मंच बने।

दुर्गापूजा सिर्फ मिथकीय नहीं, यह स्त्री के सम्मान, ताकत, सामर्थ्य और उसके स्वाभिमान की सार्वजनिक पूजा है। जिस समाज में स्त्री का स्थान सम्मान और गौरव का होता है, वही समाज सांस्कृतिक लिहाज से समृद्ध होता है। 'अबला जीवन हाय तुम्हारी यही कहानी।' इस लाचारी के बरक्स 'के बोले माँ तुमि अबले' की हुंकार इस फर्क को साफ करती है। गऊपट्‌टी तो अबला जीवन हाय, तुम्हारी यही कहानी, की लाचारी से जूझ रही थी। इसलिए बंगाल नवजागरण का अगुवा बना। शायद तभी स्त्री की प्रखरता और ताकत का दूसरा नाम दुर्गा पड़ा। 1971 के भारत-पाकिस्तान युद्ध में प्रधानमंत्री इंदिरा गांधी की प्रखरता को देखते हुए अटल बिहारी वाजपेयी को भी उन्हें दूसरी दुर्गा कहना पड़ा था।

गुरु गोविंद सिंह ने भी युद्ध से पहले शक्ति की आराधना की थी। सिखों की अरदास शक्ति पूजा से ही शुरू होती है। 'प्रिथम भगौती सिमरि कै गुरुनानक लई धिआई।' (अर्थात् मैं उस माँ भगवती को सिमरन करता हूँ, जो नानक गुरु के ध्यान में आई थी) गुरु गोविंद सिंह चंडी को आदिशक्ति मानते थे। दुर्गापूजा की ऐतिहासिकता बंगाल से जुड़ी है। वहाँ पूजा के दौरान माहौल देख लगता है जैसे समूचे बंगाल में देवी आ गई है। इसीलिए बंगाल में पूजा परंपरा से जुड़ी रहने के बावजूद नवजागरण का हिस्सा रही। हालाँकि नवजागरण आधुनिक आंदोलन की चेतना है और दुर्गापूजा इसकी ठीक उलट परंपरा। वैसा ही, जैसे महाराष्ट्र में नवजागरण में तिलक महाराज की गणपति पूजा या फिर उत्तर भारत में डॉ. लोहिया

का रामायण मेला। तीनों ने समाज में एक सी जागरूकता पैदा की। सांस्कृतिक स्तर पर तिलक और लोहिया दोनों की जड़ें आधुनिक थीं और पारंपरिक भी। तीनों पूजाओं का चलन आधुनिकता में परंपरा का बेहतर प्रयोग था।

दुर्गा अवतार की कथा के मुताबिक असुरों से परेशान सभी देवताओं के तेज से प्रजापति ने दुर्गा को रूप दिया। जिसने अपने पराक्रम से असुरों को समूल नष्ट किया। देवताओं के इस सामूहिक प्रयास की शक्ति असीम थी। वैदिक वाङ्मय में शक्ति के कई नाम हैं। वाग्देवी, पृथ्वी, अदिति, सरस्वती, इड़ा, जलदेवी, रात्रिदेवी, अरण्यानी और उषा। इसके अलावा जयंती, मंगला, काली, भद्रकाली, कपालिनी, दुर्गा, क्षमा, शिवा, धात्री, स्वाहा, स्वधा आदि देवियाँ भी मिलती हैं। नवरात्र यानी नौ पावन, दिव्य, दुर्लभ शुभ रातें। वासंतिक और शारदीय नवरात्र जन सामान्य के लिए है और आषाढ़ीय तथा माघीय नवरात्र गुप्त नवरात्र है। यह सिर्फ साधकों के लिए है। पार्वती, लक्ष्मी, सरस्वती के नौ स्वरूप ही नवदुर्गा है।

मेरे बचपन में दुर्गापूजा और दशहरे का मतलब था। शिखा में नवांकुर बाँधना। (शिखा हमारे नहीं थी तो उसे कान पर रखा जाता था) नीलकंठ देखना और रावण जलाना। नीलकंठ अब दिखते नहीं। शिखा सबकी लुप्त है। रावण बार-बार जलने के बाद फिर पैदा हो जाता है, वह अनंग है अंगरहित। इस अनंग से लड़ने की हमें ताकत मिले, यही शक्ति साधना के मायने हैं।

□

सृष्टि का यौवन बसंत

अचानक बसंत आ गया। नोएडा में मेरे घर के बाहर पेड़ फूलों से लद गए हैं। नीम की नई कोपलें फूट गई हैं। कचनार और मौलसिरी की कली चटक रही है। बेला वैसे ही खिल रही है जैसे शरद में पारिजात। पीपल, तमाल और पलाश में नए चिकने पत्ते आ गए। टेसू के रंग वातावरण में छा गए हैं और चित्त में वय: संधि जैसी मस्ती जगने लगी है। बसंत में वन हरे होते हैं और मन भी। यह मौसम कुटिल, खल, कामी है। चुपके से दबे पाँव आता है। मन को भरमाता है।

वर्षा चिल्लाती, दहाड़ती, अँधेरा फैलाती आती है। ग्रीष्म और शीत भी आते ही हाहाकार मचाते हैं। पर इस आपा-धापी, शोर-शराबे के युग में बसंत चुपके से आता है। वह बाहर तो दिखता ही है, भीतर भी दिखता है। पतझड़ के बाद बसंत आता है। यह उम्मीद जीवन को नया अर्थ देती है। कालिदास हमें 'ऋतुसंहार' में समझा चुके हैं—ऋतुओं का रिश्ता आनंद से है। प्रकृति अपने आनंद को प्रकट करने के लिए ही ऋतुओं के रूप में उपस्थित होती है।

हमारे ऋतुचक्र में शरद और बसंत यही दो उत्सवप्रिय ऋतुएँ हैं। बसंत में चुहल है, राग है, रंग है, मस्ती है। शरद में गांभीर्य है। परिपक्वता है। बसंत अल्हड़ है। काम बसंत में ही भस्म हुआ था। तब से वह अनंग तो हुआ, लेकिन बसंत के दौरान ही सबसे ज्यादा सक्रिय रहता है। पहले बसंत पंचमी को बसंत के आने की आहट होती थी। अब 'ग्लोबल वार्मिंग' से वह थोड़ा आगे खिसक गया है। बसंत की चैत्र प्रतिपदा को हमारे पुरखे 'मदनोत्सव' मनाते थे। इस उत्सव में काम की पूजा होती है, जबकि शरद में राम की पूजा होती है। बसंत बेपरदा है। सबके लिए खुला

है। लूट सके तो लूट। कवि पद्माकर कहते हैं—"कूलन में, केलि में, कछारन में, कुंजन में, क्यारिन में, कलिन में, कलीन किलकंत है। बीथिन में, ब्रज में, नवेलिन में, बेलिन में, बनन में, बागन में, बगरयो बसंत है।"

बसंत में उष्मा है, तरंग है, उद्दीपन है, संकोच नहीं है। तभी तो फागुन में बाबा भी देवर लगते हैं। बसंत काम का पुत्र है, सखा भी। इसे ऋतुओं का राजा मानते हैं। इसलिए गीता में कृष्ण कहते हैं—'ऋतूनां कुसुमाकर' अर्थात् ऋतुओं में मैं बसंत हूँ। बसंत की ऋतु संधि मन की सभी वर्जनाएँ तोड़ने को आतुर रहती है। इस शुष्क मौसम में काम का ज्वर बढ़ता है। विरह की वेदना बलवती होती है। तरुणाई का उन्माद प्रखर होता है। वय:संधि का दर्द कवियों के यहाँ इसी मौसम में फूटता है। नक्षत्र विज्ञान के मुताबिक भी 'उत्तरायण' में चंद्रमा बलवान होता है।

यौवन हमारे जीवन का बसंत है और बसंत सृष्टि का यौवन। तेजी से आधुनिक होता हमारा समाज बसंत से अपने गर्भनाल रिश्ते को भूल इसके 'वेलेंटाइनीकरण' पर लगा है। अब बसंत उनके लिए फिल्मी गीतों 'रितु बसंत अपनो कंत गोरी गरवा लगाएँ' के जरिए ही आता है। मौसम के अलावा बसंत का कोई अहसास अब बचा नहीं है। बसंत प्रेम का उत्सव है। पश्चिम की तरह हमारे यहाँ भी प्रेम का बाजार बढ़ गया है। इस मौसम में आनेवाले 'वेलेंटाइन गिफ्ट' का बाजार कोई पचास हजार करोड़ रुपए का है। जो प्यार के देवताओं को अर्पित होता है। अमीर खुसरो के बाद बसंत उत्सव मनाने का रिवाज सूफी परंपरा में भी मिलता है। बरसात के बाद फिल्मों में सबसे ज्यादा गीत बसंत पर ही गाए गए हैं। शास्त्रीय संगीत में तो एक अलग राग ही है बसंत। लोक में चैती, होरी, धमार, घाटो, रसिया, जोगीरा जैसे रस से लबालब गायन इसी ऋतु की देन है।

संस्कृत के सभी कवियों के यहाँ किसी-न-किसी बहाने बसंत मौजूद है। इन कवियों के मुताबिक मौसम का गुनगुना होना। फूलों का खिलना। पौधों का हरा-भरा होना। बर्फ का पिघलना। शाम सुहानी होना। माहौल में मतवाली मस्ती। प्रेम का उन्माद में तब्दील होना यही है बसंत। हिंदू कलेंडर के मुताबिक बसंत साल का आदि और अंत दोनों है। यह टेसू और पलाश के फूलों को खिलाते हुए आता है। इस ऋतु में पीला और गुलाबी रंग दहकता रहता है। ये रंग साहित्य में नायक-नायिकाओं को भी उदीप्त करते हैं। आम की मंजरी से बसंत का स्वागत होता है। आम सबसे

रसमय फल है। आम्र-मंजरी और उसके पत्ते गाँवों में शृंगार के सबसे बड़े साधन माने जाते हैं। लोक कल्पना में आम्र-मंजरी सौंदर्य का प्रतीक है। आम की मंजरी से वर-वधु की मौलि सजाने का विधान है। कोई भी पूजा आम के पत्ते के बिना अधूरी है।

पहले फूल, फिर पल्लव तब भौंरे फिर कोयल की कूक। यही बसंत की तार्किक परिणति है। इसका आना मन में उल्लास की सूचना है। बसंत मधुमास है। महुआ फूलता है। उसकी मिठास तेज है। आम्र-मंजरी की गंध राधा को उद्दीप्त करती है कृष्ण को भी। सारा वातावरण फूलों की सुगंध और भौंरों की गूँज से भरा होता है। मधुमक्खियों की टोली पराग से शहद लेती है। सूर्य के कुंभ राशि में प्रवेश करते ही 'रति काम महोत्सव' शुरू होता था। इसलिए इस मास को मधुमास भी कहते हैं।

हमारे समाज-जीवन में बसंत का क्या महत्त्व है? ये लोकगीतों से जाना जा सकता है। हमने बसंत की मलिनताओं को होली के रूप में केंद्रित कर दिया है। उसे वहाँ जला देते हैं। आयुर्वेद भी बसंत में अनुशासन की बात करता है। उसे करने दीजिए। हमें बसंत के मार्फत जीवन में मस्ती और उल्लास की सीख लेनी चाहिए। उसके मिजाज को पहचानना चाहिए। चित्त और शरीर को साधना चाहिए। तो आइए! फिर गाएँ इस अल्हड़ बसंत का गीत, पर संयम के साथ।

□

सावन राग

आधा-अधूरा मानसून आ गया, लेकिन सावन नहीं आया। न तन भीगा, न मन नहाया। न धरती की कोख से सोंधी खुशबू फूटी। न मोर नाचे न कोयल कूकी। न कजरी सुनाई दी और न राग मल्हार की तान। सावन के बहाने ही पत्नी मायके चली गईं। कुछ इस तर्ज पर कि 'तेरी दो टकिए की नौकरी पे मेरा लाखों का सावन जाए।'

हमारे यहाँ सावन में मायके जाने का रिवाज है। सखियों के साथ धमाल की परंपरा है, लेकिन अब वो सावन तो आता ही नहीं, जिसके प्राकृतिक सौंदर्य पर सारी वर्जनाएँ टूटती थीं। सावन की रिमझिम में पाँव फिसलते थे। इस उम्र में पाँव फिसले भी तो क्या होगा? सावन की इन बूँदों में मिलन का उत्साह और बिछोह की वेदना दोनों बराबर उफान मारती थीं। संस्कृत कवियों के अनुसार प्रेम की तमाम स्थितियों को सावन उदीप्त करता है। वह 'कैटेलिक एजेंट' है।

सावन संयम तोड़ता है। बादलों तक में संयम नहीं रहता। कभी भी बरस पड़ते हैं। नदियाँ उफनने लगती हैं। बाँध तोड़ बहती हैं। प्रकृति अपने सौंदर्य के चरम पर होती है। उसका सोलह श्रृंगार दिखता है। अंतहीन हरियाली दहकती है। कवि कहता है—"पेड़ों पर छाने लगा, रंग-बिरंगा फाग, मौसम ने छेड़ा जहाँ, रिमझिम सावन राग। सावनी फुहार प्रेमी जोड़ों को प्रेम रस में भिगोती है। मन की नदियाँ बाँध लाँघ बहती हैं।"

हिंदी फिल्मों में शायद ही कोई ऐसा भाव हो जिसे सावन से न जोड़ा गया हो। सिर्फ सावन पर फिल्मों में पाँच सौ से ज्यादा गाने लिखे गए हैं। इस मौसम का माहौल बाधा, संकोच और वर्जना तोड़ता है।

साधु–संत भी इस दौरान समाज से कट चौमासा मनाते थे। आयुर्वेद भी मानता है कि सावन में मनुष्य के भीतर रस का संचार ज्यादा होता है। तभी इस मौसम में हम शिव की पूजा करते हैं, क्योंकि शिव काम का शत्रु है। इसीलिए सावन प्रकृति और मनुष्य के रिश्तों को समझने तथा उसके निकट जाने का मौका देता है।

लेकिन अब वह सावन नहीं आता या अपनी समझ बिगड़ गई है। न ही बारिश की टपकती बूँदें अब शरीर पर छन्न से आवाज करती हैं। वैसे भी उम्र के पचासवें साल में पहुँचते ही इस साल मैं आश्रम परंपरा के अनुसार वानप्रस्थी हुआ था। घर की छत के ऊपर बने एक कमरे में रहने लगा। इसलिए सावन का अंधत्व अब मेरे लिए बेमानी है। पत्नी की दलील है कि आप अभी वानप्रस्थी नहीं हो सकते, क्योंकि अगर आपकी ही मानी जाए तो गृहस्थ आश्रम आपने सत्ताइसवें बरस में शुरू किया था। इसीलिए अब वानप्रस्थ बावन से आरंभ होगा। तो मित्रो, हमारे वानप्रस्थ पर फिलहाल 'स्टे' है।

मात्र प्रेम और मादकता का प्रतीक नहीं है सावन। हमारे यहाँ सावन से समाज और अर्थशास्त्र भी नियंत्रित होता था। इस मौसम पर पूरे साल का अर्थशास्त्र निर्भर होता था। जल प्रबंधन के सारे इंतजाम इसी दौरान होते थे। मौसम का राजा बसंत भले हो, पर वर्षा ऋतु लोक गायकों की पहली पसंद है। 'आषाढस्य प्रथम दिवसे' को तो कालिदास ने अमर कर ही दिया है। साल का कोई समूचा महीना उत्सव नहीं है। सावन का पूरा महीना उत्सव है। बारह महीने के ऋतुचक्र को वर्षा से ही बाँधा गया है। तभी तो ऋतुचक्र को वर्ष कहा जाता है।

धार्मिक लिहाज से भी यह महीना अव्वल है। इसे 'मासा नाम उत्तमे मासे' कहा गया है। सावन में ही समुद्र मंथन हुआ था। शिव ने इसी महीने विषपान किया था। इसलिए पूरा माह शिव को समर्पित है। शिव ने काम को भस्म किया था। पर कवियों के वर्णन से तो ऐसा लगता है कि वह अनंग होकर इसी दौरान सर्वाधिक सक्रिय रहता है।

अबकी मानसून दगा दे गया। सिर्फ हमें ही नहीं, मौसम विभाग को भी। हम मानसून को ढूँढ़ने केरल गए। केरल के पश्चिमी तट से ही मानसून इस देश में प्रवेश करता है। दक्षिण–पश्चिम मानसूनी हवाएँ प्राचीन काल से ही 'नैरुत्य मारुत' कही जाती हैं। अचरज है, हम उपग्रह युग में

भी बादल की चाल-ढाल नहीं समझ पा रहे। बादल ने समूचे मौसम विभाग को छकाया। उसे झूठा साबित किया। बादल गरजते हुए आए तो, लेकिन बिना बरसे वापस लौट गए। जीवन की क्षणभंगुरता के दर्शन को बादल से बेहतर नहीं समझा जा सकता है। मानसूनी बादल का औसत जीवन कुछ घंटों का ही होता है।

कालिदास का यक्ष भी इसे जानता था। वह मेघदूत से कहता है कि उसका संदेश मध्यभारत के रत्नागिरि से हिमालय की तराई में अल्कागिरि तक पहुँचाए। उसे मालूम था कि अकेला बादल इतना लंबा सफर नहीं तय कर सकता। यक्ष के पास समाधान था। वह बादलों से कहता है कि रास्ते में पड़नेवाली नदियों पर विश्राम करते हुए जाना। बड़ा दिलचस्प है। जो तथ्य वह जानता था। वह हमारा मौसम विभाग नहीं जानता। उसकी अनंत अटकलें जारी हैं।

अब सावन आता तो है पर मन में उमंग नहीं भरता। धरती की कोख से सोंधी खुशबू नहीं फूटती। न मोर नाचते हैं, न कोयल कूकती है। कजरी सुनाई नहीं देती। राग मल्हार भी चमत्कार नहीं दिखलाता। सिर्फ पत्नी मायके जाती है। सावन में उत्सव बस इतना भर बचा है।

□

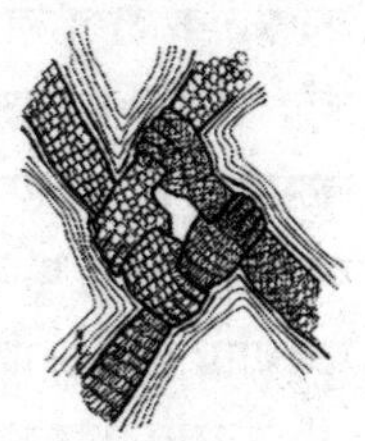

शरद का सौंदर्य

फूलने लगे हैं हरसिंगार। सुबह उसके झड़े फूल शरद ऋतु के आने की खबर दे रहे हैं। कहते हैं हरसिंगार बड़ा शर्मीला होता है। रात में चुपके से खिलता है, खिलते ही झरने लगता है। सड़क पर सुबह टहलने के मेरे आनंद को हरसिंगार के लाल डंठलवाले झड़े फूलों की चादर दुगना करती है। बसंत से जो रिश्ता बेला का है, हरसिंगार से वही रिश्ता शरद का है। शरद मानसून की उत्तरकथा है। बारिश प्रकृति का स्नान पर्व है। प्रकृति और निखर जाती है। कुदरत के कैनवास पर नीला, साफ और ताजा आकाश। खिलती रात। शरद यानी हरसिंगार, कमल और कुमुदिनी के खिलने का मौसम। शरद यानी जागृति, वैभव, उल्लास और आनंद का मौसम। गँदलेपन से मुक्ति का प्रतीक। तुलसीदास भी शरद ऋतु पर मगन हैं 'वरषा बिगत सरद रितु आई। लछिमन देखहु परम सुहाई'॥

हरसिंगार के शर्मीले फूल मुनादी करते हैं कि पितृपक्ष के बाद त्योहारों का सिलसिला शुरू हो जाएगा, क्योंकि शरद उत्सव प्रिय है। इस एक ऋतु में जितने उत्सव होते हैं। पूरे साल नहीं होते। उत्सव किसी समाज की जीवित परंपरा होते हैं। उत्सवों के जरिए हम अतीत से ताकत लेते हैं। जीवन में नए रस का संचार होता है। मुझे लगता है, शरद हमारी जिजीविषा, हमारे संघर्ष और हमारी सामूहिकता का प्रतीक है। तुलसीदास द्वारा शुरू की गई रामलीलाएँ हों या तिलक महाराज द्वारा स्थापित गणेश उत्सव या फिर दुर्गापूजा तीनों की सामूहिकता शरद की सामाजिक एकजुटता में दिखती है। ये सभी उत्सव सामूहिकता और नई फसल के उगने से कटने तक के त्योहार हैं। शरद पुराने को विसर्जित करने और नए को पूजने का उपक्रम है।

मौसम का राजा बसंत है, लेकिन लंबे जीवन की कामना करते हमारे

पूर्वजों ने सौ बसंत नहीं, सौ शरद माँगे। पूरा वैदिक वाङ्मय सौ शरद की बात करता है। कहा है—जीवेत शरद शतम्। कर्म करते हुए सौ शरद जीवित रहें। जीवन में राग, रस-रंग का प्रतीक बसंत है। पर उसके संघर्ष का प्रतीक शरद ही है। पूरे साल में सिर्फ एक रोज ही शरद पूर्णिमा का चाँद सोलह कलाओं का होता है। कहते हैं, चंद्रमा से उस रोज अमृत बरसता है। इसलिए शरद अमरत्व का प्रतीक है। इसे कोजागरी पूर्णिमा भी कहते हैं। शरद पूर्णिमा से अपना तीन पीढ़ी का रिश्ता है। मेरे पिता और पुत्र दोनों का जन्मदिन इसी रोज है।

बसंत और शरद दोनों संधि ऋतुएँ हैं। एक में सर्दियाँ आ रही होती हैं, दूसरे में जा रही होती हैं। इसलिए दोनों का चरित्र एक सा है। बसंत शिशिर की शर्वरी से मुक्ति का एहसास है, तो शरद वर्षा के गँदलेपन से मुक्ति का उल्लास। शरद में चौमासे की समाप्ति होती है। साधु-संत इन चौमासे में एक जगह चार महीने रुके रहते हैं। उनकी गतिविधियाँ ठहर जाती हैं। वे शरद में फिर सक्रिय हो जाती हैं। बँगला की कृतिवास रामायण के मुताबिक राम ने शरद में ही शक्ति की आराधना की थी। शास्त्रीय संगीत में भी शरद को सबसे कोमल ऋतु मानते हैं। हमारे यहाँ हर ऋतु के अलग-अलग राग हैं। शरद में मालकोश गाते हैं। पाँच सुरों में गाया जानेवाला यह राग शास्त्रीय संगीत में सबसे कोमल राग है। महाकवि निराला ने अपनी बेटी सरोज के कैशोर्य की तुलना मालकोश से की है। 'काँपा कोमलता पर सस्वर, ज्यों मालकोश नववीणा पर।'

बसंत में बहार है, मस्ती है, रंगबाजी है, रँगरलियाँ हैं, उन्माद है। शरद में गांभीर्य है, गति है, गंदगी को धोने की ललक है। बसंत के मूल में वासना है। शरद के मूल में उपासना है। बसंत जुड़ता है रति से, काम से। शरद संबंधित है शक्ति से, राम से। बसंत में काम भस्म हुआ था, शरद में रावण। शरद में भगवान् कृष्ण ने वृंदावन में सोलह हजार गोपिकाओं के साथ महारास रचाया था। इस रास की खासियत थी कि हर गोपी को एहसास था कि कृष्ण उसके साथ नृत्य कर रहे हैं। इस रास में ग्वाल-बाल, देवी-देवता सब एक रस थे। प्रकृति, मनुष्य, जड़-चेतन सब एक प्राण थे। संस्कृत के कवि भी शरद से अभिभूत हैं। शायद इसलिए साहित्य में उन्होंने बसंत की उपेक्षा की है। उनकी अधिकांश कविता वर्षा और शरद पर केंद्रित हैं।

'मृच्छकटिकम्' से लेकर 'ऋतुसंहार' तक और 'गीत-गोविंद' से

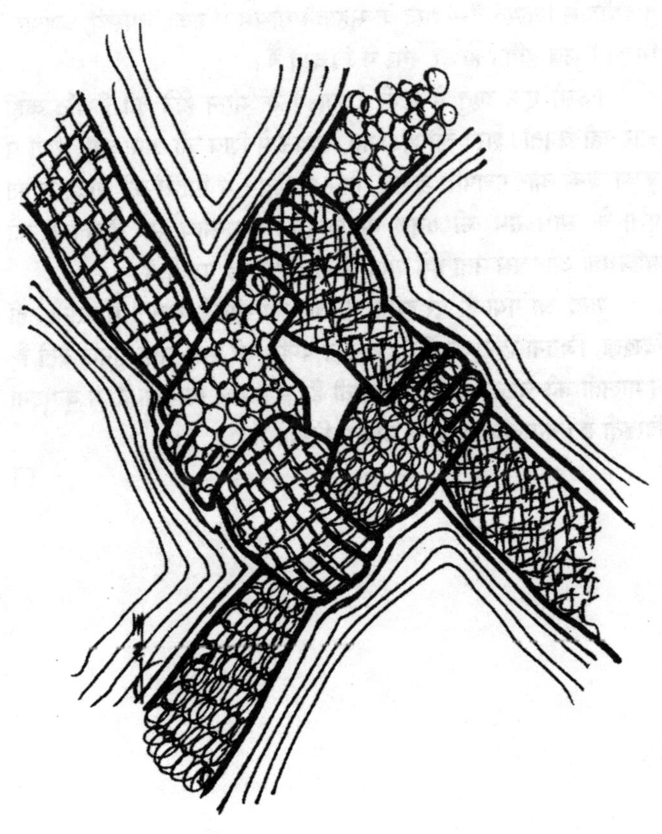

लेकर तुलसीदास तक शरद के लालित्य का वर्णन हर कहीं है। किसी समय शरद के अंत से वर्ष पूरा होता था। इसीलिए वर्ष को शरद से नापा जाता था। बाद में कृषिप्रधान देश में वर्षा से वर्ष शुरू होने लगा। विक्रम संवत् की शुरुआत कालांतर में चैत्र से हुई। ऋतुओं में शरद समाजवादी ऋतु है। न इसमें गरमी के ताप से बचने के लिए ए.सी. चाहिए, न ही ठंड से बचने के उपकरण। मानसूनी हवाएँ जब लौटती हैं तो उत्तर-पश्चिम हिस्से के तापमान में तेजी से गिरावट आती है। मौसम सुहावना होता है। तुलसीदास लिखते हैं—शरद के सुहावने मौसम में राजा, तपस्वी, व्यापारी, भिखारी सब हर्षित होकर नगर में विचरते हैं।

किसी एक ऋतु में सभी देवताओं के मगन होने की स्थिति कहीं और नहीं बनती। शरद की शुरुआत, सावन में शिव की आराधना, भादों में कृष्ण जन्म और गणपति उत्सव, फिर आश्विन में पितरों की याद। शक्ति पूजा के साथ राम की रावण पर विजय। एक साथ सारे देवताओं की सक्रियता और प्रसन्नता हमें शरद में ही दिखलाई पड़ती है।

शरद आ गया है, पर इसके परिवेश का सौंदर्य दिल्ली में उतना नहीं दिखता, जितना छोटे शहरों में। यहाँ न पपीहे की पीहू-पीहू सुनाई देती है, न मालती की चटकी कलियाँ दिखती हैं। न कमल खिलता है, न कुमुदनी दिखती है। कमलवाले जरूर सक्रिय दिखते हैं।

□

ग्रीष्म का ताप

ग्रीष्म हमें माँजती है। ताप से झुलसाने के बाद शीतल फुहार की चाहत बढ़ाती है। गुलमोहर और अमलतास इसके ताप से निखरने के प्रतीक हैं। यानी ग्रीष्म संघर्ष और जिजीविषा की मिसाल है। बदलाव प्रकृति का स्वभाव है। अगर यह न हो तो हमें मादक बसंत से अचानक ग्रीष्म की प्रचंडता का बोध कैसे होता। बसंत में मगन मन ग्रीष्म की तपन से सिहरता है। दिन तमतमाते हैं और रातें बेचैन हो जाती हैं। जब सूरज भूमध्य रेखा से कर्क रेखा की ओर बढ़ता है तब ग्रीष्म का आगमन होता है। तापमान चढ़ता है। पारा टूटता है। जगत् आवाँ बनता है। दिन बड़े होते हैं, रातें छोटी। धरती जलती है, नदी, ताल और तालाब सूखते हैं। छाया भी अपनी छाया ढूँढ़ती है। कंठ सूखते हैं। शरीर में स्फूर्ति की जगह आलस्य आता है। ग्रीष्म प्रकृति का उग्र रूप है, पर यह उग्रता कोई आफत नहीं है, हमें साधने का उपाय है।

ग्रीष्म हमें तपाती है, शरीर को खरा बनाती है, जीवन जीना सिखाती है। वृक्षों से हमारी नजदीकी बढ़ती है। पेड़ हमें जीवनदाता लगते हैं। जंगल और हवा पाटल की सुगंध से भर जाते हैं। पेड़ की छाया में लेटते ही नींद आती है। वह और वक्त था, जब आम की अमराई में सोने से पाँच सितारा सुख मिलता था। सत्तू की ठंडक आइसक्रीम का कान काटती थी। घिसे बर्फ की चुस्की स्कूल में हमारी रईसी का प्रमाण होती थी। हम ग्रीष्म में शरीर को अपने खान-पान से सींचते थे, ताकि गैर-जरूरी गरमी न पैदा हो, और शरीर में बाहर की गरमी से लड़ने का सामर्थ्य आए। इस मौसम में क्या मसाले खाए जाएँ? किस फल से गरमी

कटेगी? इसकी जानकारी पूरे विधि–विधान के साथ हमारी रसोई में थी। आम का पना, बेल का शरबत, फालसे का रस, कसेरू की ठंडई से हम शरीर सींचते थे। गरमी से लड़ने के लिए खाने–पीने का ऐसा विज्ञान हमारे यहाँ परंपरा से ही है।

ऋतुओं से मेल बिठाने का यह अपना देसी तरीका था। इसीलिए हमें कोई ऋतु कष्टकर नहीं लगती थी। अगर लग रही है तो शायद हम ठीक से उससे मेल नहीं बिठा पा रहे हैं। ग्रीष्म से मुकाबला करनेवाले हमारे शीतल पेय का मुकाबला अब डिब्बाबंद विदेशी ड्रिंक्स कैसे कर पाएँगे? हालाँकि गरमी बचने के लिए नहीं, आनंद के लिए होती है। गरमी से बचने के सारे इंतजाम हमारे पुरखों ने किए थे। हमने तो खुद की सहूलियत के लिए महज यंत्र बनाए, जिनसे आबोहवा और बिगड़ रही है। बढ़ता वातानुकूलन शरीर पर बुरा असर डाल रहा है। इससे उत्सर्जित कार्बन से गरमी और खतरनाक हो रही है। ओजोन परत के टूटने का खतरा बढ़ गया है। शीतलता की तमाम भौतिक चीजों के बाद भी अब वो मजा नहीं रहा जेठ की दुपहरी में, जब हम दरवाजे पर खस की टाट लगाकर उस पर पानी छिड़कते थे। सारी दुपहरी पानी छिड़क उसका आनंद लेने में बीतती। खस घास की वो सोंधी खुशबू अब कहाँ! मटके की जगह फ्रिज में रखी प्लास्टिक की बोतलों ने ले ली है।

स्कूल छूटने के इतने साल बाद भी मौसम की अनुभूति नहीं बदली है। गरमी की छुट्टियाँ होते ही गाँव जाने का जो उल्लास होता था, वह अब यूरोप में छुट्टियाँ मनाने में भी नहीं आता। दरअसल, ऋतुओं से अपना सामाजिक संबंध टूट रहा है। हमने उससे निपटने के इतने बनावटी उपकरण बना लिये हैं कि अब ऋतुओं के आने–जाने का कोई मतलब नहीं रह गया है। सब दिन एक से होते जा रहे हैं।

इस धरा पर गए दस साल में गरमी 6 डिग्री सेल्सियस बढ़ गई है। बढ़ती 'ग्लोबल वार्मिंग' से धरती का औसत तापमान चढ़ा है। बढ़ते तापमान से भरी दोपहरी में लोग शरद को याद करते हैं। शायर कहता है, 'मई और जून की गरमी, बदन से जब टपकती है। नवंबर याद आता है, दिसंबर याद आता है।' इसका असर पशु–पक्षी और वनस्पतियों पर भी है। जिस अंदाज में गरमी बढ़ रही है, वैज्ञानिक सदी के अंत तक

प्रलय की संभावना मानते हैं। इससे समुद्र का जलस्तर एक मीटर तक बढ़ सकता है। जिससे कई देश और तटीय नगर डूबेंगे। उत्तरी-दक्षिणी ध्रुव पर बर्फ की चादर पिघल रही है। आर्कटिक में जमी बर्फ पिघलने से समुद्र का जलस्तर बढ़ ही रहा है।

ग्रीष्म में ही कृष्ण ने कालिया नाग का दमन किया था। ब्राह्मण ग्रंथों में अग्नि को ग्रीष्म कहा गया है। इस मौसम में ऐसा लगता है मानो सूरज गुस्से में तपाता हो। उसकी ईर्ष्या चाँद से है। चाँद उधार की खाता है। सूरज की चमक से चमकता है। लोग फिर भी उसकी तारीफ करते हैं, शायद इसी बात से भन्नाकर सूरज लोगों को तपाता है। ग्रीष्म का ताप समाजवाद लाता है। विपरीत प्रकृति के और शत्रु भाव रखनेवाले भी साथ-साथ हो लेते हैं। कवि बिहारी कहते हैं, 'कहलाने एकत बसत, अहि, मयूर, मृग, बाघ। जगत् तपोवन सो कियो, दीरघ दाघ, निदाघ।' ग्रीष्म का दीर्घ ताप साँप, मोर, हिरण और बाघ को एक ही छाया में इकट्ठा रहने को मजबूर कर देता है। उनकी आकुलता उन्हें एक पेड़ के नीचे लाती है। अब न बाग हैं, न वृक्ष। गाँव शहरा रहे हैं। शहर और गाँव का फर्क खत्म होता जा रहा है। बेरहम मौसम का सामना कैसे करें। 'सब जग जलता देखिया अपनी-अपनी आग'। इस आग को बुझाने के लिए हमने जल के महत्त्व को पहचाना। जल जीवन है। ग्रीष्म में जल का बड़ा महत्त्व है। शायद इसीलिए पुरखों ने पानी से जुड़े दो त्योहारों—गंगा दशहरा और निर्जला एकादशी—का विधान इसी ऋतु में किया है, जब जल की पूजा होती है।

प्रकृति की उग्रता की मिसाल ग्रीष्म का एक मनमोहक रूप संगीत में भी है। जब अकबर को तानसेन ने 'राग दीपक' सुनाया था। तानसेन के स्वरों के साथ वातावरण में उष्णता भरती गई। अकबर चमत्कृत थे, पर इससे होनेवाली गरमी से वे व्याकुल हो उठे। तभी तानसेन ने मेघ मल्हार गाकर मेघों को आमंत्रित किया। बादशाह ने गायन से मौसम का आनंद लिया। संस्कृत, अपभ्रंश, पाली, प्राकृत आदि प्राचीन भाषाओं के सभी ग्रंथों में ग्रीष्म से निपटने के लिए जल-क्रीड़ा का वर्णन है। उस वक्त इस ऋतु में वन-विहार की आकर्षक परंपरा थी। पुष्प भंजिका, ताल भंजिका, शाल भंजिका जैसे खेलों का मजा इसी मौसम में आता था।

गरमी हमें डराती तो है। सूरज के साथ आग उगलती है, पर उससे लड़ने का हौसला भी देती है। अमलतास, पलाश और गुलमोहर उस संघर्ष के प्रतीक हैं, जो सूर्य की प्रचंडता में झुलसते नहीं बल्कि और ज्यादा खिल जाते हैं। ग्रीष्म हमें यही ताकत देता है।

□

कलुष होती होली

होली समाज की जड़ता और ठहराव को तोड़ने का त्योहार है। उदास मनुष्य को गतिमान करने के लिए राग और रंग जरूरी है—होली में दोनों हैं। यह सामूहिक उल्लास का त्योहार है। परंपरागत और समृद्ध समाज ही होली खेल और खिला सकता है। रूखे और बनावटी आभिजात्य को ओढ़नेवाले समाज का यह उत्सव नहीं है। सांस्कृतिक लिहाज से दरिद्र व्यक्ति होली नहीं खेल सकता। वह इस आनंद का भागी नहीं बन सकता। साल भर के बंधनों, कुंठा और भीतर जमी भावनाओं को खोलने का 'सेफ्टी वॉल्व' होली है।

होली प्रेम की वह रसधारा है, जिसमें समाज भीगता है। ऐसा उत्सव है, जो हमारे भीतर के कलुष को धोता है। होली में राग, रंग, हँसी, ठिठोली, लय, चुहल, आनंद और मस्ती है। इस त्योहार से सामाजिक विषमताएँ टूटती हैं, वर्जनाओं से मुक्ति का अहसास होता है, जहाँ न कोई बड़ा है, न छोटा; न स्त्री न पुरुष; न बैरी, न शत्रु। इस पर्व में व्यक्ति और समाज राग और द्वेष भुलाकर एकाकार होते हैं। किसी एक देवता पर केंद्रित न होकर इस पर्व में सामूहिक रूप से समाज के भीतर देवत्व के गुणों की पहचान होती है। इसीलिए हमारे पुरखों ने होली जैसा त्योहार विकसित किया।

हमारे यहाँ पर्वों के महत्त्व को समझने का मतलब ऋतु परिवर्तन के महत्त्व को समझना है। बसंत के स्वभाव और प्रकृति के हिसाब से उसका असली त्योहार होली ही है। बसंत प्रकृति की होली है और होली समाज की। होली समाज की उदासी दूर करती है। होली पुराने साल की विदाई और नए साल के आने का भी उत्सव है। यह मलिनताओं के दहन का

दिन है। अपनी झूठी शान, अहंकार और श्रेष्ठता बोध को समाज के सामने प्रवाहित करने का मौका है। तमस को जलाने का अनुष्ठान है। वैमनस्य को खाक करने का अवसर है।

होली में हमें बनारस का अपना मुहल्ला याद आता है। महानगरों से बाहर निकले तो गाँव, कस्बों और मुहल्ले में ही फाग का राग गहरा होता था। मेरे बचपन में मोहल्ले के साथी घर-घर जा गोइंठी (उपले) माँगते थे। जहाँ माँगने पर न मिलती तो उसके घर के बाहर गाली गाने का कार्यक्रम शुरू हो जाता। मोहल्ले में इक्का-दुक्का घर ऐसे जरूर होते थे, जिन्हें खूब गालियाँ पड़तीं। जिस मोहल्ले की होलिका की लपट जितनी ऊँची उठती, उतनी ही उसकी प्रतिष्ठा होती। फिर दूसरे रोज गहरी छनती। होलिका की राख उड़ाई जाती। टोलियों में बँटे हम, सबके घर जाते, सिर्फ उन्हें ही छोड़ा जाता जिनके घर कोई गमी होती। मेरे पड़ोसी ज्यादातर यादव और मुसलमान थे, पर होली के होलियारे में संप्रदाय कभी आड़े नहीं आता था। सब साथ-साथ इस हुड़दंग में शामिल होते। अनवर भाई भी वैसे ही फाग खेलते जैसे पं. गिरधर गोपाल। जाति, वर्ग और संप्रदाय का गर्व इस मौके पर खर्च हो जाता।

साहित्य और संगीत होली वर्णन से पटे पड़े हैं। हमारे उत्सवों-त्योहारों में होली ही एकमात्र ऐसा पर्व है, जिस पर साहित्य में सर्वाधिक लिखा गया है। पौराणिक आख्यान हो या आदिकाल से लेकर आधुनिक साहित्य, हर तरफ कृष्ण की 'ब्रज होरी' रघुवीरा की 'अवध होरी' और शिव की 'मसान होली' का जिक्र है। राग और रंग होली के दो प्रमुख अंग हैं। सात रंगों के अलावा, सात सुरों की झनकार इसके हुलास को बढ़ाती है। गीत, फाग, होरी, धमार, रसिया, कबीर, जोगिरा, ध्रुपद, छोटे-बड़े खयालवाली ठुमरी, होली को रसमय बनाती है। उधर नजीर से लेकर नए दौर के शायरों तक की शायरी में होली के रंग मिल जाते हैं। नजीर अकबराबादी होली से अभिभूत हैं—'जब फागुन रंग झमकते हों, तब देख बहारें होली की जब डफ के शोर खड़कते हों, तब देख बहारें होली की।' तो नए दौर के शायर आलोक श्रीवास्तव ने होली के रंगों को जिंदगी के आईने से देखा है—

'सब रंग यहीं खेले सीखे, सब रंग यहीं देखे जी के, खुशरंग तबीयत के आगे सब रंग जमाने के फीके।'

कलुष होती होली

वैदिक काल में इस पर्व को नवान्नेष्टि कहा गया, जिसमें अधपके अन्न का हवन कर प्रसाद बाँटने का विधान है। मनु का जन्म भी इसी रोज हुआ था। अकबर और जोधाबाई तथा शाहजहाँ और नूरजहाँ के बीच भी होली खेलने का वृत्तांत मिलता है। यह सिलसिला अवध के नबावों तक चला। वाजिद अली शाह टेसू के रंगों से भरी पिचकारी से होली खेला करते थे।

लोक में होली सामान्यतः देवर-भाभी का पर्व है, पर मथुरा के जाव इलाके में राधा-बलराम, यानी जेठ-बहू का हुरंगा भी होता है। पारंपरिक लिहाज से होली दो दिन की होती है। पहले रोज होलिका दहन और दूसरे दिन को धुरड्डी, धुरखेल, धूलिवंदन कहा जाता है। दूसरे रोज रँगने, गाने-बजाने का दौर दोपहर तक चलता है। देश के कई हिस्सों में पूरे हफ्ते होली मनाई जाती है। ब्रज के अलग-अलग इलाकों—बरसाने, नंदगाँव, गोकुल, गोवर्धन, वृदांवन में भी होली का रंग अलग-अलग होता है। लेकिन हर कहीं आनंद, सांस्कृतिक संपन्नता और फसलों का स्वागत इसके मूल में है।

बौद्ध साहित्य के मुताबिक एक दफा श्रावस्ती में होली का ऐसा हुड़दंग था कि गौतम बुद्ध सात रोज तक शहर में न जा बाहर ही बैठे रहे। परंपरागत होली टेसू के उबले पानी से होती थी। सुगंध से भरे लाल और पीले रंग बनते थे। अब इसकी जगह गोबर और कीचड़ ने ले ली है। हम कहाँ से चले थे, कहाँ पहुँच गए? सिर चकरानेवाले कैमिकल से बने गुलाल, चमड़ी जलानेवाले रंग, आँख फोड़नेवाले पेंट, इनसे बनी है आज की होली।

साहित्य में होली हर काल में रही है। सूरदास, रहीम, रसखान, मीरा, कबीर, बिहारी हर कहीं होली है। होली का एक और साहित्य है—हास्य व्यंग्य का। बनारस, इलाहाबाद और लखनऊ की साहित्य परंपरा इससे अछूती नहीं है। इन हास्य गोष्ठियों की जगह अब गाली-गलौजवाले सम्मेलनों ने ले ली है। जहाँ सत्ता प्रतिष्ठान पर तीखी टिप्पणी होती है। हालाँकि ये सम्मेलन अश्लीलता की सीमा लाँघते हैं, लेकिन चोट कुरीतियों पर करते हैं।

होली सिर्फ उच्छृंखलता का उत्सव नहीं है। वह व्यक्ति और समाज को साधने की भी शिक्षा देती है। यह सामाजिक विषमताओं को दूर करने

का त्योहार है। बच्चन कहते हैं—'भाव, विचार, तरंग अलग है, ढाल अलग है, ढंग अलग, आजादी है, जिसको चाहो आज उसे वर लो। होली है तो आज अपरिचित से परिचय कर लो।' फागुन में बूढ़े बाबा भी देवर लगते थे। वक्त बदला है! आज देवर भी बिना उम्र के बूढ़ा हो शराफत का उपदेश देता है।

अब न भीतर रंग है न बाहर। होली मेरे बालकों का कौतुक है या मयखाने का खुमार। कहाँ गया वह हुलास, वह आनंद और वह जोगिरा सा रा रा रा! कहाँ बिला गई है फागुन की मस्ती!

□

वर्ष प्रतिपदा

चैत्र प्रतिपदा, यानी गुड़ी पड़वा, अपना न्यू ईयर, नवीनता का पर्व। हम यह मानते हैं कि दुनिया इसी रोज बनी थी। यह हमारा नया साल है, लेकिन अपना यह नववर्ष रात के अँधेरे में नहीं आता। हम नववर्ष पर सूरज की पहली किरण का स्वागत करते हैं। जबकि पश्चिम में घुप्प अँधेरे में नए साल की अगवानी होती है। हमारे नए साल का तारीख से उतना संबंध नहीं है, जितना मौसम से है। उसका आना सिर्फ कलेंडर से पता नहीं चलता। प्रकृति झकझोरकर हमें चौतरफा फूट रही नवीनता का अहसास कराती है। पुराने पीले पत्ते पेड़ से गिरते हैं। नई कोंपलें फूटती हैं। प्रकृति अपने श्रृंगार की प्रक्रिया में होती है। लाल, पीले, नीले, गुलाबी फूल खिलते हैं। ऐसा लगता है कि पूरी-की-पूरी सृष्टि नई हो गई है। नव गति, नव लय, ताल, छंद, नव; सब नवीनता से लबालब। जो कुदरत के इस खेल को नहीं समझते, वे न समझें। जो नहीं समझे, उनके लिए फरहत शहजाद की एक गजल भी है, जिसे मेंहदी हसन ने गाया था—कोंपलें फिर फूट आईं, शाख पर कहना उसे/वो न समझा है, न समझेगा मगर कहना उसे।

हम दुनिया में सबसे पुरानी संस्कृति के लोग हैं। इसलिए समझते हैं कि ऋतुचक्र का घूमना ही शाश्वत है, जीवन है। तभी हम इस नए साल के आने पर वैसी उछल-कूद नहीं करते, जैसी पश्चिम में होती है। हमारे स्वभाव में इस परिवर्तन की गरिमा है। हम साल के आने और जाने दोनों पर विचार करते हैं। पतझड़ और बसंत साथ-साथ। इस व्यवस्था के गहरे संकेत हैं। आदि-अंत, अवसान-आगमन, मिलना-बिछुड़ना, पुराने का खत्म होना, नए का आना। सुनने में चाहे भले यह असगंत लगे। पर हैं

साथ-साथ, एक ही सिक्के के दो पहलू। जीवन का यही सार हमारे नए साल का दर्शन है।

काल को पकड़ उसे बाँटने का काम हमारे पुरखों ने सबसे पहले किया। काल को बाँट दिन, महीना, साल बनाने का काम भारत में ही शुरू हुआ। जर्मन दार्शनिक मैक्समूलर भी मानते हैं—'आकाश मंडल की गति, ज्ञान, काल निर्धारण का काम पहले-पहल भारत में हुआ था।' ऋग्वेद कहता है, 'ऋषियों ने काल को बारह भागों और तीन सौ साठ अंशों में बाँटा है।' वैज्ञानिक चिंतन के साथ हुए इस बँटवारे को बाद में ग्रेगेरियन कलेंडर ने भी माना। आर्यभट्ट, भास्कराचार्य, वराहमिहिर और ब्रह्मगुप्त ने छोटी-से-छोटी और बड़ी-से-बड़ी काल की इकाई को पहचाना। बारह महीने का साल और सात रोज का सप्ताह रखने का रिवाज विक्रम संवत् से शुरू हुआ।

वीर विक्रमादित्य उज्जयिनी का राजा था। शकों को जिस रोज उसने देश से खदेड़ा, उसी रोज से विक्रम संवत् बना। इतिहास देखने से लगता है कि कई विक्रमादित्य हुए। बाद में यह पदवी हो गई। पर लोकजीवन में उसकी व्याप्ति न्यायपाल के नाते ज्यादा है। उसकी न्यायप्रियता का असर उस सिंहासन पर भी आ गया था, जिस पर वह बैठता था। जो उस सिंहासन पर बैठा, गजब का न्यायप्रिय हुआ। लोक में शकों से विक्रमादित्य के युद्ध की कथा नहीं, उसके सिंहासन की चलती है।

विक्रम संवत् से 6667 ईसवी पहले सप्तर्षि संवत् यहाँ सबसे पुराना संवत् माना जाता था। फिर कृष्ण जन्म से कृष्ण कलेंडर, उसके बाद कलि संवत् आया। विक्रम संवत् की शुरुआत 57 ईसा पूर्व में हुई। इसके बाद 78 ईसवीं में शक संवत् शुरू हुआ। भारत सरकार ने शक संवत् को ही माना है। विक्रम संवत् की शुरुआत सूर्य के मेष राशि में प्रवेश से मानी जाती है। चैत्र शुक्ल प्रतिपदा से ही चंद्रमा का 'ट्रांजिशन' शुरू होता है। इसलिए चैत्र प्रतिपदा चंद्रकला का पहला दिन होता है। मानते हैं कि इस रोज चंद्रमा से जीवनदायी रस निकलता है, जो औषधियों और वनस्पतियों के लिए जीवनप्रद होता है। इसीलिए वर्ष प्रतिपदा के साथ ही वनस्पतियों में जीवन भर आता है।

चंद्रवर्ष 354 दिन का होता है। यह भी चैत्र से शुरू होता है। सौरमास में 365 दिन होते है। दोनों में हर साल दस रोज का अंतर आ जाता है।

ऐसे बढ़े हुए दिनों को ही 'मलमास' या 'अधिमास' कहते हैं। कागज पर लिखे इतिहास से नहीं, परंपरा से हमारी दादी वर्ष प्रतिप्रदा से ही नया वर्ष मानती थीं। यही संस्कार मुझमें है। जिस कारण मैं अपने बच्चों को आज भी तिथि-ज्ञान देता रहता हूँ।

हमारी परंपरा में नया साल खुशियाँ मनाने का नहीं, प्रकृति से मेल बिठा खुद को पुनर्जीवित करने का पर्व है। तभी तो नए साल के मौके पर नीम की कोंपलें काली मिर्च के साथ चबाने का खास महत्त्व था। ताकि साल भर हम संक्रमण या चर्मरोग से मुक्त रहें। इस बड़े देश में हर वक्त, हर कहीं, एक सा मौसम नहीं रहता। इसलिए अलग-अलग राज्यों में स्थानीय मौसम में आनेवाले बदलाव के साथ नया साल आता है। वर्ष प्रतिप्रदा भी अलग-अलग जगह थोड़े अंतराल पर मनाई जाती है। कश्मीर में इसे 'नवरोज' तो आंध्र और कर्नाटक में 'उगादि', महाराष्ट्र में 'गुड़ी पड़वा', केरल में 'विशु' कहते हैं। सिंधी इसे 'झूलेलाल जयंती' के रूप में 'चेटीचंड' के तौर पर मनाते हैं। तमिलनाडु में 'पोंगल', बंगाल में 'पोएला बैसाख' और गुजरात में दीपावली पर नया साल मनाते हैं।

कहते हैं—ब्रह्मा ने चैत्र प्रतिप्रदा के दिन ही दुनिया बनाई। भगवान् राम का राज्याभिषेक इसी दिन हुआ था। महाराज युधिष्ठिर भी इसी दिन गद्दी पर बैठे थे। छत्रपति शिवाजी महाराज ने हिंदू पद पादशाही की स्थापना इसी दिन की। परंपरा से धड़कते 'पोएला वैशाख' की महिमा लाल से लाल मार्क्सवादी भी मानते हैं। बंगाल की संस्कृति में रचे-बसे इस पर्व के रास्ते कभी मार्क्स ने बाधा नहीं डाली।

सैकड़ों सालों तक भारत में विभिन्न प्रकार के संवत् प्रयोग में आते रहे। इससे काल निर्णय में अनेक भ्रम हुए। अरब यात्री अलबरुनी के यात्रा वृत्तांत में पाँच संवतों का जिक्र है। श्री हर्ष, विक्रमादित्य, शक, वल्लभ और गुप्त संवत्। प्रो. पांडुरंग वामन काणे अपने धर्मशास्त्र के इतिहास में लिखते हैं—'विक्रम संवत् के बारे में कुछ कहना कठिन है।' वे विक्रमादित्य को परंपरा मानते हैं। पर कहते हैं, 'यह जो विक्रम संवत् है, वह ई.पू. 57 से चल रहा है और सबसे वैज्ञानिक है।' अगर न होता तो पश्चिम के कलेंडर में यह तय नहीं है कि सूर्यग्रहण और चंद्रग्रहण कब लगेंगे, पर हमारे कलेंडर में तय है कि चंद्रग्रहण पूर्णिमा को और सूर्यग्रहण अमावस्या को ही लगेगा।

जो भी हो—परंपरा, मौसम और प्रकृति के मुताबिक 'वर्ष प्रतिपदा' नए सृजन, वंदन और संकल्प का उत्सव है। मौसम बदलता है, शाम सुरमई होती है, रात उदार होती है। जीवन का उत्सव मनाते कहीं रंग होता है, कहीं उमंग। इसलिए इस नए साल की परंपरा, नूतनता और इसके पावित्र्य का स्वागत कीजिए।

□

आस्था का कुंभ

कुंभ की त्रिवेणी में नदी नहीं बल्कि करोड़ों लोगों की आस्था बहती है। यही आस्था कुंभ का अमृत तत्त्व है। जन-आस्था के महाकुंभ से ही समाज चलता है। प्रयाग के इस महाकुंभ में जो दस करोड़ लोग आए, उन्हें किसी ने न्योता नहीं दिया था, न कोई विज्ञापन, न कोई अपील, न मुफ्त भोजन और न ही रहने का इंतजाम। जिंदाबाद के नारे लगाने के लिए उन्हें बसों में भरकर भी नहीं लाया गया, फिर भी हमारी सभ्यता का यह सबसे बड़ा जमावड़ा था। तमाम विघ्न-बाधा पार कर मजबूरी की गठरी सिर पर लादे लोग यहाँ आते हैं। उन्हें वही श्रद्धा यहाँ तक लाती है, जिस श्रद्धा और निष्ठा से देश चलता है। जो लोग कुंभ को महज एक पोंगा धार्मिक आयोजन समझते हैं, उन्हें न उसका धार्मिक अर्थ समझ पड़ता है, न लौकिक।

गंगा यहाँ कितनी भी गंदी हो, यमुना भले कीचड़ हो गई हो। अनंतकाल से सरस्वती यहाँ लुप्त ही है। इसके बावजूद करोड़ों लोगों की आस्था ही त्रिवेणी को पवित्र और पुण्यदायी बनाती है। गंगा से अपना नाता कोई बावन बरस का है। उसके किनारे जन्मा। वहीं शरीर बना। कामना है, उसी गंगा में यह शरीर नष्ट भी हो। सबसे पहले मैं 1977 के महाकुंभ में गया था। छोटा था, अपनी चाची के साथ गया। मौसी की कुटिया में रहा। तब से हर कुंभ में जाता रहा। मेरे लिए यह चौथा महाकुंभ था। इस बार संगम के किनारे टेंट में एक रोज का 'कल्पवास' भी किया। साठ वर्ग कि.मी. के दायरे में बसे तंबुओं के शहर में कोई दस करोड़ लोग आए। आप कितने भी तीसमार खाँ हों, मनुष्य जाति के इस सबसे बड़े मेले में आते ही आपका अस्तित्व खो जाता है।

व्यक्तित्व भीड़ का हिस्सा होता है। छत्तीस साल से कुंभ में आते-जाते मेरे लिए कुंभ अब शाश्वत भारत में विलीन हो, उसे समझने का महापर्व है। जातीय और सामाजिक दायरों से मुक्त हमारी सांस्कृतिक एकता का प्रतीक है।

कुंभ तो समूचे भारत को जोड़ने का काम शताब्दियों से कर रहा है। पर हमने गंगा के साथ क्या किया। गरमियों में मैं अपने ननिहाल जाता, इलाहाबाद के बहादुरगंज में। पिताजी के साथ बहादुरगंज से दारागंज पैदल जाना होता। दारागंज का अपना साहित्यिक संसार था। जिसके केंद्र थे पं. श्रीनारायण चतुर्वेदी 'भैया साहब'। गंगा की चौड़ाई यहाँ किलोमीटर में थी। अपने पहले कुंभ 1977 में दारागंज से झूँसी तक गंगा का जो पाट मैंने देखा था, गंगा अब वैसी नहीं दिखती। अब गंगा यहाँ बरसाती नाले सी है, वह भी महाकुंभ के लिए सरकार ने पानी छोड़ा तब। क्या कर दिया हमने इस जीवनदायिनी के साथ? मेरे देखते-देखते गंगा प्रयाग में सरस्वती बनने के कगार पर है। यही हाल रहा तो मेरा बेटा गंगा को वैसे ही ढूँढ़ेगा, जैसे संगम में नहाते वक्त हम सरस्वती को ढूँढ़ रहे थे।

समुद्र-मंथन से निकला अमृत देवताओं और असुरों की छीना-झपटी से जिन चार जगहों पर छलका, उन्हीं स्थानों नासिक, उज्जैन, हरिद्वार और प्रयाग में हर तीसरे साल कुंभ आता है। उसी नक्षत्र और घड़ी में एक शहर का नंबर बारहवें साल में आता है। संयोग है कि अमृत के लिए सुरों-असुरों में बारह रोज तक युद्ध चला था। देवताओं का एक दिन मनुष्य के एक वर्ष के बराबर है। तब से जब भी सूर्य और चंद्रमा मकर राशि में और बृहस्पति मेष राशि में आता है तो प्रयाग में महाकुंभ लगता है। सूर्य की गति को कौन रोक सकता है। इसलिए कुंभ अवश्यंभावी है। इस मेले का पहला लिखित वृत्तांत चीनी यात्री ह्वेनसांग के यात्रा-वृत्तांत में मिलता है।

वक्त के साथ सुविधा के औजार कुंभ में भी पहुँचे। टी.वी. पर एक आधुनिका कह रही थी, 'कुंभ का आधुनिकीकरण हो गया। वहाँ बाजार पहुँच गया है।' कोई यह बता दे कि दुनिया का कौन सा सबसे बड़ा बाजार एक जगह पर दस करोड़ लोगों को इकट्ठा कर सकता है। जानना चाहिए कि कुंभ से बाजार पैदा होता है, बाजार से कुंभ नहीं।

एक जमाना था, जब कुंभ शास्त्रार्थ का केंद्र हुआ करता था। तर्क और ज्ञान से धर्मयुद्ध जीते जाते थे। कुमारिल भट्ट और आचार्य शंकर का शास्त्रार्थ यहीं हुआ था। कुंभ को संस्थागत रूप आचार्य शंकर ने ही दिया था। उसके बाद मंडन मिश्र और शंकराचार्य, फिर मंडन मिश्र की पत्नी भारती और शंकराचार्य में शास्त्रार्थ के सूत्र भी यहीं मिलते हैं। वक्त बदला है, संत अब यहाँ धर्म पर नहीं बल्कि प्रधानमंत्री कौन बने, इस पर विचार करते हैं। अब शास्त्रार्थवाले साधु भी नहीं हैं। गोली, बंदूक, बुलेरो, सफारी और आईपैड वाले साधु यहाँ जरूर मिलते हैं।

दरअसल, त्रिवेणी की सरस्वती प्रतीक है, तीर्थकामी लोगों की। आस्था की सरस्वती नदी क्या कभी प्रयाग में थी भी? यह सवाल बड़ा है। सरस्वती का भी अस्तित्व तो अब विज्ञान प्रमाणित करता है, पर प्रयाग में नहीं। मानसरोवर से निकलकर यह नदी कच्छ के रन तक पहुँचती है। फिर प्रयाग में कैसे इसका प्रवाह? वह तो इस उत्तरी प्रांत में स्वतंत्र जलधारा के रूप में कभी बही भी नहीं। कहीं कोई प्रमाण नहीं है कि सरस्वती कभी यहाँ थी। दरअसल, वह यहाँ लोक के रूप में मौजूद थी। कुंभ में जनसमुद्र के तौर पर वह बहती है। इसी ज्ञानगोचर संगम में चारों शंकराचार्य और इन पीठों की रक्षा के लिए बने तेरहों हो अखाड़ों के महामंडलेश्वर के कुंभ में सबसे पहले स्नान की परंपरा है। इन अखाड़ों के प्रशासनिक प्रमुख तो इनके महंत होते हैं, पर उन्हें वैचारिक और आध्यात्मिक आधार महामंडलेश्वर देते हैं।

इस दफा कुंभ में अक्षयवट के भी दर्शन हुए। अकबर के बनाए किले में यमुना के किनारे यह अक्षयवट बंद है। कहते हैं कि अक्षयवट प्रलय में भी नष्ट नहीं होता, इस पर विष्णु का निवास है। स्वयं भगवान् शिव ने इसे प्रयाग में लगाया था। वनगमन के दौरान राम, लक्षमण, सीता ने भी इसके दर्शन किए थे—ऐसा तुलसीदास लिखते हैं। बाद में यह किला सेना का आयुध डिपो बना और अक्षयवट से कूदकर साधु-संत मोक्ष के लिए आत्महत्या करने लगे। 'सुसाइड प्वॉइंट' बनने के बाद इस वट को किले में बंद कर आम लोगों की पहुँच से दूर किया गया, हर बार कुंभ के मौके पर वह खुलता है।

कुंभ में डुबकी लगा हम लौट आए। गंगा की बदहाली से चित्त विचलित था। गंगा उदास है, प्रदूषित है। इसका पानी लगातार घट रहा

है। इस नदी का भी सरस्वती की तरह लोप हो सकता है। नदियों ने महान् संस्कृतियाँ पैदा की हैं। हम उसे नष्ट कर रहे हैं। जिसे हम बना नहीं सकते, उसे मिटाने का हक भी हमें नहीं है। कुंभ से लौटते वक्त हम यह तो संकल्प ले ही सकते हैं कि ऐसी जीवनशैली अपनाएँ, जिससे पानी बरबाद न हो और वह जहर न बने। तभी गंगा हमें तार पाएगी। □

मिष्टान्न महाराज

दीपावली पर खूब मिठाइयाँ खाना। बाँटना और बटोरना। ऐसा बचपन से देखता आया था। लेकिन इस बार अपनी दीपावली बिना मिठाई के बीती। क्योंकि अखबार में यह खबर पढ़ ली थी कि इस साल दीपावली पर छह हजार करोड़ रुपए का मिठाइयों का कारोबार हुआ। इसमें सत्तर फीसदी मिठाइयाँ मिलावटी थीं। लेकिन मिठाई न खाने की बड़ी वजह थी अपने मित्र बचानू साव का दुनिया से चले जाना। बचानू काशी के 'मिष्टान्न पुरुष' थे। बनारसियों के 'मिष्टान्न महाराज'। बचानू बिरले इसलिए थे कि मेरे जैसे सैकड़ों लोगों में मिठाई खाने-खिलाने की समझ और संस्कार उन्हीं ने बनाए, इसलिए बचानू मेरे लिए खास थे।

राज किशोर गुप्त उर्फ बचानू साव बनारस की रईस परंपरा के हलवाई थे। बनारस की मिठाई का एक सौ पचास साल का इतिहास बचानू की परंपरा में था। मिठाई में शोध, प्रयोग और पौष्टिकता बढ़ाने के उपायों में इनका कोई सानी नहीं था। उनकी कोशिश होती थी कि मिठाइयों को कैसे सेहतमंद बनाया जाए। वे बनारस की विभूति थे। महात्मा गांधी हों या पंडित नेहरू, मार्शल टीटो हों या इंदिरा गांधी या फिर सिरीमावो भंडारनायके या दलाई लामा, बचानू सबको खुद पकाकर भोजन करा चुके थे। इसलिए वे किसी और को कुछ समझते नहीं थे।

भारत छोड़ो आंदोलन के दौरान जब तिरंगा फहराना जुर्म था। तिरंगा देख फिरंगी शासन भड़कता था, तब बनारस में बचानू साव ने तिरंगी बरफी का ईजाद किया। लेकिन मिठाइयों में रंग डालकर नहीं। काजू से सफेद, केसर से केसरिया और पिस्ते की हरी परत से तिरंगी बरफी बनाई। बाद में यह राष्ट्रीय आंदोलन की मिठाई बन गई। स्वतंत्रता संग्राम में एक

हलवाई का इससे बेहतर योगदान क्या हो सकता है।

बचानू साव सिर्फ मिठाइयों की पौष्टिकता नहीं, उसके अर्थशास्त्र और समाजशास्त्र का भी खयाल रखते थे। अगर काजू का मगदल गरीब आदमी की पहुँच से बाहर है तो वे काजू हटा, बाजरे का मगदल बनाते थे। उसकी तासीर और स्वाद वैसे ही रख उसे सामान्य आदमी की पहुँच में ला देते थे। मगदल एक ऐसी मिठाई होती है, जो उड़द दाल, काजू, जायफल, जावित्री, घी और केसर से बनती है। यह स्मृति और पौरुष बढ़ानेवाली मिठाई होती है। आयुर्वेद और यूनानी ग्रंथों में इसका उल्लेख मिलता है। आपको कब्ज है तो काजू की मिठाई से रोग और बढ़ सकता है। पर अगर उसके साथ अंजीर मिलाकर बरफी बने तो यह दवा बनेगी, जो फायदेमंद होगी। बचानू के ऐसे कुछ फॉर्मूले थे।

कब कौन सी और कैसी मिठाई खानी चाहिए, इसका ज्ञान मुझे उन्हीं से हुआ था। ठंड में वातनाशक, वसंत में कफनाशक और गरमियों में पित्तनाशक मिठाइयाँ होनी चाहिए। वात, पित्त और कफ। आयुर्वेद का पूरा चिकित्सा विज्ञान इसी में संतुलन बिठाता है। बादाम सोचने-समझने की ताकत बढ़ाता है, पर उसका पेस्ट कब्ज बनाता है। बादाम के दो भागों के बीच अनान्नास का पल्प डाल उन्होंने एक मिठाई बनाई 'रस माधुरी'। इसमें फाइबर भी था और 'एंटी ऑक्सीडेंट' भी। नागरमोथ, सोंठ, भुने चने के बेसन और ताजा हलदी से वे एक लड्डू बनाते थे 'प्रेम वल्लभ'। जो कफनाशक था। स्वाद में बेजोड़।

मिष्ठान्न निर्माण में वे सिर्फ ऋतुओं का ही ध्यान नहीं रखते थे बल्कि उसके डिटेल में भी जाते थे। सूर्य के उत्तरायण और दक्षिणायण होने से उनकी मिठाइयों की तासीर और तत्त्व बदल जाते। बचानू और मिठाइयों का ऐसा गहरा नाता था कि वे मिठाई के साथ ही दुनिया छोड़ना चाहते थे। दिल्ली के एक बड़े अस्पताल में जब उनके दिल का ऑपरेशन हुआ तो एक रोज वे डॉक्टर से उलझ पड़े। उनके कमरे में मिठाइयों के ढेर सारे पैकेट रखे थे। उन्हें देखने आनेवालों को खिलाने के लिए। पर डॉक्टर ने समझा, हृदय की धमनियाँ बंद हैं। इतनी मिठाई कहीं वे खा तो नहीं रहे हैं। इसे कमरे से तुरंत हटाएँ। वे हटाने को तैयार नहीं थे। पंचायत करने मैं गया। उन्होंने कहा, "जान भले चली जाए, पर मिठाई को मैं अपने से दूर नहीं करूँगा।" मैंने डॉक्टर से कहा, "वे खाते नहीं हैं, सिर्फ

देखते हैं। मिठाइयों से उनका गहरा नाता है। मिठाई के बिना उनकी जिजीविषा कम हो सकती है। इसलिए मिठाइयों को उनके कमरे में ही रहने दें। बचानू साव का ऑपरेशन हुआ। वे ठीक होकर बनारस लौट गए।

बचानू 'सेमी-लिटरेट' थे। धर्म, दर्शन, साहित्य और संगीत पर वे हर बनारसी की तरह बहस कर सकते थे। काशी विश्वनाथ मंदिर से जो 'सुप्रभातम्' गत चालीस वर्षों से प्रसारित हो रहा है, वह इन्हीं सज्जन की देन है। पूरे देश के संगीतकारों-गायकों को मिठाई खिलाकर उन्होंने उनसे सुप्रभातम् गवा लिया। 'सुप्रभातम्' गाने के एवज में जब वे एम.एस. सुबुलक्ष्मी के पास पत्रं पुष्पम् का चेक लेकर पहुँचे तो सुबुलक्ष्मी ने चेक लौटा दिया और कहा, इसे आप अपने ट्रस्ट में लगाएँ। दिन के हिसाब से यह प्रसारण हर रोज बदलता है। कोई ऐसा बड़ा संगीतकार नहीं है, जिसने 'सुप्रभातम्' न गाया हो। आज भी 'सुबहे बनारस' की शुरुआत इसी 'सुप्रभातम्' से होती है।

गलियों और गालियों के बाहर बनारस के सांस्कृतिक लिहाज से वे रत्न थे। हर साल ज्येष्ठ शुक्ल एकादशी को देश की सभी नदियों से जल लाकर वे काशी विश्वनाथ का अभिषेक करवाते थे। अभिषेक में प्रमुख जल बारी-बारी से किसी एक ज्योतिर्लिंग से आता था और उसी ज्योतिर्लिंग के पुजारी काशी विश्वनाथ का अभिषेक करते थे। देश की सांस्कृतिक एकता को मजबूत करने का उनका यह अनूठा प्रयास था। जो संस्कृति हमारे बाहर-भीतर हर जगह समाप्त हो रही है, बचानू उसे पुनर्जीवित करना चाहते थे। मिठाइयों के एवज में हम उन्हें लिफाफा देते, जिसमें कुछ शब्द होते, अर्थ नहीं। वे कहते, शब्द में भी तो अर्थ ही होता है।

□

लोकमंगल के संवाहक

वे मंदिर के निरे महंत नहीं थे। चार सौ साल से चली आ रही संकटमोचन संगीत परंपरा के संवाहक थे। तुलसीदास की नवधा भक्ति में निष्णात थे। वे अखाड़े के पहलवान थे। बिगड़ते पर्यावरण को बचाने के वैश्विक हीरो थे। विलक्षण गंगा-प्रेमी थे। चालीस साल से गंगा की सफाई के भागीरथ प्रयत्न में लगे थे। उनका नाद-ज्ञान अद्‌भुत था। बनारस के संकटमोचन मंदिर के महंत वीरभद्र मिश्र बी.एच.यू में हाइड्रॉलिक इंजीनियरिंग विभाग के प्रोफेसर भी रहे। क्या किसी एक व्यक्ति में इतने आयाम हो सकते हैं? अब तक इन सवालों का जवाब हाँ में था। पर गए हफ्ते महंतजी के निधन के बाद अब यह संयोग दुर्लभ होगा।

महंतजी के न रहने से बनारस-अस्सी-गंगा-तुलसीदास-संगीत का सेतु टूट गया है, जो गए चालीस साल से प्रकाशस्तंभ की तरह सक्रिय था। अस्सी, तुलसी और गंगा इस शहर के तीन अनिवार्य तत्त्व हैं। गंगा तो जीवन रेखा है। तुलसीदास ने अपने जीवन का उत्तरार्ध इसी घाट पर बिताया, जहाँ महंतजी रहते थे। किष्किंधाकांड के बाद सारी रामचरितमानस तुलसीघाट पर ही लिखी गई। कहानीकार काशीनाथ सिंह के मुताबिक 'अस्सी अष्टाध्यायी है तो बनारस उसका भाष्य।' बनारस के जिस घाट पर बैठकर तुलसीदास ने रामचरितमानस लिखी थी, महंतजी ने उसी घाट से चालीस साल पहले गंगा पर खतरे का शंखनाद किया था। संकटमोचन फाउंडेशन बनाकर 'स्वच्छ गंगा अभियान' चलाया। यह वह दौर था, जब बनारस में डीजल रेल इंजन कारखाना लगा था। उसका कचरा गंगा में गिरता था, जिस कारण बनारस की गंगा में पहली दफा प्रदूषण से मछलियाँ मरी थीं। यह गंगा पर आधुनिकीकरण का पहला हमला था।

कोई पाँच महीने पहले जब मैं महंतजी से आखिरी बार मिला तो वे गंगा के लिए लड़ते-लड़ते थके नजर आ रहे थे। 'अब आप ही लोग बचाइए गंगाजी को। बनारस के इतिहास में पहली बार हुआ है कि गंगा ने पाट (किनारा) छोड़ दिया है। कोई ये बताने को तैयार नहीं है कि डेढ़ हजार करोड़ बहाने के बाद गंगा में प्रदूषण घटने के बजाय बढ़ कैसे गया।' अस्थमा से परेशान महंतजी बहुत कारुणिक अंदाज में कहते रहे— 'सरकार कुछ नहीं कर सकती। पर गंगा में रोज गिरनेवाले तीन हजार मिलियन लीटर सीवेज को तो रोक सकती है।' महंतजी इस चिंता को लेकर चले गए। लेकिन उनके सवाल जिंदा हैं, जिसका जवाब शायद केंद्रीय गंगा प्राधिकरण के पास भी नहीं है।

गंगा पर आसन्न खतरे को उन्होंने सबसे पहले पहचाना था। राजीव गांधी ने गंगा एक्शन प्लान 1986 में बनाया। पर महंत वीरभद्र मिश्र ने 'स्वच्छ गंगा अभियान' 1965 से ही शुरू कर दिया था। यही वजह थी, सन् 2000 के पृथ्वी सम्मलेन में राष्ट्रपति क्लिंटन ने उन्हें 'मैन ऑफ साइंस ऐंड फेथ' कहकर पुकारा था। 1992 के 'रियो डी जिनेरियो' के पृथ्वी सम्मलेन में उन्होंने देश का प्रतिनिधित्व किया था। 1999 में 'पत्रिका' मैगजीन ने उन्हें दुनिया के उन पाँच लोगों में रखा था, जिन्हें 'टाइम' ने 'हीरो ऑफ प्लेनेट' का खिताब दिया था। बनारस का संकटमोचन मंदिर गोस्वामी तुलसीदास का बनवाया हुआ है। वीरभद्र मिश्र उसके महंत थे। वे तुलसी अखाड़े के भी प्रमुख थे। तुलसीदास ने धर्म की रक्षा के लिए यह अखाड़ा बनाया था।

ज्यादातर लोग महंतजी को सिर्फ संकटमोचन मंदिर का महंत समझते थे। धोती-कुरतावाला इंजीनियरिंग का प्रोफेसर कोई बिरला मिलेगा, जिसकी ऐसी निष्ठा गंगा और संगीत में भी हो। वे अद्‌भुत व्यक्तित्व के धनी थे। क्या प्रोफेसरी, संगीत और पहलवानी का कोई रिश्ता हो सकता है? वे कभी पर्यावरण के 'वाच डॉग' दिखते तो कभी इंजीनियरिंग के विशेषज्ञ। कभी गंगा को बचाने के लिए आंदोलनकारी दिखते तो कभी संगीत और परंपरा को जीनेवाला तुलसी के लोकमंगल का संवाहक। जब 'ध्रुपद' परंपरा खत्म सी हो रही थी तो महंतजी ने डागर बंधुओं के साथ तुलसीघाट पर ध्रुपद मेले का आयोजन शुरू किया। आज तुलसीघाट पर चलनेवाला ध्रुपद मेला देश में संगीत का सालाना अकेला उत्सव है, जहाँ पाँच रोज

तक सिर्फ ध्रुपद गायकी होती है।

काशी में संगीत की परंपरा तुलसीदास ने शुरू की थी। तुलसी राग, ताल, अलाप जानते थे। विनयपत्रिका और कवितावली में उन्होंने रागों के आधार पर ही भजन लिखे। फिर इसे गवाने के लिए मंदिर में संगीत समारोह शुरू किए। यह मंदिर संगीत बाद में संकटमोचन संगीत समारोह बना। पं. जसराज, शिवकुमार शर्मा, हरिप्रसाद चौरसिया, बिरजू महाराज, सितारा देवी, किशन महाराज, गुदई महाराज, जाकिर हुसैन ऐसा कोई संगीतकार नहीं, जो यहाँ गा-बजा स्वयं को धन्य न समझता हो।

महंतजी इतने सारे अभियान उस अस्सी से चला रहे थे, जो बनारस का सबसे विकट मुहल्ला है। यहाँ बड़े से बड़ा आदमी आ जाए, लोग उसे खदेड़ देते हैं। तुलसीदास से नंदितादास तक सबको यहाँ से खदेड़ा गया। तुलसी को पंडितों ने इसीलिए भगा दिया, क्योंकि वे लोकभाषा में रामचरित कह रहे थे। नंदितादास को उनकी फिल्म 'वाटर' के लिए भगाया गया। कवि केदारनाथ सिंह कहते हैं—'अस्सी पर 'सर्वाइव' करना ही महान् होने के लक्षण हैं।' हालाँकि यह जुमला वे नामवर सिंह के लिए कहते रहे हैं। नामवर सिंह तथा महंतजी एक ही मुहल्ले में आमने-सामने रहते थे।

महंतजी के इस बहुआयामी व्यक्तित्व के पीछे दुश्वारियाँ भी कम नहीं थीं। वे तीन साल के थे, तभी पोलियो हो गया। एक पैर खराब। वोकल कॉर्ड पर भी असर था। परंपरा को गंगा की तरह सतत प्रवाहमान माननेवाले वे वैज्ञानिक संत थे। महंतजी अब नहीं रहे। पर जब भी गंगा तुलसीघाट की सीढ़ियों से टकराएगी, उसे अपने लिए लड़ते इस महानायक का संघर्ष जरूर याद आएगा।

□

जमाई के जलवे

न जाने क्यों हम अपनी परंपरा और संस्कार भूलते जा रहे हैं। रॉबर्ट वाड्रा ने कुछ सौ करोड़ रुपए क्या कमा लिए, भाई लोगों ने आसमान सिर पर उठा लिया। सब यह भूल गए कि इस देश में दामाद की खातिर कुछ भी कर गुजरने की परंपरा है। दामाद को खुश करने का सिलसिला विवाह के दहेज से शुरू होता है। एक घर का दामाद पूरे गाँव का दामाद माना जाता है। उसकी वैसी ही आवभगत होती है। अब रॉबर्ट वाड्रा की खातिरदारी में भी कांग्रेस सरकार उसी परंपरा का पालन कर रही है तो इसमें किसी को एतराज क्यों? अगर रॉबर्ट वाड्रा की मदद के लिए थोड़े कायदे-कानून टूट भी जाएँ तो क्या हुआ?

इस देश में जमाई को 'जमाई राजा' कहते हैं। फिर राजा का जमाई। उसके क्या कहने? वह आसमान में सुराख करे तो भी कोई क्या कर लेगा? उसे तो देश का दामाद माना जाएगा। राष्ट्रीय दामाद। झोंपड़ी में रहनेवाले लल्लू, पंजू, पनारू भी अपने दामाद को 'कुँवरजी' ही कहते हैं। फिर ये तो असली कुँवरजी हैं, हुड्डा हों या गहलौत, वे अगर उन्हें लाखों का माल कौड़ियों में दें, तो यह दामादजी का हक है।

हमारे यहाँ दामाद आदमी नहीं, उत्सव है। परंपरा है। दामाद के आते ही घर में रौनक आती है। जिस गरीब को सिर्फ दाल-रोटी मयस्सर है, उसके यहाँ भी दामाद के आने पर खीर-पूरी बनती है। पकवान बनता है।

तभी पक्ष हो या विपक्ष, दोनों दामाद का खयाल रखते हैं। अब देखिए, जब भाजपा ने रॉबर्ट वाड्रा का मामला उठाया तो दिग्विजय सिंह भी कहते पाए गए कि हमारे दामाद पर सवाल क्यों उठा रहे हो? क्या

कभी हमने आपके दामाद पर सवाल उठाया? बात लाख टके की है। एक-दूसरे का ध्यान तो रखना ही पड़ेगा। हमारे समाज में दामादों को कुछ विशेषाधिकार हैं। फिजूल के नखरे दिखाने का। साली से छेड़छाड़ का। बात-बात पर मुँह फुलाने का। उपहार और माल लेने का।

भारतीय राजनीति में 'दामादवाद' नई परंपरा है, जिसने भाई-भतीजावाद को किनारे कर दिया है। वैसे राजनीति में पहले दामाद फिरोज गांधी थे, लेकिन पावर पॉलिटिक्स से उनका कोई लेना-देना नहीं था। गांधीवादी और सादगी पसंद फिरोज आजीवन भ्रष्टाचार से लड़े। सही मायनों में राजनीति में दामादवाद की शुरुआत चंद्रबाबू नायडू से होती है। वही सिलसिला अब फल-फूल रहा है। चंद्रबाबू तो एक कदम आगे बढ़े। उन्होंने ससुर की पार्टी हथिया उन्हें ही किनारे कर दिया। शरद पवार के दामाद सदानंद सुले हमेशा विवादों में रहे। अटल बिहारी वाजपेयी के दत्तक दामाद रंजन भट्टाचार्य पर दबे-छुपे आरोप लगते रहे हैं। भ्रष्टाचार के खिलाफ घूम रहे केजरीवाल के आत्मघाती दस्ते ने इस बार उन पर सीधा हमला बोला। नेहरू-गांधी परिवार के मौजूदा दामाद रॉबर्ट वाड्रा पर लगे आरोप गंभीर हैं। चार साल में सिर्फ पचास लाख रुपए पाँच सौ करोड़ कैसे हो गए? इस सवाल का जबाव कौन देगा?

सांस्कृतिक परंपराएँ देश की सरहद नहीं पहचानतीं। पाकिस्तान के मौजूदा राष्ट्रपति आसफ अली जरदारी भुट्टो परिवार के दामाद ही तो थे। जब इनकी ख्याति 'मिस्टर टेन परसेंट' की थी। बेनजीर जब प्रधानमंत्री थीं तो कोई काम बिना 'टेन परसेंट' के नहीं होता था। इसलिए बेनजीर का पहला, दूसरा कार्यकाल भ्रष्टाचार के सवाल पर खासा बदनाम रहा।

दुनिया के पहले दामाद शिव ने नाराज होकर अपने ससुर दक्ष प्रजापति का सिर ही उड़ा दिया। रावण भले दुनिया की नजरों में राक्षस हो, पर अपने ससुर मय के मंदसौर में आज भी उसकी पूजा होती है। उसका वहाँ बड़ा सम्मान है। मुझे भी दामादगिरी का लुत्फ उठाने का बड़ा शौक था, पर शादी के बाद सास-ससुर जल्दी चले गए, इसलिए यह सिलसिला चल नहीं पाया। शादी के वक्त मेरी सास ने किनारे ले जाकर मुझे चुपचाप कुछ दिया। वह कीमती घड़ी थी। जिक्र इसलिए कि दामाद को भेंट देने की परंपरा हर तरफ है। कुछ घर जमाई भी होते हैं। हजरते दामाद जहाँ लेट गए, लेट गए। भगवान् विष्णु घर जमाई थे।

हिंदी में दामाद के लिए 'जामाता' और 'जमाई' शब्द है। संस्कृत में 'जामातृ' का मतलब पुत्री का पति। संस्कृत का 'जामातृ' अवेस्ता में 'जामातर' हो जाता है। फारसी में 'दामाद' होता है। तुर्की में यह 'दामातर' के तौर पर मौजूद है। ग्रीक में इसे 'जामितर' कहते हैं। मराठी का जमाई हिंदी की बोलियों में पहुना, मेहमान, कुँवर साहब, ब्याहीजी, यजमान हो जाता है। मजा देखिए, दामाद रिश्तेदार बनने के बाद 'पहुना' ही कहलाता है। बँगला संस्कृति में जमाई का बड़ा जलवा है। वहाँ तो दामाद के लिए बाकायदा एक 'जमाई षष्ठी पर्व' है। ज्येष्ठ शुक्ल षष्ठी को पीपल के पेड़ के नीचे जमाई की लंबी उम्र के लिए प्रार्थना होती है। जमाई राजा को उपहार मिलते हैं। बॉलीवुड भी दामादों पर मेहरबान रहा। वहाँ दमाद पर दामाद, जमाई राजा, मेरा दामाद जैसी फिल्में बनीं। कथाकार मुंशी प्रेमचंद भी इससे अछूते नहीं रहे। उनकी एक कहानी है 'घर जमाई'।

दामादों को भेंट देना हमारे देश की सामाजिक प्रथा है। उन्हें मिलनेवाले लाखों-करोड़ों का हिसाब नहीं होना चाहिए। दामाद होते ही इसलिए हैं कि उनकी सेवा की जाए। आखिर दामादवाद ने ही भाई-भतीजावाद को राजनीति से बेदखल किया है। जो काम समाजवादी नहीं कर पाए। लगता है, भाई-भतीजावाद का अंत करने के लिए ही दामाद का जन्म हुआ है। अथ श्री दामाद कथा।

□

बिलाती पाती

पुराने सामान की सफाई में मुझे एक चिट्ठी मिली। वह प्रेमपत्र था। उसका रंग गुलाबी से पीला पड़ गया था, पर खुशबू बनी हुई थी। मैंने कोई सत्ताईस बरस पहले इसे अपनी पत्नी को लिखा था। वे विश्वविद्यालयी दिन थे। तब वे पत्नी नहीं बनी थी। विवाह के बाद पत्र लिखने का न सामर्थ्य बचता है न शक्ति। भावना और संवेदना जरूर हिलोरें मारती हैं, लेकिन उनमें वह आवेग नहीं होता। फिर सूचना क्रांति हुई। एस.एम.एस. का युग आ गया और चिट्ठी हमारे जीवन से चली गई। लोग अब चिट्ठियाँ लिखना भूल भी गए हैं। एक ताकतवर विधा का बेवक्त अंत हुआ।

जब से लिपि की खोज हुई, तभी से चिट्ठियाँ दो लोगों के बीच संवाद का विश्वसनीय जरिया रही। 'संदेशो देवकी से कहियो' से लेकर 'मेरा प्रेम पत्र पढ़कर तुम नाराज न होना' तक की यात्रा चिट्ठियों की इतिहास-यात्रा है। साहित्य के रीतिकाल में तो प्रेम की तमाम अवस्थाओं का वर्णन इन्हीं संदेशों के जरिए हुआ है। माना जाता है कि दुनिया का पहला पत्र 2009 ईसा पूर्व बेबीलोन के खँडहरों में मिला था। वह भी प्रेमपत्र था। मिट्टी की पट्टी पर लिखा। प्रेमिका के न मिलने पर प्रेमी ने मिट्टी के फर्श पर ही लिख डाला था। दो पंक्ति के इस पत्र में विरह की तड़प थी।

समय के साथ इन पत्रों को लाने-ले जाने के जरिए भी बदले, लेकिन चिट्ठी ताकतवर होती गई। उन्नीसवीं सदी की शुरुआत तक कबूतर के जरिए संदेश भेजे जाते थे। खासकर होमिंग प्रजाति के कबूतरों का इस काम में इस्तेमाल होता था, जिनकी खासियत थी कि वे जहाँ से

उड़ते वहीं लौटकर आ जाते थे। इससे संदेश पहुँचने की पुष्टि होती थी। होमिंग सोलह सौ किलोमीटर तक बिना रास्ता भटके वापस लौट सकते थे। हमारे देश में डाक सेवा व्यवस्थित रूप से 1854 में लॉर्ड डलहौजी के जमाने में शुरू हुई। हालाँकि सबसे पहली डाक सेवा ब्रिटेन में शुरू हुई थी।

पत्रों से संवेदनाओं का गहरा रिश्ता रहा है। जब सुनीता विलियम्स अंतरिक्ष में जा रही थीं तो उनके साथ पिता के हिंदी में लिखे पत्र भी थे। दुनिया का राजनीतिक और सामाजिक इतिहास भी पत्रों के बिना अधूरा है। मार्क्स और एंगेल्स के बीच ऐतिहासिक दोस्ती की शुरुआत भी पत्रों के जरिए हुई थी। महात्मा गांधी एक साथ दोनों हाथों से चिट्ठियाँ लिखते थे। जवाहरलाल नेहरू ने जेल से ही चिट्ठियों के जरिए इंदिरा गांधी को राजनीतिक प्रशिक्षण दिया था। बाद में भी यह परंपरा जारी रही। इंदिरा गांधी ने राजीव गांधी को दून स्कूल में चिट्ठियाँ भेजकर देश के सामाजिक, राजनीतिक और सांस्कृतिक परिवेश की जानकारी दी। अब चिट्ठी लिखी ही नहीं जाती। इसलिए लिफाफा देख मजमून भाँपनेवाली पूरी जमात का अस्तित्व खतरे में है। सेलफोन और कंप्यूटर से कुछ भाँपा नहीं जा सकता। संचार क्रांति से दुनिया तो करीब आ गई है, पर इसने दिलों की दूरियाँ बढ़ा दी हैं। पुराने पत्रों के जरिए अतीत में लौटने और भावनाओं में विचरने का आनंद ही कुछ और है।

चिट्ठियों के साथ एक और व्यक्ति हमारे समाज और जीवन से गायब हुआ। वह है डाकिया। आज की कूरियरवाली पीढ़ी खाकी वर्दीवाले डाकिए को शायद पहचान भी न पाए। एक जमाना था, जब घरों में डाकिए का बेसब्री से इंतजार होता था। उसके लंबे झोले में हँसने और रोने, दोनों के सामान रहते थे। निदा फाजली कहते हैं—"सीधा-सादा डाकिया जादू करे महान्। एक ही थैले में रखे आँसू और मुसकान।" मेरे मुहल्ले के डाक चचा अब्दुल मुझे चिट्ठियों के साथ रोज कुछ-न-कुछ नई जानकारी देते थे। उन्होंने ही मुझे बताया था कि अमेरिकी राष्ट्रपति अब्राहम लिंकन कभी पोस्टमैन थे।

कालांतर में चिट्ठियों से रसतत्त्व तो गायब हुआ, पर वह भूमिका बदल वापस लौटा। इन दिनों चिट्ठियाँ पोल खोलने का जरिया बन गई हैं। पोल खोलने की पहली चिट्ठी कमलापति त्रिपाठी ने राजीव गांधी को लिखी थी। त्रिपाठीजी चिट्ठी लिखने के पंडित थे। नाराज राजीव गांधी ने

उन्हें कांग्रेस के कार्यकारी अध्यक्ष पद से हटा दिया। ऑस्ट्रेलिया के जुलियन असांजे ने विकीलिक्स के जरिए दुनिया भर के पत्राचार में सेंध लगा दी। कोयला आबंटन में नेताओं की चिट्ठियों ने एक मंत्री की पोल खोल दी! एक जनरल साहब ने प्रधानमंत्री को चिट्ठी लिखकर बम फोड़ा कि सेना के गोला-बारूद खत्म हो रहे हैं। अन्ना हजारे की चिट्ठियों ने मनमोहन सिंह की नींद उड़ा दी थी। कपिल सिब्बल को लिखी आचार्य बालकृष्ण की एक चिट्ठी से बाबा रामदेव के आंदोलन की हवा निकल गई। दरअसल चिट्ठियों की भूमिका बदल गई है। इनका इस्तेमाल अब मूर्तिभंजन के लिए हो रहा है।

प्यार का पहला खत लिखने में वक्त तो लगता है। बाकी का वक्त लिखने के बाद उसे पहुँचाने में लगता था। लोगों में अब इतना धैर्य नहीं रहा। जमाना तुरंता का है। एस.एम.एस. और बी.बी.एम. पत्रों के लिए चुनौती बनकर आए। भेजते ही ये फौरन 'इनबॉक्स' में टन्न से गिरते हैं। ऐसे में पत्रों की अकाल मौत हुई। जब दिल की बात मुँह तक नहीं आ पाती थी तो पत्र ही जरिया बनते थे। पर शायद दिल की जगह दिमाग से आजकल काम चलता है।

□

ताज का तिलिस्म

ताजमहल एक विस्मय है। उसका नाम आते ही न जाने कितने कहानी-किस्से जहन में आते हैं। इतिहास की किताबों के कई पन्ने एक साथ फड़फड़ाने लगते हैं। मुमताज महल का चेहरा आँखों में घूमने लगता है। दिल में शाहजहाँ की मुहब्बत की खुशबू फैलने लगती है। सोचिए तो कितना अजीब सा लगता है कि दीवानों की तरह जिस ताज को तामीर कराने में एक शहंशाह ने पूरे बाईस बरस लगा दिए। जिसके लिए उस दौर का पूरा शाही खजाना खाली हो गया। उस ताज में आखिर ऐसा कौन सा जादू है? कैसा तिलिस्म है? और क्या आकर्षण है? यह अबूझ पहेली तर्क से परे है। अपनी ओर खींचने का असीम आकर्षण समेटे दुनिया का एक बेशकीमती अजूबा। बेपनाह मुहब्बत की निशानी।

एक ऐसी निशानी, जो साढ़े तीन सौ बरस बाद भी जवान है। एक ऐसी निशानी, जिसे जितनी बार देखो हर बार उसमें नया अक्स उभरकर सामने आता है। स्थापत्य का एक नया चमत्कार मुसकराता है। हर बार खूबसूरती की नई परिभाषाएँ बनती हैं। ताज। वाह ताज!

पूर्णिमा की रात में ताज को देखना एक अपूर्व अनुभव है। इसे पाने के लिए हम इस शरद पूर्णिमा को ताज देखने गए। सुप्रीम कोर्ट की इजाजत से पूर्णिमा से एक दिन पहले और एक रोज बाद रात में दीदार के लिए ताज खुलता है। पचास-पचास के समूह में तीन सौ मीटर दूर से आप ताज को देख सकते हैं। आधी रात के बाद तक सिर्फ साढ़े तीन सौ लोगों को यह मौका हासिल होता है। सुप्रीम कोर्ट ने उस प्लेटफॉर्म की ऊँचाई, लंबाई, चौड़ाई भी तय की है जहाँ से ताज को रात में देखा जाता है। दुनिया भर से जिन साढ़े तीन सौ लोगों को शरद पूर्णिमा के रोज यह मौका

मिला, उसमें हम भी थे।

ताजमहल दूधिया रात में निखर रहा था। शरद की मीठी, ठंडी चाँदनी में महक रहा था। पूनम के हसीन जेवर पहन चहक रहा था। हम शरद की पूर्णिमा में ताज को निहार रहे थे और शाहजहाँ की तरह ताज दूर कहीं चाँद में अपनी मुमताज को खोज रहा था। धुली चाँदनी रात में ताज की देह का एक-एक सिरा ताजा खिले गुलाब की तरह महक रहा था।

चंद्रमा सुंदरता और श्रेष्ठता का पर्याय है और ताज खूबसूरती का दूसरा नाम। दोनों हमारे सामने थे, रात जवान थी, माहौल में था सन्नाटे का संगीत। आँख और कान दोनों में अपूर्व तृप्ति का एहसास था। ताज से सटकर पीछे बहती यमुना की कलकलाहट को चीरते उन हजार हाथियों के पाँव की ध्वनि भी सुनाई दे रही थी, जिन्होंने ताज की तामीर में रखे जानेवाले पत्थरों को अपनी देह पर ढोया था। ताज में लगे अट्ठाईस तरह के बहुमूल्य पत्थरों और रत्नों की आभा रह-रहकर चमक रही थी। ये सोलहवीं शताब्दी में सफेद संगममर में जड़े गए थे। हाँ, कंधार से लाए गए उस मुख्य शिल्पी मो. इस्माइल खाँ का कहीं कोई नाम नहीं था और न ही छह महीनों में चुने गए सैंतीस दक्ष कारीगरों और उन बाईस हजार मजदूरों का ही कोई नामलेवा था, जिनकी उँगलियों की कलाकारी से ताज इस रात दमक रहा था। कवि-मित्र आलोक का एक दोहा बार-बार याद आ रहा था—'उजली-उजली देह पर नक्काशी का काम। ताजमहल की खूबियाँ मजदूरों के नाम॥'

हमारे साथ दर्जन भर दोस्त भी शरद पूर्णिमा की रात ताज देखने गए थे। खगोल शास्त्र के मुताबिक उस रोज चंद्रमा पृथ्वी के सबसे नजदीक होता है। पूरे सोलह कलाओं का चाँद। समूचे साल में इस दिन का चाँद आकार में सबसे बड़ा दिखता है। चंद्रमा में शीतलता और सुंदरता का अनोखा समन्वय है। बाह्य सौंदर्य कई बार मोहक, मादक और दाहक होता है। जब उससे अंतर् सौंदर्य मिलता है तो शीतल और शांतिदायक बनता है। ताज अंतर् सौंदर्य को बढ़ा रहा था और चंद्रमा बाह्य सौंदर्य को।

ताज को देखने का हमारा वक्त आधी रात के बाद खत्म हुआ, पर मन नहीं भरा। सी.आई.एस.एफ. के जवानों ने ताज का परिसर आधी रात के बाद आदमजात से खाली कराकर ताला डाल दिया। अब हम ताज के सामने वन विभाग के गेस्ट हाउस में थे। इस गेस्ट हाउस और ताज के

बीच महज कुछ पेड़ हैं। हम ताज के और करीब थे। ताज और अपना संवाद तड़के तक चला।

शरद पूर्णिमा की चांदी जैसी इसी रात में भगवान् कृष्ण ने गोपियों के साथ महारास रचाया था। मानते हैं कि इस रात चंद्रमा से अमृत बरसता है। शरद पूर्णिमा यानी जागृति का उत्सव। वैभव का उत्सव। आनंद का उत्सव। इस उत्सव से तीन पीढ़ी का अपना रिश्ता है। मेरे पिता और बेटे दोनों का जन्मदिन इसी दिन है। इसलिए हमें और खुशी थी। हम चंद्रमा से अमृत और ताज से सौंदर्य रस ग्रहण कर रहे थे। पास ही तकरीबन 40 किमी. दूर वृंदावन में रास की गूँज थी। हम सुबह वृंदावन पहुँचे। गोपियों के महारास और अमृत स्नान का एहसास लेने। हमने देखा, उस व्रज की रज को लोग खा रहे थे। रसखान ने भी कहा है—मानुष हौं तौ वही रसखानि बसौं ब्रज गोकुल गाँव के ग्वारन। जौ खग हौं तो बसेरो करौं नित कालिंदी-कूल कदंब की डारन॥

प्रकृति की लीला से सब चमत्कृत थे। उस बेशकीमती एहसास के साथ हम लौटे। शरद के बाद अब हेमंत को आना है। यह मन को साधने का दौर है। आगे फिर कभी।

□

वह अकेली द्रौपदी

उस दिन बनारस में उस बड़े और पुराने अस्पताल के आई.सी.यू. में भरती पिताजी ने मेरी हथेलियों को छूकर मेरी आँखों में झाँकते हुए कहा था—मैं चाहता हूँ, इस किताब की भूमिका तुम लिखो। मैं आज तक समझ नहीं पाया यह उनका आग्रह था या आदेश। मैंने उनसे पूछा भी नहीं। जब वे स्वस्थ होकर घर लौटे तो फिर कहा, तुम लिखो। मेरे सामने यक्षप्रश्न—पिता की किताब की भूमिका बेटा लिखे? वह भी ऐसी किताब की भूमिका, जिसका चरित्र द्रौपदी जैसा जटिल हो। पत्रकारीय जीवन में अब तक न जाने कितने ऐसे जटिल किरदारों से पाला पड़ चुका है, पर यह तो द्रौपदी है। द्रौपदी पर पिताजी की लिखी छोटी सी किताब खत्म करने के बाद मैं विचलित था। द्रौपदी की पीड़ा, उसका संताप, उसके भीतर जमा क्रोध, घृणा, अपमान और तिरस्कार की भावना मुझे कहीं अंदर तक आंदोलित करने लगी। सोचता रहा, पिताश्री ने तो महाभारत के करीब-करीब सभी पात्रों पर जाने कितना लिखा। उनकी हर किताब का पहला पाठक और प्रूफरीडर मैं ही होता हूँ। कृष्ण की तो पूरे तीन हजार पन्नों की आत्मकथा लिखी, पर उनकी इस सृजनात्मक प्रकिया में मैं कहीं नहीं था। सिवाय पहले पाठक की भूमिका में मैं कहीं दूर खड़ा रहता था। लेकिन उस दिन द्रौपदी की भूमिका लिखने के लिए उन्होंने मुझे क्यों चुना? अब जब मैं इस पुस्तक की भूमिका लिखने बैठा हूँ तो समझ सकता हूँ कि पिता ने यह जिम्मेदारी मुझे क्यों सौंपी होगी?

द्रौपदी! याज्ञसेनी! पांचाली! कृष्णा और पृषती!

इसका दूसरा नाम है बदला, प्रतिशोध और प्रतिहिंसा। अपने अपमान की आग में तपती द्रौपदी। कौरवों के दर्प को कुचलने का प्रण लेती

द्रौपदी। युद्ध के लिए पांडवों के पौरुष को ललकारती द्रौपदी। नारी मुक्ति आंदोलन की नींव बनती द्रौपदी। पाँच पतियों से असफल प्रेम करती द्रौपदी। महाभारत के विस्तृत कैनवास पर यह द्रौपदी के विभिन्न रूप हैं, जिसमें से हर रूप उपन्यास का विषय हो सकता है। लेकिन इस उपन्यास में ऐसी विराट् और जटिल द्रौपदी को एक सूत्र में पिरोया गया है।

दरअसल यज्ञकुंड की आग से जनमी द्रौपदी आजीवन उस आग से मुक्त नहीं हो पाई। वह हमेशा इसी प्रतिशोध की आग में जलती रही। उसी आग में दूसरों को जलाती रही। द्रौपदी महाभारत की धुरी है, पूरा महाभारत उसके इर्द-गिर्द घटित हुआ। विडंबना यह है कि वह अपनों से भी लड़ी और दूसरों से भी, पर नितांत अकेले। महाराज द्रुपद की बेटी, प्रतापी पांडवों की पत्नी, धृष्टद्युम्न जैसे वीर की बहन और कृष्ण की सखी होने के बावजूद वह अपने संघर्ष में नितांत अकेली थी। जीवन की रणभूमि में अकेली खड़ी द्रौपदी ने अपने पतियों को हमेशा अधर्म के खिलाफ युद्ध के लिए प्रेरित किया। अपने केश खुले छोड़कर अगर वह अपनी ओर से एकतरफा युद्ध का एलान न करती तो शायद पांडव महाभारत की चुनौती को कभी स्वीकार न करते और इतिहास उनके भगोड़े चरित्र को ही जानता। पर यह रहस्य कृष्ण जानते थे। इसलिए युद्धभूमि में अर्जुन को गीता का ज्ञान देकर उन्होंने अपनी सखी कृष्णा की मदद की। कृष्ण ने अपनी जंघा पर ताल ठोककर भीम को भी उसकी प्रतिज्ञा याद दिलाई। तब दुर्योधन मारा गया।

द्रौपदी का चरित्र अनोखा है। पूरी दुनिया के इतिहास में उस जैसी दूसरी कोई स्त्री नहीं हुई। लेकिन इतिहास ने उसके साथ न्याय नहीं किया। दरअसल, भारत की पुरुषप्रधान सामाजिक व्यवस्था उसके साथ तालमेल नहीं बिठा सकी। द्रौपदी को महाभारत के लिए जिम्मेदार माना गया। हालाँकि इसके लिए वह अकेली जिम्मेदार नहीं थी। मेरा मानना है कि द्रौपदी न भी रहती तो भी महाभारत का युद्ध होता, क्योंकि यह विवाद संपत्ति के बँटवारे का था। द्रौपदी केवल कारण बनी। पाँच पतियों के कारण भारतीय परंपरा में द्रौपदी को आदर्श नारी का दर्जा कभी नहीं मिल सका। द्रौपदी का नाम उपहास से जुड़ गया। महाकाव्य युग के बाद लोगों ने अपनी बेटियों का नाम द्रौपदी रखना छोड़ दिया। समाजवादी चिंतक डॉ. राममनोहर लोहिया के अलावा किसी ने द्रौपदी को उसका

सम्मान नहीं दिया। पाँच हजार साल के इतिहास में डॉ. लोहिया ही एक ऐसे आदमी हैं, जो द्रौपदी को सीता से ऊपर रखने को तैयार हैं।

द्रौपदी का अनंत संताप उसकी ताकत था। संघर्षों में वह हमेशा अकेली रही। पाँच पतियों की पत्नी होकर भी अकेली। अनाथ जैसी। कुशल रणनीतिकार कृष्ण की सखी पर अनाथवत। उसकी दैन्यता और असहायता का असली जख्म यही है। गौरतलब है कि द्रौपदी को दुःख देनेवाले और कष्ट पहुँचानेवाले लोग उसके अपने ही थे। महाभारत के कई प्रसंग ऐसे हैं, जब दोनों तरफ से उसे दुःख और अपमान की यातना मिलती है। दुःशासन का भरी सभा में उसके बाल पकड़कर घसीटना। उसे निर्वस्त्र करने की कोशिश करना। जयद्रथ और कीचक द्वारा उसका अपहरण करना। उसके जीवन के ये सारे ऐसे त्रासद प्रसंग हैं, जो उसे अनाथवत् बनाते हैं। शायद इसीलिए धृष्टद्युम्न और कृष्ण जब वनवास में द्रौपदी से मिलने गए तो वह गुस्से से फट पड़ी। कहा, मेरा कोई नहीं है। मेरा न कोई पुत्र है, न पति, न भाई है और न बाप। मधुसूदन आप भी नहीं। यदि होते तो हमारा यह अपमान कभी न होता। द्रौपदी की यही अनाथवतता उसके बगावती चरित्र के मूल में थी।

द्रौपदी के तर्क, बुद्धिमत्ता, ज्ञान और पांडित्य के आगे सब लाचार नजर आते हैं। जब भी वह सवाल करती है, पूरी सभा निरुत्तर होती है। चाहे खुद को जुए में हारने का सवाल हो या फिर नारी के अपमान पर द्रौपदी के तीखे सवाल हों या शांतिपर्व में पितामह की नीति पर दी जानेवाली सीख पर द्रौपदी का भाषण हो। हर बार भीष्म को शर्म से गड़ना पड़ा। युधिष्ठिर को नजरें झुकानी पड़ीं। हस्तिनापुर की राजसभा के चापलूस दरबारियों को द्रौपदी हतप्रभ करती है। वह भीष्म, द्रोण, कृपा और कर्ण सरीखों की बोलती बंद करती है। सत्ता के शीर्ष पर हो रहे बेईमान फैसलों पर द्रौपदी जब उँगली उठाती है तो धर्मराज लाचार नजर आते हैं। कमजोर और अबला स्त्री के प्रति होते अन्याय पर तमाशबीन रहनेवाले नीति निर्माताओं का यह तटस्थ और नपुंसक रवैया केवल आज के सत्तातंत्र के सामने नहीं है। पाँच हजार साल पहले भी राजसभाएँ ऐसे ही चलती थीं। तब भी दुर्योधन से मिलनेवाली वेतन की पट्टी से भीष्म, कर्ण, द्रोण, कृपाचार्य जैसे लोगों का मुँह बँधा रहता था। बेशक महाभारतकार और इतिहास ने धर्मराज का खिताब युधिष्ठिर को दिया हो, लेकिन कमजोर,

निकम्मे, लाचार और यथास्थितिवादी युधिष्ठिर के आगे धर्म का जितना सटीक आचरण द्रौपदी ने किया, उसकी मिसाल पूरे महाभारत में नहीं मिलती।

जिस युधिष्ठिर को धर्मराज कहा गया, उसने कई बार झूठ का सहारा लिया। चाहे वह धोखे से द्रोण का वध हो या फिर द्रौपदी का निर्वस्त्र किया जाना हो, अश्वत्थामा को माफी देने का सवाल हो या पांडवों की अंतिम यात्रा में द्रौपदी पर युधिष्ठिर की घृणास्पद टिप्पणी। हर कहीं द्रौपदी धर्मराज से कहीं ज्यादा मर्यादा में दिखती है। युधिष्ठिर के जीवन की एक घटना ने तो उन्हें झूठा और षड्यंत्रकारी करार दिया। जब उन्होंने यह जानते हुए कि द्रोणपुत्र अश्वत्थामा जीवित है और अश्वत्थामा नामक हाथी ही मरा है, फिर भी झूठ बोला कि पता नहीं हाथी मरा है या मनुष्य, पर अश्वत्थामा मारा गया। इस एक सूचना पर द्रोण ने हथियार फेंक दिए और वे धृष्टद्युम्न के हाथों मारे गए। यह था धर्मराज का झूठ, धोखा और षड्यंत्र। द्रौपदी पर आप किसी छोटे से अधर्माचरण का भी आरोप नहीं लगा सकते। हाँ, यह सवाल जरूर उठता है कि अपने स्वयंवर में कर्ण को मछली की आँख पर निशाना लगाने से रोककर द्रौपदी ने ठीक किया या गलत? कर्ण को स्वयंवर में मौका न देकर उसके साथ अन्याय हुआ, ऐसा कुछ विश्लेषकों का मानना है। पर स्वयंवर तो द्रौपदी रचा रही थी। विवाह द्रौपदी का होना था, वर उसे चुनना था। तो वह अपनी शर्त पूरे करने का मौका किसे दे या किसे न दे, यह उसका अधिकार था, जिसका इस्तेमाल द्रौपदी ने किया!

एक और प्रसंग—चीरहरण के दौरान द्रोणाचार्य चुप थे। जिन सात महारथियों ने निहत्थे अभिमन्यु को घेरकर मारा था, द्रोणाचार्य उसमें भी शामिल थे। बावजूद इसके ब्राह्मण और गुरु होने के नाते द्रौपदी ने द्रोणाचार्य का हमेशा सम्मान किया। उन्हें उचित आदर दिया। गुरुपुत्र होने के कारण ही अश्वत्थामा का वध नहीं होने दिया। जिस अश्वत्थामा ने द्रौपदी के पाँच पुत्रों की सोते वक्त धोखे से हत्या कर दी थी, उस अश्वत्थामा को भी द्रौपदी ने क्षमादान दिया। यह था द्रौपदी का नैतिक शिखर। यह थी उसके चरित्र की विलक्षणता।

जब पाँचों पति द्रौपदी को जुए में हार गए तो तिलमिलाई द्रौपदी ने भरी सभा में धर्मराज से सवाल पूछवाया—जाकर पूछो उस जुआरी महाराज

सत्ता में गांधी परिवार के किसी व्यक्ति के न होने के कारण यह दु:ख और शर्म से अपने आप गिर गई। कितना सटीक और दो टूक आकलन था यह। राजनीति को भाँप लेने की संपादकजी की क्षमता अद्‌भुत थी। प्रभाषजी में यह सब लिखने का नैतिक साहस भी था। वे ही ऐसा लिख सकते थे। क्योंकि उन्होंने साठ साल की उम्र पूरी होते ही एक रोज बिना किसी को बताए जनसत्ता में एक लेख लिखकर घोषणा की यह उम्र रिटायर होने की होती है, और मैं आज से रिटायर हो रहा हूँ। लेख का शीर्षक था 'सन्यस्त मया: सन्यस्त मया:'। लोग मनाते रहे। संपादकजी नहीं माने। संपादकजी कहते थे—रिटायर गावस्कर की तरह होना चाहिए सेंचुरी लगाकर। उन्होंने जनसत्ता अखबार की संपादकी छोड़ दी। पर सलाहकार बने रहे।

सबसे बड़ा संपादक। एक अच्छा मित्र। कड़क और रोबदार बॉस। परंपरा और लोक का अद्‌भुत ज्ञान। अपनी मिट्‌टी से जुड़े रहने की ललक। यह सबकुछ एक आदमी में कैसे हो सकता है। प्रभाषजी एक साथ कई मोरचों पर काम कर रहे थे। वे एक तरफ तो हिंदी पत्रकारिता को संस्कृतनिष्ठ जड़भाषा के दलदल से निकाल रहे थे। दूसरी तरफ पत्रकारिता को कला, संगीत, लोकरंग और साहित्य से जोड़ रहे थे। उन्होंने हिंदी पत्रकारिता को गहरी निराशा से बाहर निकाला। अंग्रेजी पत्रकारिता के आगे निरीह हालतवाली हिंदी पत्रकारिता को तेवर दिए। नए शब्द गढ़े। ताजा भाषा दी। सिर्फ भाषा नहीं, हिंदी पत्रकारों को तेवर भी दिए। झोला छाप छवि से बाहर निकाल उसे सम्मान दिलाया। अखिल भारतीय स्तर पर नए पत्रकारों का बड़ा परिवार बनाया। पत्रकारिता में स्वधर्म की स्थापना की। दरअसल, 1983 के बाद की हिंदी पत्रकारिता को प्रभाष युग कहा जा सकता है। पत्रकारिता का इतिहास उनके बिना नहीं बनता।

सिर्फ भाषा में ही नहीं उनके व्यक्तित्व में भी खास तेजस्विता थी। कसी हुई ऊँची काठी, लंबी नुकीली नाक। भावपूर्ण आँखें। कड़क आवाज। वे आँख का इस्तेमाल हथियार की तरह करते थे। पूछताछ का ऐसा ठसक अंदाज, जो बड़े बड़ों के छक्के छुड़ा दे। अगर आप उनके साथ यात्रा पर हैं तो वे समाज, व्यक्ति, लोक, खानपान तक के इतने सवाल पूछते कि हर रोज आपका इम्तिहान होता। मैंने उनके साथ अनेक चुनावी

दौरे और राम जन्मभूमि आंदोलन को समझने के लिए कई यात्राएँ कीं। हर बार उनकी अपार ज्ञान संपदा के दर्शन होते। सीखने को मिलता। उनका सूत्र होता—'आपका काम व्यक्ति और समाज को समझना है। अगर आप इस रिश्ते को नहीं समझेंगे तो पत्रकारिता क्या करेंगे।'

पर सवाल यह है कि प्रभाषजी क्या इसलिए प्रभाषजी थे कि वे हिंदी के अंतिम संपादक थे। क्या इसलिए कि वे समर्थ और ताकतवर संपादक थे। क्या इसलिए कि वे सामाजिक और राजनैतिक मुद्दों पर स्टैंड लेते थे। क्या इसलिए कि वे हर वक्त सत्ता प्रतिष्ठान से दो-दो हाथ करने को तैयार रहते थे। नहीं, इन सबके अलावा उनका अपने सहकर्मियों से लेकर स्ट्रिंगर तक से एक निजी रिश्ता होता था। काम करनेवालों के परिवार के साथ भी उनके निजी रिश्ते होते थे। वे असहमति का आदर करते थे। जनसत्ता में बिताए 15 साल में मुझे कभी नहीं लगा कि मैं कहीं नौकरी करता हूँ। आप अपना काम करें बाकी की चिंता संपादकजी करते थे। वे बड़े होने का दायित्व अदा करते थे।

शायद इसीलिए प्रभाषजी नई जनरेशन के लिए 'लकड़सुँघवा' थे। आप उनसे मिले नहीं कि न जाने कौन सी लकड़ी सुँघाते कि आप जीवन भर के लिए उनके मुरीद बन जाते। शिष्य और छोटों से हमेशा संगी-साथी सा बर्ताव करते थे। वे मित्र वत्सल थे। संपादकजी ने मुझे 1984 में काशी की पंचगंगा घाट की सीढ़ियों पर जो लकड़ी सुँघाई तो आजतक उन्हीं का होकर रह गया। मैंने उस रोज पंचगंगा घाट पर गुरु पाया था। प्रभाषजी बनारस आए थे। मैं बी.एच.यू में हिंदी का शोध छात्र था। कुछ रपटें जनसत्ता में छपी थीं। मैं उनसे मिलने होटल में पहुँचा। तड़के साढ़े तीन बजे आने का आदेश हुआ। काशी विश्वनाथ की मंगला आरती और गंगा दर्शन के लिए चलना था। हम काशी विश्वनाथ की आरती के समय से पहले पहुँच गए थे। इसलिए घाट पर टहलते-टहलते पंचगंगा घाट तक पहुँच गए। यकायक प्रभाषजी ने पूछा, बनारस में गंगा सबसे पवित्रतम स्थिति में क्यों है?

मैं अवाक्, क्या बताऊँ। बचपन से सुन रखा था। यहाँ गंगा उत्तरवाहिनी है। इसलिए पवित्र है। मैंने यह ज्ञान जस का तस उँड़ेल दिया। वे बोले, तो इससे क्या होता है। मैंने कहा, गंगा उत्तर की ओर देख रही है। जब नदियाँ अपने मूल की ओर देखें तो पवित्र स्थिति होती है। प्रभाषजी ने

दोपहर आमीर खाँ की तोड़ी से और शाम सी.के. नायडू के छक्के से होती है। प्रभाषजी अपने गाँव देवास के आष्टा से कुछ बनने नहीं निकले थे, गांधी का काम करने घर से निकले थे। रास्ते में विनोबा मिले। अक्षर-पथ पर राहुल बारपुते मिले। कुमार गंधर्व की सोहबत मिली, गुरुजी विष्णु चिंचालकर का साथ मिला और यहीं के होकर रह गए। शब्द और सच के संधान में 'प्रजानीति' और 'सर्वोदय' से होते हुए उन्हें रामनाथ गोयनका मिले। गोयनका ने उन्हें एक्सप्रेस में बुलाया। और फिर देश व हिंदी समाज ने जाना प्रभाष जोशी होने का मतलब।

उस रात जब रामबहादुर राय ने मुझे एक बजे फोन पर बताया कि प्रभाषजी नहीं रहे, तो मेरे पाँव के नीचे से जमीन खिसक गई। सुबह ही उनसे बात की थी। फौरन एम्स पहुँचा तो देखा एंबुलेंस में प्रभाषजी की देह थी। चहरे पर वही चमक, वैसी ही दृढ़ता, जिसे मैं कोई ढाई दशक से देख रहा था। चश्मे के भीतर से झाँकती उनकी आँखें मानो कहने जा रही हैं, 'पंडित कुछ करो। जो कर रहे हो, वह पत्रकारिता नहीं है।' लगा पत्रकारिता में व्यावसायिकता के खिलाफ जंग लड़ते-लड़ते वे थककर आराम कर रहे हैं और कह रहे हैं—मैं फिर आऊँगा। लड़ाई अभी अधूरी है।

प्रभाषजी में ऐसा क्या था, जो उन्हें खास बनाता था। गर्व, हौसला और मुठभेड़। उन्हें अपनी परंपरा पर गौरव था। हिंदी समाज पर गर्व था। वे लगातार हिंदी समाज के सम्मान और उसके लेखक की सार्वजनिक हैसियत के लिए अभियान छेड़े हुए थे। और मुठभेड़... बिना मुठभेड़ के प्रभाषजी के जीवन में गति और लय नहीं होती थी। अकसर फोन पर बातचीत में यही कहते कि पंडित आजकल अपनी मुठभेड़ फलाँ से चल रही है। इंदिरा गांधी, राजीव गांधी, चंद्रशेखर, विश्व हिंदू परिषद्, भाजपा, बाजारी अर्थव्यवस्था या फिर उदारीकरण, कुछ नहीं तो पत्रकारिता में आई गिरावट ही सही। प्रभाषजी हर वक्त किसी-न-किसी से मुठभेड़ की मुद्रा में होते थे। आखिर कौन सी ताकत थी उनमें, जो पूरा देश एक किए होते थे। आज मणिपुर में, कल पटना में, फिर वाराणसी में हर वक्त ढाई पग में पूरा देश नापने की ललक थी उनमें। सोचता हूँ कैसे एक पेसमेकर के भरोसे उन्होंने ढेर सारे मोरचे खोल रखे थे। अशोक वाजपेयी कहते हैं, ''वे गांधीवादी निडरता के लगभग आखिरी उदाहरण थे। यही वजह थी कि पचीस साल से डायबिटीज, एक बाईपास सर्जरी, एक पेसमेकर के

बावजूद प्रतिबद्धता की कलम और संकल्पों का झोला लिये हमेशा यात्रा के लिए तैयार रहते थे।"

प्रभाषजी का नहीं रहना एक बड़े पत्रकार का नहीं रहना मात्र नहीं है। उनका न रहना मिशनरी पत्रकारिता का अंत है। चिंतन-प्रधान पत्रकारिता का अंत है। सच के लिए लड़ने और अड़नेवाली पत्रकारिता का अंत है। वे पत्रकारिता में वैचारिक-विमर्श लौटाने की कोशिश में लगे रहे। शायद इसी वजह से लोक संस्कृति और साहित्य पर पहली बार 'जनसत्ता' में उन्होंने अलग से एक-एक पेज तय किए थे। हमारे लिए 'जनसत्ता' सिर्फ अखबार नहीं, पत्रकारिता और समकालीन राजनीति का जीवंत इतिहास है; और प्रभाषजी उसके इतिहासकार। जिसने 'जनसत्ता' में काम नहीं किया, उसे नहीं पता अखबार की आजादी का मतलब।

हमें मालूम है कि हर युग में विरोध के अपने खतरे हैं। उन्हें भी मालूम था। उस कद के संपादक की माली हालत आप भी देख सकते हैं। दो मौकों पर उन्होंने राज्यसभा की मेंबरी सिर्फ इसलिए ठुकराई कि उन्होंने विरोध के रास्ते पर चलना मंजूर किया था। कभी सत्ता-प्रतिष्ठान से जुड़ने की रत्ती भर इच्छा नहीं रही। वे कबीर की तरह हमेशा प्रतिपक्ष में रहे। बड़वाह में नर्मदा के किनारे चिता पर प्रभाषजी की देह थी और आकाश में 'अमर हो' की गूँज। तब मुझे यही लग रहा था कि इस पाँच फीट दस इंच के शरीर के जरिए आखिर क्या छूट रहा है। पत्रकारिता की एक पूरी पीढ़ी छूट रही है। एक संकल्पबद्ध कलम छूट रही है। वैकल्पिक राजनीति की जमीन तैयार करनेवाला एक विचार छूट रहा है। भाषा को लोक तक पहुँचानेवाला एक शैलीकार छूट रहा है। अदम्य साहस और निडरता से किसी सत्ता प्रतिष्ठान से मुठभेड़ करनेवाला एक योद्धा छूट रहा है। लोक और समाज के गर्भनाल रिश्तों की तलाश करनेवाला एक समाजविज्ञानी छूट रहा है। हम छूट रहे हैं। पत्रकारिता में 'निर्भय निर्गुण गुण रे गाऊँगा' की जिद्द छूट रही है। प्रभाषजी अपने पसंदीदा गायक कुमार गंधर्व के इस गीत को ताउम्र सुनकर रीझते रहे। मृत्यु के बाद भी जलती चिता के पास उनके भाई सुभाष और बेटी सोनाल वही भजन उन्हें गाकर सुना रहे थे।

□

को बहुत कम लोग जानते हैं। वे इस नाम से अपने लेखक जीवन की शुरुआत में कविताएँ लिखते थे। अध्यापक नामवर। चंदौली से चुनाव लड़नेवाले राजनेता नामवर। आलोचक नामवर और अब किंवदंती नामवर। नामवर बनने की प्रक्रिया के मूल में है उनकी गहन अध्ययनशीलता। नामवरजी बेहद अध्ययनशील हैं। वे मिर्जा गालिब से लेकर आलोक श्रीवास्तव तक, कहीं से भी शुरू कर कहीं भी खत्म कर सकते हैं। जितना अधिकार उनका कालिदास और भवभूति पर है, उतनी ही सहजता से वे ब्रेख्त और लुशुन को भी समझाते हैं। रिश्ते-नाते उन्हें ज्यादा प्रभावित नहीं करते। घटना, मनुष्य और विचार इन तीनों में वे विचार को अधिक महत्त्व देते हैं। वे विद्यार्थियों को आलोचना पढ़ाते ही नहीं, आलोचना सिखाते भी हैं। वे सामनेवाले की बात को सिरे से खारिज करने का दम रखते हैं। साथ ही सामनेवाले की बहस और असहमति के अधिकार की हिफाजत करने के लिए भी उतने ही दमखम से खड़े होते हैं। शायद यही वजह है कि नामवर सिंह जिन्हें खारिज करते हैं, उन्हें ज्यादा पढ़ते हैं। बिना पढ़े विरोध, केवल लोकतंत्र में विपक्ष की भूमिका भर है, मगर नामवर सिंह खाँटी विपक्ष की नहीं, प्रतिपक्ष की भूमिका अदा करते हैं।

उनका एक खास स्वभाव है कि अगर आपकी बात से असहमत होंगे और बाकी बातों को उड़ा देंगे तो कहेंगे—"आप तो बड़े विद्वान् आदमी हैं।" एक संस्मरण याद आया। 1982 की बात है। मैं पहली बार उनसे विधिवत् मिला। बी.एच.यू. से जे.एन.यू. में पढ़ने आया था। दाखिला कराने जब बनारस से दिल्ली आ रहा था तब मेरे पिता मनु शर्मा ने कहा था कि नामवरजी से जरूर मिलना। मेरे भीतर भी बड़ी उत्सुकता थी नामवर सिंह से मिलने की। जब उनके घर पहुँचा, दस्तक दी। उन्होंने खुद ही दरवाजा खोला। बोले—"आइए। कैसे दिल्ली आए हैं।" मैंने जवाब दिया—"पढ़ने आया हूँ।" चश्मे के भीतर से झाँकती उनकी गंभीर आँखों ने पूछा, "रहते तो कबीरचौरा में ही हो।" मैंने कहा, "जी।" उनका अगला सवाल था—"कबीर को पढ़ा है?" "जी पढ़ा है।" "कबीर को समझने के लिए किसे पढ़ा है?" नामवरजी ने अगला सवाल दागा। उन्होंने सोचा कि मैं आचार्य हजारी प्रसाद द्विवेदी का नाम लूँगा, क्योंकि हिंदी में कबीर पर उनकी सबसे प्रामाणिक किताब थी। लेकिन मैंने कहा, "जी मैंने कबीर पर आचार्य रजनीश को पढ़ा है।" रजनीश उस वक्त

मैंने उन्हें देखा है

सितार तार-तार हो गया। पंडित रविशंकर परमशक्ति में वैसे ही लीन हो गए, जैसे वे सितार की धुन में लीन होते थे। सुध-बुध खोकर। बनारस से उनका गहरा नाता था। यहीं जनमे, पले, बढ़े। नटराज की गलियों में नृत्य के गुर सीखे। सुरीली तानें सुनीं। यह एक दारुण तथ्य है कि पहले उस्ताद बिस्मिल्लाह खाँ, फिर किशन महाराज और अब पंडितजी। एक-एक कर तीनों चले गए। लगता है, काशी से संगीत का नाता ही टूट जाएगा। सितारों से खाली हो गया बनारस। उसका रस छीज रहा है।

बनारस के तिलभांडेश्वर से लेकर अमेरिका के सेंट डियागो तक की उनकी यात्रा भारतीय संगीत की जय यात्रा है। 'रॉक' और 'पॉप' की झनझनाती दुनिया में उन्होंने सितार की पहचान वैश्विक संगीत से कराई। उसे इस ऊँचाई पर ले गए, जहाँ सितार और रविशंकर एक-दूसरे में समाते हैं। दरअसल, धुनों का यह उस्ताद अरसे से देशी और विलायती संगीत के बीच पुल का काम कर रहा था, पर अपनी शर्तों पर। बीटल्स के जॉर्ज हैरिसन हो या गिटारिस्ट जिमी हैंड्रिक्स या वायलिन वादक जुबिन मेहता। पंडितजी के बनारसी स्वभाव ने किसी को अपने संगीत पर हावी नहीं होने दिया। 'फ्यूजन' के बावजूद शास्त्रीय संगीत की पवित्रता और आत्मा बनी रही।

पंडितजी ने तो संगीत और सितार को तार दिया। पर हमने पंडितजी को क्या दिया? उनका 'भारत रत्न' उनके साथ चला गया। काशी से उनका अटूट रिश्ता था। पर क्या कोई बनारस जा इस बात की तस्दीक कर सकता है कि पंडितजी यहीं के थे? जिस घर में वे जनमे थे, वह गिर

गया। अपनी माँ हिमांगना के नाम पर जो मकान उन्होंने शिवपुर के तरना में बनाया था, वह बिक गया। नए कलाकारों की ट्रेनिंग और रियाज के लिए उन्होंने जो संस्था रविशंकर इंस्टीट्यूट फॉर म्यूजिक ऐंड परफॉर्मिंग आर्ट्स 'रिम्पा' बनाई थी, वह आर्थिक अभाव में बंद हो गई। मृत्यु पर शोक जताते प्रधानमंत्री ने उन्हें भारत की सांस्कृतिक विरासत का वैश्विक दूत तो कहा, पर हम क्यों अपने इन वैश्विक नायकों के प्रति इतने क्रूर हैं? सच यही है कि अगर आप बनारस जाएँ तो आपको पंडितजी की शहर से पहचान करानेवाली एक ईंट भी नहीं मिलेगी।

हम अपनी परंपरा को लेकर चाहें कितने भी आत्ममुग्ध हों, पर साहित्य और संगीत की जड़ें पश्चिम में गहरी हैं। वे अपने नायकों की स्मृतियाँ सहेजकर रखते हैं। पिछले दिनों मैं ऑस्ट्रिया गया था। ऑस्ट्रिया का एक छोटा सा शहर है 'साल्सबर्ग'। पश्चिम के महान् संगीतकार 'मोजार्ट' यहीं पैदा हुए थे। मोजार्ट के नाम पर इस शहर का आधे से ज्यादा हिस्सा है। चॉकलेट से लेकर कपड़ों तक उनके नाम की ब्रांडिंग है। मोजार्ट का घर, उसका स्कूल, उसका थियेटर, वह 'स्क्वायर' जहाँ बैठ वह संगीत की धुनें रचता था, सब उसके नाम हैं। स्टेशन, ट्रेन, गाड़ी—हर कहीं मोजार्ट।

हम अपने नायकों के प्रति ऐसे कृतज्ञ क्यों नहीं हो पाते?

पंडितजी की पहली पत्नी अन्नपूर्णा देवी का नाता भी बनारस से रहा। काफी वक्त तक वे उनके तरनावाले घर 'हिमांगना' में रहती थीं। अन्नपूर्णा देवी उस्ताद अलाउद्दीन खाँ की बेटी थीं। बाद में पंडितजी का सहजीवन नृत्यांगना कमला शास्त्री से हुआ। इसके बाद एक ही वक्त में अमेरिका में सू जोंस और भारत में सुकन्या उनके जीवन में आईं। नोरा जोंस और अनुष्का इन्हीं दोनों की बेटी हैं। पंडितजी के इस उदारवादी स्वभाव पर उनके समकालीन चुटकी भी लेते थे। बात 7 अप्रैल, 1990 की है। पंडितजी की 70वीं सालगिरह थी। दिल्ली में एक भव्य समारोह में उस्ताद बिस्मिल्लाह खाँ के हाथों उनका अभिनंदन होना था। खाँ साहब बनारसी मुँहफट थे। बहुत सोच-समझकर नहीं बोलते थे। समारोह में खाँ साहब भावुक हो गए। कहा, ''पंडितजी ने संगीत की बड़ी सेवा की है। मैं खुदा से दुआ करता हूँ, मेरी बाकी बची उम्र उन्हें लग जाए।'' हॉल तालियों की गड़गड़ाहट से गूँज उठा। तभी खाँ साहब बोले, ''पर

एक बात बताना चाहता हूँ। मेरी बाकी बची उम्र अब शादी करने लायक नहीं है।'' पंडितजी ने उठकर उस्ताद के हाथ चूम लिये। यह संयोग ही है कि खाँ साहब पंडितजी से पहले चले गए।

साज से पंडितजी का आध्यात्मिक रिश्ता था। जब वे जहाज से यात्रा करते तो बगलवाली सीट उनके सितार के लिए 'सुर शंकर' नाम से बुक होती। रविशंकर और सुर शंकर साथ-साथ। तल्लीनता और एकाग्रता ऐसी की बनारस में 'रिम्पा' के एक कार्यक्रम में मैं उन्हें आगे बैठकर सुन रहा था। बगल में एक बहनजी संगीत सुनते-सुनते स्वेटर भी बुन रही थीं। पंडितजी ने सितार रख दिया। बोले—या तो आपकी उँगलियाँ चलेंगी या मेरी। वे भोजपुरी अच्छी बोल लेते थे, क्योंकि उनकी माँ गाजीपुर की थीं।

फारसी के सेह (तीन) से ही सेहतार बना। यों सम्राट् विक्रमादित्य के दरबार में भी सितार वादन का उल्लेख मिलता है। इतनी लंबी परंपरा के बावजूद सितार जाना गया, पंडितजी के नाम से। वे संगीत में नए प्रयोगों के हिमायती तो थे ही, ढेर सारे नए राग भी उन्होंने रचे। उनके रागों में खास है 'तिलक श्याम', जो तिलक कामोद और श्याम कल्याण को मिला रात को गाया जानेवाला राग है। बनारस नटराज की नगरी है। उनके डमरू से ही मृदंग और तबले के बोल निकले हैं। ऐसे में पंडितजी पीछे क्यों रहते? उन्होंने भैरव में बदलाव कर 'नटभैरव' बनाया, शिव को प्रसन्न करनेवाला यह सुबह का राग है। अहीर भैरव और ललित को मिला, उन्होंने सबेरे गाया जानेवाला राग 'अहीर ललित' बनाया। उनका रचा राग 'गंगेश्वरी' देवी दुर्गा को समर्पित राग है, जिसे उन्होंने इलाहाबाद में एक संगीत सम्मेलन के दौरान गंगा के तट पर रचा। महात्मा गांधी की हत्या से दु:खी पंडितजी ने राग मोहनकौस बनाया था। पंडितजी संगीत को शैली, धारा और भौगोलिक सीमा से बाहर ले गए।

□

पानी पर इतिहास

घुमक्कड़ी वृत्ति का अपना ही सुख है। निकलिए कुछ और ढूँढ़ने, मिल जाता है कुछ और। ज्ञान और अनुभव का बक्सा अलग भरता है। प्रकृति की विविधता मन को तरोताजा करती है, तो यात्रा के दौरान नए अनुभव बुद्धि को माँजते हैं। जीवन में सिर्फ जानना ही अंतिम सत्य नहीं है। उसे देखे, भोगे और गुने बगैर ज्ञान पकता नहीं है। पिछले दिनों मैं परिवार के साथ छुट्टियाँ मनाने मालदीव गया और लौटा तो समुद्र का रहस्य, पानी की जिंदगी का सच और प्रकृति के मायावी चरित्र की अनेक अजानी जानकारियाँ साथ हो लीं।

मालदीव का समुद्र उथला, शांत और शीशे की तरह पारदर्शी है। बारह सौ द्वीपों की समूची द्वीपमाला समुद्र में मोती सी बिखरी पड़ी है। कई द्वीप वीरानी की हद तक शांत हैं। हरे पेड़, सफेद रेत और नीले समुद्र से प्रकृति ने जो कोलाज बनाया है, वही है मालदीव। यहाँ समुद्र और आकाश मिलकर मनुष्य के लिए एक एकांत रचते हैं। इस कारण समूचे द्वीप पर एक अखंड निस्तब्धता का साम्राज्य होता है। समुद्र का जो नजारा यहाँ मिलता है, दुनिया में कहीं और नहीं है।

हिंद महासागर की उत्ताल तरंगें सफेद रेत से टकराकर जो निनाद पैदा करती हैं। वह सितार सा बजता है। बहुत दिनों के बाद विदेश की धरती पर ऐसा आनंद था। 'नदी के द्वीप' से ज्यादा आनंद था समुद्र के इस द्वीप में। अबतक 'सी ग्रीन' सिर्फ पेंटिंग में देखा था। यहाँ क्षितिज से जुड़ता अनंत हरा समुद्र था। पक्षियों का कलरव, लहरों का संगीत और पेड़ों की हरियाली मिलकर ऐसा वातावरण बना रहे थे। कि भीतर बरसों से दबे उल्लास का स्रोत यकायक फूट पड़ा।

बच्चों की छुट्टियाँ खत्म हो रही थीं। इस दबाव में विदेश यात्रा पर निकलना पड़ा। वरना हमने तो अपनी सारी छुट्टियाँ ननिहाल जाकर ही बिताई थीं। हमारे बचपन में छुट्टी का मतलब ननिहाल जाना था। इसके पीछे अर्थशास्त्र भी था, समाजशास्त्र भी। समय बदला है, दुनिया छोटी हुई है। रिश्ते–नातों में जाना लोग अब समय खोटी करना समझते हैं। सो समय के साथ चलने की मजबूरी में हम भी छुट्टी मनाने विदेश जाते हैं। जिस 'बंडोसा' द्वीप पर हम ठहरे, उस पर केवल हमारा होटल था। दिन में कई चक्कर हम द्वीप के लगा लेते थे। वहाँ सावन के अंधेवाली गहरी हरियाली थी।

कोई बारह सौ द्वीपों की मालदीवी दीपमाला भूमध्य रेखा के पास तक पहुँचती है। यहाँ सीधे सिर पर भूमध्य रेखा का चमकता सूरज, अलग–अलग गहराईवाले 'लैगून'। हर कदम पर बदलता पानी का रंग। नंगी आँखों से दस मीटर की गहराई तक दिखती समुद्र के भीतर की अद्‍भुत दुनिया। समुद्री जीवन का अपना संसार, कोरल गार्डन की शक्ल में अद्‍भुत जीव–जंतु, दुर्लभ पौधे, हैरान करनेवाले बैक्टीरिया। जब उत्तर भारत में पारा शून्य को छू रहा था। उस वक्त वहाँ चमड़ी झुलसानेवाली सूर्य किरणें। यूरोप के लोग तो पैसा खर्च कर (टैनिंग) चमड़ी जलाने के लिए ही यहाँ आते हैं।

सफेद रेतवाले 'बीच' किनारे के समुद्र में घुलते नजर आते हैं। जहाँ किनारा समंदर में उतरता है, वहाँ पानी रंगहीन नजर आता है। थोड़ा आगे जाने पर हरा। थोड़ी दूर पर हलका नीला और बीच समंदर में गहरा नीला। समुंदर की गहराई बढ़ने के साथ ही उसका रंग भी बदलता नजर आता है। चारों तरफ नीले समुद्र के बीच हमारा बसेरा। कोई गाड़ी नहीं, सड़क यातायात नहीं। हवाई जहाज से हम माले में उतरते हैं। यह उतना ही बड़ा द्वीप है। जितनी बड़ी हवाई पट्टी। जहाज फिसला तो आगे समुद्र। एयरपोर्ट से कहीं भी जाएँ तो समुद्र से। अपने कमरे से देखें तो समुद्र की लहरों पर उगते और डूबते सूरज को देखें। सैर करें तो समुद्र में, यानी बिना समुद्र के यहाँ कोई जीवन नहीं।

मालदीव का भारत से खासा अपनापा है। एक तो यहाँ ज्यादातर लोग सदियों पहले केरल से गए हैं, फिर बौद्ध धर्म पहुँचा, 12वीं शती में यह मुसलिम देश बना। तीन हजार साल पहले से यहाँ आबादी के निशान मिलते हैं। सोलहवीं शती तक पुर्तगाली, फिर डच और अंत में अंग्रेजों के उपनिवेश बनने के बाद मालदीव 1965 में आजाद हुआ। हमने आस–पास के द्वीप

मस्तूलवाली नाव से जाकर देखे। इस आधुनिक युग में पाल लगी नाव पर हम चार सवार बिलकुल हवा के भरोसे बैठे थे। कई किलोमीटर तक समुद्र की छाती पर थपेड़े खाती नाव में हवा को नियंत्रित करते मस्तूल के सहारे हम लौटे।

द्वीप पर टहलते-टहलते सुर्ख लाल रंग का एक तोते का जोड़ा मिला। वह हमें कौतुक से निहार रहा था। हमने उसे केला खाने को दिया, वे दोनों हमारे पास आ गए, ऐसा लगा पूर्वजन्म का रिश्ता है। आज तक किसी पक्षी ने ऐसी घनिष्ठता नहीं दिखलाई थी। बचपन में सफेद तोता जरूर देखा था, उसे काकातुआ कहते थे। हर कही गई बात को वैसे ही दुहराता था। यह काकातुआ का ही संबंधी लग रहा था, यह भी दुहरा रहा था, पर भाषा स्थानीय थी। यहाँ सबसे बड़ा आकर्षण है समुद्र के नीचे 'कोरल रीफ'। पहली नजर में नीचे जाकर देखने पर मूँगे की ये चट्टानें किसी कुशल शिल्पकार या चित्रकार की कड़ी मेहनत से तैयार कृति जैसी लगती हैं। इसे बनाते है 'कोरल पालिप्स' नामक समुद्री जीव। 'कोरल पालिप्स' आपस में मिल-जुलकर रहते हैं। लाखों कोरल पालिप्स की एकजुटता से समुद्र की गहराई में बड़ी-बड़ी कोरल कॉलोनियाँ बनती हैं, जिन्हें कोरल रीफ कहते हैं।

साल भर में एक इंच कॉलोनी बनती है। मालदीव के पास सैकड़ों किमी. ऐसी कॉलोनी है। इसी रीफ में रंग-बिरंगी मछलियाँ और समुद्र के जीव अपना ठिकाना बनाते हैं।

धरती का 70 प्रतिशत हिस्सा समुद्र है। इसके चौदह प्रतिशत हिस्से पर हिंद महासागर है। जो लोग गहरे पानी में पैठना नहीं चाहते हैं, वे स्नोर्केलिंग के जरिए पानी की जिंदगी की सच्चाई जान सकते हैं। इस पद्यति में डाइविंग मास्क लगा, तैरनेवाले पंजे पहन, पानी की सतह से थोड़े ही नीचे जा आप पानी की जिंदगी से रूबरू हो सकते हैं। हम मालदीव से लौट आए, लेकिन वहाँ के हर दृश्य ने अब एक दिव्य सा आभास बनकर मन में घर कर लिया है। ये पंक्तियाँ मन में कलरव कर रही हैं—'दे गया इक दिव्य सा आभास कोई पानियों पर लिख गया इतिहास कोई।'

□

चित्र परदेस के

विदेश यात्रा का चाव कभी नहीं रहा। अकसर उन्हें देख विस्मय होता था, जो विदेश यात्रा को लालायित रहते थे। अपने देश में सबकुछ है—नदी, पहाड़, समुद्र, बर्फ, जंगल, ग्लेशियर और पुरातनता की अद्‌भुत परंपरा, तो काहे दुनिया की खाक छानना। लेकिन दुनियादारी के लिए दुनिया देखना भी जरूरी है। वह भी बालक-वृंद के साथ। अपनी जड़ें काशी में हैं। गुजर-बसर के लिए जिंदगी दिल्ली में कट रही है। इसलिए बाकी बची दुनिया देखने यूरोप गया।

जीवन की लय, समाज के रंग, प्रकृति की सुंदरता, अपार भौतिक संपदा, उदार प्रकृति, समृद्धि का अनंत आकाश। कमाल था—जैसा सोचा, वैसा पाया। ऐसे घिसे-पिटे शब्दों से इन जगहों की सच्चाई बयान नहीं होगी। इनके रस का आभास तभी होगा जब यह सब अंतर तक उतरे। अंतर तक कैसे उतरे, यह कोई अंतर्यात्रा तो थी नहीं।

किसी भी यात्रा में भूगोल तो बदलता ही है। स्थान, चेहरे, घटनाएँ, दृश्य सभी कुछ बदलते हैं, पर यात्रा जरूरी नहीं कि अंतर्यात्रा हो। जब होती है, तो हम भी साथ-साथ बदलते हैं। हमारी आंतरिकता का भूगोल भी बदलता है। लेकिन यह यात्रा अंतर्यात्रा नहीं थी। जिज्ञासा और रसास्वादन की परम भौतिक यात्रा।

ऑस्ट्रिया जहाँ से हमारी यात्रा आरंभ हुई। पहले विश्वयुद्ध की शुरुआत के मूल में था यह देश, सुंदर सुंदरतम, लोग भले, हरियाली भरा। जिंदादिली और शोखी इस देश की पहचान है। सबसे पहले साल्सबर्ग गए। यह रोमन शासनकाल से कैथोलिक बिशपों के अधीन रहा। उनके हाथों राजनीतिक ताकत भी थी। साल्सबर्ग की समृद्धि के मूल में था,

नमक का कारोबार। साल्स यानी नमक। चारों ओर नमक के पहाड़। समृद्धि के लिहाज से इसे उत्तर का रोम कहा जाता है। उत्तरी आल्प्स पहाड़ियों पर बसे इस शहर में 'बरोक स्थापत्य' के नमूने किले, चर्च और कथीड्रल की सुंदरता देखते ही बनती है। कथीड्रल सूबे का प्रमुख चर्च होता है, जहाँ बिशप रहते हैं। इसी मायने में ये चर्च से अलग होता है। यह शहर यूनेस्को की विश्व धरोहर सूची में शामिल है।

साल्सबर्ग का 'हॉफबर्ग' नेपोलियन की ससुराल है। यहीं 'मिराबेल पैलेस' में उसका कमरा और बेटे की कब्र है। 1606 में बना यह पैलेस देखते ही बनता है। इस गार्डन की सुंदरता के कारण साठ के दशक की मशहूर फिल्म 'द साउंड ऑफ द म्यूजिक' यहीं बनी। जिसे बाद में गुलजार ने 'परिचय' नाम से हिंदी में बनाया। आप गुजरते वक्त की धड़कन शहर के हर हिस्से में महसूस कर सकते हैं। चर्च, ऊँची मेहराब, इमारतों के मुख्यद्वार, वीथिकाओं पर बदलते वक्त के निशान देखे जा सकते हैं।

इस शहर में साहित्य, संस्कृति और संगीत की जड़ें बहुत गहरी हैं। पश्चिम के शास्त्रीय संगीत के महान् संगीतकार मोजार्ट, मनोविश्लेषक सिगमंड फ्रायड, संगीतज्ञ माइकल हेडन, कवि जॉर्ज ट्राक्ल और उपन्यासकार थॉमस बर्नहार्ड इसी शहर में हुए। फ्रायड पहले मनोविश्लेषक थे, जिन्होंने मन के तीनों स्तरों चेतन, अचेतन और अवचेतन पर 'काम' का असर दुनिया को बताया था। साल्सबर्ग शहर अपने इन नायकों के प्रति कृतज्ञ है। साल्सबर्ग हमारे यहाँ का 'सरायहड़हा' या 'लमही' नहीं है। जहाँ उस्ताद बिस्मिल्लाह खाँ या प्रेमचंद का कोई नामलेवा नहीं है। बनारस में तो इनके होने का एहसास भी नहीं होता। पर साल्सबर्ग को नाज है अपने इन विरले नामों पर। मोजार्ट के नाम पर शहर का आधा हिस्सा है। चॉकलेट से लेकर कपड़ों तक हर कहीं उसी के नाम की 'ब्रांडिंग' है। सिगमंड फ्रायड का 'कॉफी शॉप' बीच शहर में धड़ल्ले से आज भी चल रहा है।

वियना 'डेन्यूब' नदी पर बसा यूरोप के पूर्व और पश्चिम से आनेवालों के लिए चौराहे जैसा है। सारे रास्ते यहीं से निकलते हैं, समूचा शहर कॉफी हाउस से ही चलता नजर आता है। शहर की आबादी 17 लाख के आस-पास है और कॉफी शॉप 16 हजार हैं। वियना अपनी चमक-दमक, वाइन, केक और चॉकलेट के लिए दुनिया में जाना जाता है।

सड़क के दोनों ओर खड़ी इमारतें शहर के गौरवशाली इतिहास की गवाह हैं। साल्सवर्ग से हम स्विट्जरलैंड गए।

स्विट्जरलैंड अद्‌भुत। एकदम शांत, नीरव। कौतूहल उपजाती हरियाली। अनंत सफेद बर्फ और नीले आकाश का कंठालिंगन। 'पहाड़ों के जिस्मों पर बर्फों की चादर/ चिनारों के पत्तों पर शबनम का बिस्तर/ ये जन्नत का मंजर, ये जन्नत का मंजर।' पारा माइनस, फिर भी आँखों में अतृप्ति की गरमी। वक्त झरना शुरू हो गया। लगा, सभ्यता पीछे छूट गई।

स्विट्जरलैंड जवाहरलाल नेहरू का प्रिय देश रहा। अब भारतीय घुमक्कड़ों की पसंदीदा जगह है। एशियाइयों का जबरदस्त 'हनीमून डेस्टीनेशन'। पूरे देश की आबादी कोई 78 लाख। हर तरफ भारतीय-ही-भारतीय। सारे बड़े होटलों के शेफ भी भारतीय। स्विस समाज के धार्मिक मूल्य समाप्त हो रहे हैं। पर्यटन, घड़ियों का कारोबार, वाइन और तकनीक के निर्यात से समृद्धि यहाँ बिखरी पड़ी है। प्रकृति अलग मेहरबान है। दुनिया भर में 'रोप-वे' बनाने में इन्हें विशेषज्ञता हासिल है। यहाँ के गाँवों में भी लोगों ने सामान लाने-ले जाने के लिए 'रोप-वे' बना रखे हैं।

स्विट्जरलैंड औसत आमदनी में दुनिया का चौथा देश है। हम अभी 138वें पायदान पर ही हैं।

ल्यूसर्न, स्विट्जरलैंड की सबसे मोहक जगह है। बेहद खूबसूरत वादियों और झीलों का शहर। पचास किलोमीटर लंबी झील, दोनों तरफ फूलों की घाटी। जर्मनी से आते वक्त टी.बी. से पीड़ित कमला नेहरू यहीं दिवंगत हुई थीं। इसी लेक के किनारे नेहरूजी ने उनकी अंत्येष्टि की थी। ल्यूसर्न की लेक में छोटे से जहाज से घूमना अद्‌भुत था। कोई सौ साल पुराने जहाज पर ढाई सौ लोग। सामने और पीछे बड़ा सा डेक। डेक पर सुंदर रेस्तराँ। वाइन और केक का इंतजाम। डेक पर अद्‌भुत मेला। कुछ खड़े तो कुछ पड़े। सामने एक प्रेमी युगल डेक की रेलिंग से लगा प्रेम क्रीड़ाओं में व्यस्त। दूसरों की उपस्थिति से एकदम बे-परवाह। लेक और आकाश का विस्तार तथा निर्बाध मिलन उन्हें यह अवसर और माहौल दे रहा था।

खास बात यह थी कि इस देश में गाँव और शहर के आधारभूत ढाँचे में फर्क नहीं है। एंजलबर्ग कुछ हजार लोगों की आबादी का कस्बानुमा शहर। सड़क के बीचोबीच फूलों की ऐसी खेती जैसे किसी ने करीने से

बुके सजाकर रखे हों। एंजलबर्ग भव्य मॉनेस्ट्री और कॉलेजिएट चर्च के लिए प्रसिद्ध है। स्विट्जरलैंड की रोमांचक 'माउंट टिटलिस' की यात्रा इसी कस्बे से शुरू होती है। टिटलिस के लिए 360 डिग्री में घूमने वाली रोप-वे आकर्षण है। बर्फ की चादर से ढका टिटलिस 'स्की' और 'स्नोबोर्ड' के प्रेमियों का स्वर्ग है। आप टिटलिस से पूरे ग्लेशियर को निहार सकते हैं।

आल्प्स रेंज में मनुष्य का किया चमत्कार देखा जा सकता है। 13 हजार फीट की ऊँचाई पर पहाड़ को काटकर बनाई टनल में गुजरती रेल कौतूहल जगाती है। मनुष्य प्रकृति के साथ क्या कर सकता है। यह रेल सेवा इसकी मिसाल है। यहाँ से जुंगफ्राउ की यात्रा। जुंगफ्राउ को यूरोप की छत कहते हैं। जुंगफ्राउ है यूरोप का सबसे ऊँचा रेलवे स्टेशन। आधुनिक 'कॉग्व्हील तकनीक' से यहाँ रेल चलती है दो पटरियों के बीच, एक दाँतेदार गियर है, जिसमें फँसकर पहिए आगे बढ़ते हैं। 'क्लाइन शाइडेग' से जुंगफ्राउ की नौ किमी. की यात्रा में से सात किमी. सुरंगों में चलना होता है। यह रेल स्फिंक्स पर ले जाती है। सौ साल पुरानी यह रेल विश्व धरोहर संपदा में शामिल है। जुंगफ्राउ का इलाका अलौकिक है। अनंत बर्फ का विस्तार। रंग गायब। लगता है—श्वेत ही सत्य है।

यूरोप के ज्यादातर शहर एक जैसे लगते हैं। स्थापत्य, इमारत, सड़क यहाँ तक कि आबो-हवा भी सब एक। भाषा न बदले तो मुल्क बदलने का एहसास तक नहीं होता। स्विट्जरलैंड से हम रेल के जरिए पेरिस पहुँचे। यूरो रेल सुविधा के लिहाज से जहाज को मुँह चिढ़ाती है और रफ्तार प्रति घंटा डेढ़ सौ किमी. से कभी कम नहीं होती।

पेरिस फ्रांस का मशहूर शहर। जो अपनी रोशनी के लिए जाना जाता है। हर इमारत रात को खास तरह से रोशन होती है। मानो रोशनी नया लिबास पहनकर आई हो। इसी शहर में खिलते हैं रात के रंग। फाइनेंशियल टाइम्स ने दुनिया के तीन सबसे महत्त्वपूर्ण शहरों में इसे शुमार किया है। प्राचीनता इस शहर की साख है, पर आधुनिकता उसे रास्ता दिखाती है। स्टाइल और फैशन यहाँ पैदा होता है। फ्रेंच क्रांति के सौ बरस पूरे होने पर बना 'एफिल टॉवर' स्ट्रक्चरल इंजीनियरिंग का बेजोड़ नमूना है। सीन नदी के दोनों किनारे पर बसे इस शहर में नदी वैसे तो शांत है, पर बारिश में छटपटाती है। दोनों ओर हाथ-पाँव मारती है। यही इसकी जीवंतता है।

नीदरलैंड उत्तरी सागर के तट पर बसा ऐसा देश है, जिसका एक

चौथाई हिस्सा समुद्रतल से नीचे है। यही वजह है कि आपको नीदरलैंड में हर जगह तटबंध दिखलाई देंगे। डच तटबंध बनाने में माहिर हैं। साम्राज्यवादी विस्तार के लिए हमेशा उतावला यह मुल्क आबादी के लिहाज से दिल्ली से छोटा है। लेकिन राज इंडोनेशिया तक करता रहा। वे डच ही थे, जिन्होंने पुर्तगालियों के बाद भारत में कॉलोनी बनाई। यहाँ के लोग मेहनतकश हैं। हर दूसरा डच आपको साइकिल प्रेमी मिलेगा। सबसे ज्यादा समलैंगिक दुनिया में यहीं हैं। गे क्लब, गे शॉपिंग सेंटर, गे मॉल, गे रेस्तराँ सब यहाँ हैं। सबकुछ गे-मय है। सच पूछिए तो महिलाएँ यहाँ ज्यादा सुरक्षित हैं। इस वजह से एक खास किस्म की मनहूसियत सी है लोगों में।

तटबंध और नहरें बनाने में डच कितने सिद्धहस्त हैं, ये एम्स्टर्डम के नियोजन से आप जान सकते हैं। छोटी-छोटी नहरें एक-दूसरे को काटती टेढ़ी-मेढ़ी बहती शहर की खूबसूरती बढ़ाती हैं। कोई एक सौ किमी. लंबाई में फैली इन नहरों को कोई डेढ़ सौ पुल आपस में जोड़ते हैं। हर घर के सामने से नहर गुजरती है। शाम ढलते ही घरों से निकल लोग कैनाल के किनारे उत्सव मनाते हैं। एम्स्टर्डम की रात बहुत मशहूर है। हम भी इसके दर्शक बने। नीदरलैंड की राजधानी एम्स्टर्डम है। पर राजधानी में कोई नया निर्माण नहीं हुआ है। संस्कृति और पुरातनता को सहेजकर रखा गया है। सरकार चलाने के लिए नए निर्माण हेग में किए गए हैं। हेग का विस्तार आधुनिक है। यहीं अंतरराष्ट्रीय अदालत भी है।

□

विश्वनाथ से सोमनाथ

हमें सोमनाथ जाना है। गए साल काशी विश्वनाथ मंदिर में हम मित्रों ने यह संकल्प लिया था। टलते-टलते आखिरकार विश्वनाथ से सोमनाथ की यात्रा तय हुई। अपनी मित्र मंडली के साथ हम अहमदाबाद पहुँचे। गांधी, पटेल, जिन्ना और नरेंद्र मोदी के गुजरात में।

अहमदाबाद उतरते ही हम साबरमती आश्रम गए। बचपन से जिज्ञासा थी। कैसा है साबरमती आश्रम? ऐसा क्या था जो यहाँ के संत ने अद्‌भुत कमाल कर दिखाया? अहमदाबाद के लोगों ने चंदा कर बापू के लिए साबरमती आश्रम को बनाया था। महात्मा बनने के बाद गांधी 1917 से 1930 तक इस आश्रम में रहे थे। 14 साल तक देश की आजादी की लड़ाई का 'कंट्रोल रूम' रहा यह आश्रम। 1921 का 'सविनय अवज्ञा आंदोलन' और 1930 का 'दांडी मार्च' यहीं से शुरू हुआ था। 36 एकड़ में फैला साबरमती आश्रम अहमदाबाद के श्मशान और जेल के बीच बना है। आश्रम के बगल में जो वर्तमान स्वरूप है, वह प्रसिद्ध वास्तुविद् चार्ल्स कोरिया ने 1963 में बनाया था।

इस आश्रम में गांधीजी की इस्तेमाल की गई वस्तुएँ करीने से रखी हैं। 'हृदय कुंज' में लोगों से मिलने का गांधी का कक्ष जस-का-तस है। यहाँ तेरह भाषाओं में गांधी के ऑटोग्राफ हैं। गांधीजी उस वक्त ऑटोग्राफ देने के पाँच रुपए लेते थे, यह रकम आंदोलन के लिए होती थी।

आश्रम देखने के बाद दोपहर का भोजन हमने मंगलदास गिरधरदास की सौ साल पुरानी हवेली में किया। गुजरात में ऐसी हवेलियाँ नगर सेठों के पास होती थीं। इसे सुरक्षित रखा गया है। इसे हेरिटज होटल में तब्दील कर परंपरागत गुजराती भोजन की उम्दा जगह बनाई गई है। सिर्फ

भोजन ही नहीं, खाने का सलीका, परोसने का आग्रह और बरतनों का प्रकार भी परंपरागत गुजराती है। गुजराती भोजन को 'अगाशिया' कहते हैं। इस हवेली में महात्मा गांधी भी कुछ समय के लिए रहे, दक्षिण अफ्रीका से लौटने के बाद थे। सेठ मंगलदास गांधीजी के मित्र थे।

अहमदाबाद से सोमनाथ की साढ़े चार सौ किमी. की यात्रा सुखदायी थी। रात को हम जब सोमनाथ पहुँचे तो मंदिर से टकराती अरब सागर की लहरों से हमारी थकान दूर हो गई। लग रहा था मानो सागर सोमनाथ के पाँव पखार रहा था। समुद्र के किनारे ही मंदिर परिसर में बने अतिथि गृह में हम ठहरे। आक्रांताओं ने सोमनाथ को अब तक 17 बार नष्ट किया। लेकिन हर बार इसका पुनर्निर्माण हुआ। कहीं फिर से यह न टूटे, इस कारण हम उसे देखना चाहते थे।

इस मंदिर को स्वर्ण जड़ित करने का फैसला गुजरात सरकार ने किया है। टेक्नोलॉजी नई है। सोने को पत्थर में 'इंजेक्ट' करने की, ताकि इसे फिर कोई न उखाड़ सके। फिलहाल 'इंजेक्शन' का काम मंदिर के अंदर से शुरू हो गया है।

ऋग्वेद में इस मंदिर का उल्लेख है। ईसा पूर्व भी यह मंदिर अस्तित्व में था। अरब यात्री अलबरूनी ने अपने यात्रा-वृत्तांत में इस मंदिर की संपन्नता का जिक्र किया था। महमूद गजनवी ने 1024 में सोमनाथ मंदिर पर हमला किया। संपत्ति लूटी और उसे नष्ट कर दिया। गुजरात के राजा भीम और मालवा के राजा भोज ने इसका पुनर्निर्माण कराया। जब दिल्ली सल्तनत ने गुजरात पर कब्जा किया तो 1297 में इसे फिर गिराया गया। अलाउद्दीन की सेना ने 1300 में इस मंदिर के शिवलिंग को भी खंडित किया। सन् 1706 में औरंगजेब ने इसे फिर गिरा दिया। इस वक्त जो मंदिर खड़ा है, उसे भारत के गृहमंत्री सरदार वल्लभ भाई पटेल ने सरकारी संकल्प के तहत बनवाया। सोमनाथ का स्थान बारह ज्योतिर्लिंगों में पहला है।

इस मंदिर के दक्षिण में समुद्र के किनारे एक स्तंभ है। उसके ऊपर एक तीर से यह संकेत है कि मंदिर और दक्षिणी ध्रुव के बीच पृथ्वी का कोई भूभाग नहीं है। सोमनाथ में ही तीन नदियों हिरण्य, कपिला और सरस्वती का संगम भी है। इसी हिरण्य नदी के किनारे वह भालुका तीर्थ है। जहाँ आराम करते वक्त भगवान् कृष्ण को एक शिकारी ने पाँव में

तीर मारा था। वह भी हिरन की आँख के धोखे में। यही बाण उनकी मृत्यु का कारण बना। श्रीकृष्ण ने इसी जगह देह त्यागी थी। यहाँ अब एक कृष्ण मंदिर है।

सोमनाथ से दूसरे रोज हम दीव पहुँचे। दीव अरब सागर में स्थित केंद्र शासित टापू। 35 मील क्षेत्रफल के इस टापू की आबादी कोई 80 हजार है। उसमें भी सिर्फ 20 हजार लोग ही यहाँ रहते हैं। यह टापू 1963 तक पुर्तगाल के कब्जे में था। इसलिए यहाँ के ज्यादातर लोग लिस्बन या पुर्तगाल के दूसरे शहरों में रहते हैं। पूरा शहर सैलानियों के हवाले है। सुंदर समुद्र के तट पर ही अपने ठहरने का इंतजाम देख मित्रों का मन 'लौछियाने' लगा। गुजरात में मदिरा-पान पर पाबंदी है। इसलिए भी मदिरा प्रेमी गुजरात से दीव आते हैं।

आधी रात तक हम शहर के जीवन को समझते रहे। दीव का किला भी देखा। इसे पुर्तगाली राजा ने सन् 927 में बनवाया था। अब किला ए.एस.आई. के हवाले है। किला समुद्र के भीतर है, इसलिए पुर्तगाली शासकों ने बाद में इसमें कैदियों के रहने का इंतजाम किया था। दीव में दुकानें दोपहर एक बजे खुलती हैं, शाम पाँच बजे बंद हो जाती हैं। उसके बाद यहाँ का समाज उत्सव मानता है।

दूसरे रोज दीव से दो सौ किमी. चलकर हम जूनागढ़ के जंगलों को पार करके पहुँचे 'गिर'। गिर भारत का अकेला ऐसा अभ्यारण है, जहाँ 'लॉयन' (सिंह) पाए जाते हैं।

दुनिया में एशियाटिक लॉयन वाली इकलौती सेंचुरी। चार सौ किमी. लंबे फैले इस जंगल में शेरों की आबादी कोई छह सौ है। जंगल के मध्य देवलिया रेंज में एक अति आधुनिक रिजॉर्ट में हम रुके। अब इस जंगल में एक भी नई ईंट नहीं रखी जा सकती, सुप्रीम कोर्ट का ऐसा आदेश है।

बरसात में जंगल बंद रहता है। अपने साथ रसूखवाले साथी थे। इसलिए हमें अंदर जाने का मौका मिला। सभी किस्म के जंगली जानवर देखने को मिले। जंगल की बादशाहत को लेकर यहाँ अकसर शेरों में लड़ाइयाँ भी होती हैं। वे घायल होते हैं। वन विभाग के लोग ऐसे घायल शेरों को पकड़कर उनका इलाज करते हैं। इसके लिए जंगल के भीतर ही उन्होंने एक 'रिहेबिलिटेशन सेंटर' भी बनाया है।

शेरों का ज्यादातर झगड़ा शेरनी को लेकर होता है। झगड़े का कारण यहाँ भी वही जर, जोरू जमीन है। दाढ़ी-मूँछोंवाले जिस प्रभावशाली शेर को हमने यहाँ इलाज कराते देखा, वह जंगल का पूर्व राजा पार्थ था, जिसे घायल कर नए राजा का खिताब अब 'गिरनारी' ने ले लिया है। गिरनारी आजकल शेरनी के साथ रह रहा है। ये जनाब इलाज करा रहे हैं। राज गया, शेरनी भी। तख्त भी गया और अनारकली भी। यही इस जंगल का कायदा है। जो राजा होता है, शेरनी उसी के पास रहती है। यहाँ पता चला शेर जितनी दूर जा मूत्र त्याग करता है। उसे ही वह अपनी सीमा मानता है।

जंगल घूमने के बाद हम वापस रिजॉर्ट में थे। कुछ भाई वॉलीबॉल खेल रहे थे और कुछ जल-क्रीड़ा में व्यस्त थकान उतार रहे थे। हम कैमरे के साथ मगजमारी कर रहे थे। मित्रों के लिए मौसम और वातावरण बड़ा आनंददायी था। पर गुजरात 'ड्राई स्टेट' है। रात के अँधेरे में यह रिजॉर्ट अद्‌भुत और सुंदर लगा रहा था। गुजराती भोजन हमारे इंतजार में था। हमें सुबह ही द्वारका की यात्रा पर निकलना था। रात में काशी के प्रतिभाशाली कवि बदरी विशाल का एकल काव्यपाठ हुआ, जिसमें उन्होंने 'रॉयल बंगाल' की विशेषताएँ बताईं।

गिर से द्वारका की दूरी लगभग तीन सौ किमी. थी। रास्ते में अंबानी का पुश्तैनी घर 'चोरवाड़' और पोरबंदर में महात्मा गांधी का घर भी देखा। आप सोच सकते हैं। क्या समानता है। द्वारका में भी हमारे रुकने की व्यवस्था समुद्र के किनारे ही थी। हम नागेश्वर गए। नागेश्वर बारह ज्योतिर्लिंगों में से है। अद्‌भुत मंदिर। मंदिर का मौजूदा स्वरूप गुलशन कुमार ने दिया है। यहाँ शिवलिंग जमीन के भीतर है। धोती पहनकर ही शिवलिंग के पास जा सकते हैं।

नागेश्वर से 'बेट द्वारका' की दूरी कोई बीस किमी. है। 'बेट द्वारका' यानी पुरानी द्वारका, जो समुद्र में डूब गई है। यहाँ स्टीमर से जाना पड़ता है। इस समुद्री यात्रा का अपना सुख है। पाँच हजार साल पहले मथुरा छोड़ने के बाद भगवान् कृष्ण ने यही द्वारका नगरी बसाई थी। दुबारा उन्होंने मथुरा-वृंदावन की ओर देखा तक नहीं। सिर्फ ऊधौ से हालचाल लेते रहे। सुदामा उनसे मिलने यहीं आए थे।

भारतीय पुरातत्त्व सर्वेक्षण ने इस टापू के नीचे पाँच हजार साल

पुराना एक किला ढूँढ़ निकाला है। 'कार्बन डेटिंग' के जरिए उसका समय 5 हजार साल पुराना प्रमाणित किया गया है। इसलिए इस द्वारका का महत्त्व बढ़ता है। भगवान् ने अपने प्यारे भगत नरसी की हुंडी यहीं भरी थी। टापू के ऊपर भगवान् के महल बाद के राजाओं ने बनवाए, जहाँ आज भी पूजा-पाठ जारी है।

द्वारका में भगवान् द्वारकाधीश का मंदिर सबसे भव्य है। इस मंदिर को भगवान् कृष्ण के प्रपौत्र बृजनाभ ने बनवाया था। मंदिर परिसर में ही आचार्य शंकर द्वारा स्थापित द्वारकापीठ का शारदाश्रम है। पीठ पर आसीन महानुभाव के बारे में कुछ न लिखना ही श्रेयस्कर है। उन्होंने अपनी एक टाँग ज्योर्तिमठ बद्रिकाश्रम में भी अड़ाई है। यह मंदिर एक परकोटे से घिरा है। इसके चारों तरफ चार द्वार हैं। सात मंजिलें मंदिर का शिखर 235 फीट ऊँचा है। निर्माण-शैली आकर्षक है। शिखर पर करीब 84 फीट लंबी बहुरंगी धर्मध्वजा फहराती है। मंदिर में भगवान् कृष्ण की श्यामवर्णी चतुर्भुज प्रतिमा विराजमान है। हमने छककर यहाँ दर्शन किए। आरती देखी।

हजारों साल पहले द्वारका को भगवान् कृष्ण ने बसाया था। मथुरा में पैदा हुए। गोकुल में पले। राज उन्होंने द्वारका में किया। यहीं बैठकर सारे देश की बागडोर सँभाली। पांडवों की मदद की। धर्म की जीत कराई। शिशुपाल, दुर्योधन जैसे अधर्मी राजाओं को मिटाया। द्वारका उस जमाने में देश की राजधानी बन गई। बड़े-बड़े राजा यहाँ आते रहे। अब तो उसके अवशेष भी नहीं हैं। द्वारका उजाड़ सी है। हालाँकि वातावरण में कुछ 'वाइब्रेशन' जरूर है।

जीवन यात्रा है। यात्रा अनंत है। अगला पड़ाव ईश्वर जाने।

□

अथः दक्खिन यात्रा

हम केरल के कोवलम् तट पर हैं। हमसे 18 रोज पहले मानसून यहाँ पहुँच चुका था। दक्षिण-पश्चिम में कोवलम् देश के सबसे सुंदर समुद्र तटों में एक है। भारत में मानसून का यह सिंहद्वार है। यहीं से हमारे देश में मानसून का प्रवेश होता है। कालिदास का मेघदूत भी इसी रास्ते चला था। रघुवंश में इसे 'नैऋत्य मारुत' कहा गया है। 'लीला कंपिस्की' होटल के जिस कमरे में हम ठहरे हैं, उसकी बालकनी से समुद्र टकराता है। समुद्र की गर्जना से ऐसा लगता है, हम होटल में नहीं बल्कि जहाज (क्रूज) में हैं। मित्रों के लिए अच्छी खबर हो सकती है कि हम 'दक्खिन' में हैं।

सुबह-सुबह समुद्र के किनारे बैठा था। इस अद्भुत सौंदर्य को देखकर एहसास हुआ, जीवन में हम क्या पा रहे हैं और क्या छोड़ रहे हैं। "जरा पाने की चाहत में बहुत कुछ छूट जाता है/नदी का साथ देता हूँ समंदर रूठ जाता है.../" इस अलौकिक सौंदर्य को देखकर लगा—बहुत कुछ छूटा जा रहा है।

समुद्र का तट इतना आनंददायी था कि शिशु और पुरु पानी के बाहर निकलने का नाम ही नहीं ले रहे थे। इस अपूर्व आनंद के बाद हम पद्मनाभस्वामी मंदिर गए। पाँच हजार साल पुराने मंदिर में विष्णु की लेटी हुई आदमकद प्रतिमा है। यह दुनिया का सबसे मालदार मंदिर है। सन् 2011 में सुप्रीम कोर्ट के आदेश के बाद इसका खजाना खुला था। सिर्फ पाँच कमरों में पचास हजार करोड़ का माल मिला। गिनती अभी जारी है। तीन कमरे अभी खुलने बाकी हैं। मौजूदा मंदिर 17वीं शताब्दी में राजा मार्तंड वर्मा ने बनवाया था। इन्हीं की पाँचवीं पीढ़ी में मशहूर चित्रकार राजा रवि वर्मा थे।

श्रीमद्भागवत समेत कई पुराणों में इस मंदिर का जिक्र है। भागवत में कहा गया है कि बलराम यहाँ आए थे। राज परिवार के प्रमुख इस वक्त राजा आदित्य वर्मा हैं। हम मंदिर में उनके अतिथि थे। इसीलिए दिव्य दर्शन के साथ ही मंदिर में ही हमारा दोपहर का खाना भी हुआ। इस मंदिर में सिले हुए वस्त्र पहनकर नहीं जा सकते। इसलिए वीणा और ईशानी को साड़ी पहननी पड़ी तथा मुझे और पुरु को मुंडु (लुंगी)। इन्हीं पद्मनाभस्वामी के नाम पर इस शहर का नाम तिरुवनंतपुर है। मंदिर का स्थापत्य अद्भुत था।

दूसरे रोज कन्याकुमारी के लिए तड़के तीन बजे यात्रा शुरू हुई, क्योंकि वहाँ हमें सूर्योदय देखना था। कन्याकुमारी अद्भुत जगह है। इसका जो धार्मिक महत्त्व है, वह अपनी जगह है। यहाँ एक 'पॉइंट' ऐसा है जहाँ तीन महासागर मिलते हैं—हिंद महासागर, अरब सागर और बंगाल की खाड़ी। तीन नदियों का मिलन प्रयाग में तो देखा है, जहाँ सरस्वती लुप्त है, लेकिन तीन समुद्रों का मिलन गजब का दिखा। तीनों के रंग अलग-अलग साफ दिखते हैं। हमने यहाँ उगता सूरज देखा। भारत के अंतिम छोर पर समुद्र से निकलता रक्तिम आग का एक गोला। वह भी बिना ताप के। प्रकृति की अपनी लीला है।

भारतभूमि जहाँ खत्म होती है। उसके बाद है सागर, उस सागर में कुछ दूरी पर एक शिलाखंड है, जहाँ स्वामी विवेकानंद ने 24 से 27 दिसंबर, 1892 में तपस्या की। इसलिए इसे विवेकानंद शिला कहते हैं। भारत यात्रा के दौरान यहीं जीवन का उन्हें मकसद मिला, विश्व बंधुत्व का, जिसे उन्होंने अगले साल 1893 में शिकागो से फैलाया। उसी शिला पर कुछ देर मैं भी बैठा। मुझे कोई जुंबिश नहीं हुई। कोई बिजली नहीं कौंधी। अपने 'झंडू' होने का एहसास जरूर हुआ। मामला शायद शिला का नहीं बल्कि आत्मज्ञान का था। इसी शिला पर पार्वती ने भी शिव से विवाह के लिए तपस्या की थी। उनके चरणचिह्न आज भी मौजूद हैं। दोपहर चढ़ी, गरमी बढ़ी। हम लौट आए।

कोवलम की रात मनोहारी थी। 'बीच' पर लीला का एक रेस्टोरेंट है। वहीं भोजन का इंतजाम था। सितार सा बजता समंदर का संगीत। केरल के मशहूर गायक पदम कुमार का गायन और आनंददायी भोजन। समंदर के सामने ही देर रात तक बैठा रहा। उसकी विशालता, अनंतता और सबकुछ समा लेने के सामर्थ्य के आगे मैं कुछ ही पलों में स्वयं को

क्षुद्र महसूस करने लगा। प्रकृति और उसकी विविधता के समक्ष आत्मसमर्पण के अलावा और कोई रास्ता नहीं होता। मनुष्य का सारा दंभ और घमंड कुछ ही क्षणों में ध्वस्त हो जाता है। समुद्र की विशालता और अपने अस्तित्व के लिए उसके संघर्ष से ढेर सारा सीखने को मिलता है, इसलिए कवि कहता है—"जीवन दर्शनशास्त्र की कुंजी सागर पास/एक लहर विश्वास है एक लहर आभास... ।"

केरल का चरित्र अजब है। यह सिर्फ मानसून के भारत में प्रवेश का सिंहद्वार नहीं है, विदेशी आक्रांताओं के प्रवेश का सिंहद्वार भी है। यहूदी, मुसलमान और ईसाई इसी रास्ते से इस देश में आए थे। अजब उदार राज्य है, कोई आए-जाए, इन्हें फर्क नहीं पड़ता। बदरी विशाल के शब्दों में—'खुलल हौव सीमा घुसके भाजा...तोहूँ आजा...तोहूँ आजा।' 573 ईसापूर्व में यहीं से यहूदी इस देश में दाखिल हुए। फिर मुसलमान इसी रास्ते से घुसे। 629 ईसवी में बनी देश की सबसे पुरानी मसजिद भी यहीं है। मुसलमानों के लिए ज्यादा सुविधा थी, क्योंकि सागर के उस पार अरब है। सिर्फ समंदर ही पार करना था। फिलहाल यह राज्य सारी दुनिया में पर्सनल असिस्टेंट और नर्स निर्यात करनेवाला सबसे बड़ा केंद्र है।

दूसरे रोज हम होटल छोड़कर समुद्र में हाउसबोट पर आ गए हैं। यहीं रात गुजारेंगे। हम कोचीन से 60 किलोमीटर दूर 'बैकवाटर' में हैं। ये एक्सक्लूसिव हाउसबोट हमारे लिए है। दो ए.सी. कमरे, ड्राइंगरूम के अलावा निपटने-नहाने का चकाचक प्रबंध है। सूर्यास्त के बाद नाविक ने एक जगह लंगर डाल दिया है। सुबह यहाँ से वापस होंगे। हाउसबोट में खाने-पीने के उत्तम प्रबंध में लगे तीन-चार लोग हैं। नए अनुभव के लिए पुरु ने यहाँ मछली मारने की कोशिश की। मछली एक भी नहीं फँसी। पर काँटे में लगा चारा मछलियाँ जरूर खा गईं। राजनेताओं की तरह उन्हें भी गच्चा देना आ गया है। रात चढ़ रही है। फिलहाल हम नाविक के सहारे हैं। जयशंकर प्रसाद के शब्दों में—"ले चल मुझे भुलावा देकर मेरे नाविक धीरे-धीरे/जिस निर्जन में सागर लहरी/अंबर के कानों में गहरी/निश्छल प्रेम-कथा कहती हो/तज कोलाहल की अवनी रे/ले चल मुझे भुलावा देकर.../"

सुबह समुद्र में था और दोपहर बाद समुद्र तल से छह हजार फीट की ऊँचाई पर। हम मुन्नार आ गए हैं। मुन्नार दक्षिण भारत का सबसे

ऊँचा 'हिल स्टेशन' है। तमिल और मलयालम में मुन्नार का मतलब तीन नदियाँ होती हैं। इस ऊँचाई पर यहाँ तीन नदियाँ हैं। हमारा होटल मुन्नार नदी के सामने है। मुन्नार और उसके आस-पास चाय के बागान, इलायची, दालचीनी, काजू, लौंग और गोल मिर्च के पेड़ हैं। हमारा पूरा दिन इसे समझने में बीता कि ईस्ट इंडिया कंपनी मसाले का कारोबार यहाँ और कोचीन से क्यों करती थी। मौसम एकदम बदल गया। मुन्नार ठंडा है। यहाँ एक किलो काजू का दाम 440 रुपए है। वीणा का कहना है कि नोएडा में 200 रुपए में 200 ग्राम काजू मिलता है। किसान और उपभोक्ता के बीच बिचौलिए इतना लूट रहे हैं। ये खेती के साथ षड्यंत्र है। ईस्ट इंडिया कंपनी ने जो काम इन किसानों के पुरखों के साथ किया, वही अब देसी लोग कर रहे हैं। अन्ना के शब्दों में—गोरे अंग्रेज चले गए और काले अंग्रेज आ गए। बहरहाल, इन सब चिंताओं पर मुन्नार का सौंदर्य भारी है।

सुबह जल्दी उठा। कमरे की बालकनी की मुँड़ेर पर करीने से रोपे गए लाल फूल, नीचे कलकल बहती मुन्नार नदी। पहाड़ों पर चाय बागानों की अनंत हरियाली, आसमान से बरसता पानी। बरसते पानी और नदी के प्रवाह से जो संगीत पैदा हो रहा था, मानो पंडित गुदई महाराज राग आसावरी पर ठेका दे रहे हों। सालों मैंने उन्हें रोज इसी वक्त रियाज करते सुना था। कबीर चौरा में उनके घर के सामने से ही मेरे स्कूल का रास्ता था। वैसा ही संगीत आज फिर सुनाई दिया। मैंने कहा—'हृदय में झंकृत हुआ, सुबह-सुबह का साज/ जैसे ठेका देत हों पंडित गुदई महाराज।'

रात में 'नाइट सफारी/पर गया। जंगली जानवरों को छोड़िए, कोई देशी कुत्ता भी नहीं दिखा। जीप चलाते भाई ने कहा, जानवर अब रात को निकलते नहीं। कई रोज से मैंने जानवर नहीं देखे। शायद अब इनसानों की तरह जानवरों को भी 'लॉ ऐंड ऑर्डर' का खतरा सताने लगा है। सफारी के लिए आनेवाली गाड़ियाँ उनकी नीरव शांति जरूर भंग करती हैं। सफारी पार्क के दूसरी तरफ पहाड़ी के नीचे तमिलनाडु का कोयंबटूर शहर दिख रहा था। दूसरे दिन सुबह दुनिया के सबसे ऊँचे 'टी गार्डन' को देखा। करीने से बिखरी मीलों तक हरी चादर। यह समुद्र तल से छह हजार दो सौ फीट ऊँचाई पर है। अब कोचीन लौट रहा हूँ, यात्रा का यह अंतिम पड़ाव है। यहीं से दिल्ली लौटना है।

कोच्चि का तट सुंदर है—बड़ा पुराना बंदरगाह। आज भी भारत का

पहचान होती है। वरना वह तो पत्थर ही रहेगा। क्या आधी दुनिया इसके लिए राजी होगी? मेरे एक मित्र हैं तिवारीजी—सौंदर्य के चरम उपासक, देखते कहीं और हैं, ध्यान में कुछ और रहता है। अब दरोगा उन्हें इस काम का तीसरा आयाम भी दिखा देगा। तो क्या दरोगा के डंडे से प्रेम मर जाएगा? नहीं, प्रेम ऊर्जा है। वैज्ञानिक कहते हैं ऊर्जा का क्षय नहीं, रूपांतरण होता है। अगर चीजों में आकर्षण न हो तो सृष्टि बिखर जाएगी। इस ब्रह्मांड की परिधि में ढेर सारे उपग्रह हैं, जो एक-दूसरे के आकर्षण पर टिके हैं। स्त्री-पुरुष के आकर्षण पर ही समाज टिका है। और आकर्षण बिना देखे हो नहीं सकता— 'नयनों से नयना मिले, नाचा मन में मोर। दो नयनों में रतजगा, दो नयनों में भोर।'

घूरकर देखने और पीछा करने पर जेल जाने का कानून अगर पहले बना होता तो मैं वर्षों तक जेल में रहता। नौजवानी के दिनों में कोई सात बरस तक मैं उनके पीछे-पीछे टप्पेबाजी करता रहा। चरैवेति, चरैवेति! शहर से विश्वविद्यालय तक वे रिक्शे पर, मैं साइकिल से। तब साइकिल मुलायम सिंह यादव का चुनाव निशान नहीं थी। मेहनत रंग लाई। वह मान गई। आज घर की मालकिन है। यह कमबख्त कानून उस वक्त होता तो मेरे ऊपर सजायाफ्ता मुजरिम का ठप्पा होता। उनके भाई तो कानून के बड़े जानकार थे। भारत सरकार के एडिशनल सॉलिसिटर जनरल।

मैं इस कानून के खिलाफ नहीं हूँ। जिन परिस्थितियों में यह कानून बना, उसमें बलात्कार के मामले में तो इससे भी सख्त कानून बनना चाहिए। लेकिन जो बाकी की धाराएँ हैं, उससे पुलिस को बेहिसाब अधिकार मिलेंगे और उनके सिर्फ बेजा इस्तेमाल ही होंगे। यह कानून एकतरफा है। इसके कुछ प्रावधान तो पुरुष विरोधी हैं। यह कहने की हिम्मत सिर्फ जया बच्चन और मधु किश्वर ने ही दिखाई। बढ़ती उम्र से नजरें कमजोर होती हैं। मुझे तो इन दिनों दूर की कोई वस्तु देखने के लिए आँख को फोकस करने में 15 से 20 सेकंड लगते हैं। तब जाकर उसके आकार-प्रकार का अहसास होता है। लेकिन अब जब तक मैं आँखों को फोकस करूँगा, चौदह सेकंड हो चुके होंगे, और मुझे घूरने के कानून में अंदर जाना होगा।

कानून की ऐसी वर्जना पहले होती तो दुनिया की तमाम प्रेम कहानियाँ जन्म ही न लेतीं। राधा-कृष्ण, विवाहेतर प्रेम-प्रसंग के आरोप में जेल में होते। कृष्ण जब सरोवर में नहाती गोपिकाओं के कपड़े लिये भागते तो पुलिस एंटी रेप लॉ का डंडा लिये उन्हें दौड़ा रही होती। दुष्यंत और शकुंतला पर तो विवाह पूर्व सेक्स का मामला बनता। वे जेल में होते फिर उनके बेटे भरत कहाँ होते? इस देश का नाम भारत कैसे पड़ता? रूपमति-बाजबहादुर, सलीम-अनारकली, ढोला-मारु इनके प्यार के विरोधी परिजन इन्हें रेप कानून के तहत अंदर करा देते। मजनू पागल हो कविता नहीं लिख रहा होता, कब्र तक लैला का पीछा करने के आरोप में कहीं अरब की जेल में होता। हीर जब राँझा की नहीं हुई तो वह जोगी हो गया। जोगी बन वह हीर को ले उड़ा। दूसरे की बीवी भगाने के आरोप में राँझा को भी दस से बीस साल तक जेल काटनी पड़ती। सोहनी-महिवाल, शीरी-फरहाद, रोमियो-जूलियट कथाओं के पात्र आजन्म घूरने, पीछा करने, विवाह पूर्व सेक्स के आरोप में जेल की चक्की पीस रहे होते। अपने कालिदास और तुलसीदास दोनों की पत्नियों ने उन्हें घर से

निकाला था। कानून नहीं था, वरना बलात्कार का कानून भी लगा देती। फिर हिंदी और संस्कृत साहित्य का क्या होता? रत्नावली रामभक्त खोज रही थी। इसलिए उसने कामभक्त तुलसी को दुत्कारा। विद्योत्तमा ने अपने विद्वत्ता अहंकार से कालिदास के काम को दबा दिया। डॉ. लोहिया ऐसे मामलों में रास्ता निकालते हैं। वादाखिलाफी और बलात्कार के अलावा वे स्त्री से हर संबंध जायज मानते हैं।

प्यार को जकड़ने की ऐसी कोशिश कोई पहली बार नहीं हुई है। समान गोत्र में प्रेम का विरोध खाप पंचायतें करती रही हैं। जाति-मजहब के खिलाफ प्रेम किया तो हरियाणा, उत्तर प्रदेश की पंचायतें तालिबानी फरमान सुनाती हैं। प्रेमियों को मौत के घाट उतारा जाता है। मुंबई पुलिस के ताजा फरमान से 'डेट करने वाले' और 'एकांत' में बैठनेवाले हवालात के अंदर हो रहे हैं। पुलिस ऐसे जोड़ों से बारह सौ रुपए हर्जाना भी वसूलती है। जनसंख्या बढ़ रही है। जगह की कमी है। सबकी जेब होटल का खर्च नहीं उठा सकती। इसलिए ऐसे जोड़े ही पार्कों का सहारा लेते हैं। पुलिस उनके खिलाफ 'ऑपरेशन मजनू' अभियान चला

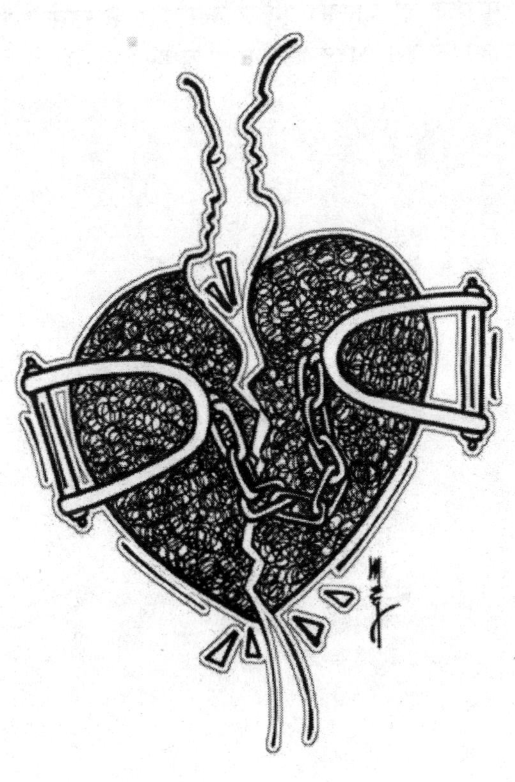

अपमानित करती है।

नए कानून के बाद शाहरुख खान अब यह नहीं गा सकते कि 'तू हाँ कर या ना कर, तू है मेरी किरन'। पूरा का पूरा रीतिकालीन साहित्य आँखों की भाषा पर है। रहीम कहते हैं—'रहिमन मन महाराज के, दृग सों नहीं दिवान। जाहि देख रीझे नयन, मन तेहि हाथ बिकान।' इश्क ने गालिब को निकम्मा बना दिया, इश्क उनके लिए आसान नहीं था। अब और भी मुश्किल हो जाएगा। पुलिस कांस्टेबल के रहमो-करम पर। खुदा बेगुनाहों को इस कानून की मार से बचाए।

□

हिरिस

इश्क बड़ा बेदर्द होता है। बुढ़ापे का इश्क तो पूछिए मत। वह 'हिरिस' है, जो रात-दिन सताती है। हिरिस अजर-अमर है। 'हिरिस' और आत्मा में इतनी समानता जरूर है कि उन्हें जितना भी मारा जाए, मरती नहीं है। 'न हन्यते, हन्यमाने शरीरे।' लाख उपायों के बावजूद जो न मिटे, उसे 'हिरिस' कहते हैं। यह एक मनोभाव है, जो मनुष्य का साथ चिता तक नहीं छोड़ती। देवताओं और ऋषि-मुनियों से चली आ रही यह प्रवृत्ति आधुनिक होते इस समाज में भी ज्यों-की-त्यों है।

आँत भी नकली, दाँत भी नकली, आँख पे चश्मा, बाल सब नकली, दिल की खून सप्लाई करनेवाली नलियों में लोहे के 'स्टंट'। पेशाब के लिए पाइप लगी थैली, घुटने बदले जा चुके हैं और कान में मशीन। फिर भी 'हिरिस' बरकरार है। दरअसल, इसका सीधा संबंध 'कपालक्रिया' से है। जब तक वह नहीं हो जाती, मनुष्य की 'हिरिस' बनी रहती है।

आखिर 'हिरिस' है क्या? इस बोलते हुए शब्द का अर्थ किसी शब्दकोश में नहीं मिलता। पूर्वी उ.प्र. के लोक में उसका खासा चलन है। अगर आप मतलब जानना चाहें तो आसक्ति, हवस, वासना, पिपासा, लालसा, चाहत, तृष्णा, भोगलिप्सा, कामासक्ति, रतिप्रियता जैसे शब्दों के अर्थ को आपस में मिलाकर एक जगह घनीभूत करें। तब कहीं आप 'हिरिस' के मतलब के पास पहुँच सकते हैं। 'वैराग्य शतक' में भर्तृहरि कहते हैं—'बुढ़ापे में बाल बूढ़े हो सफेद हो जाते हैं। इंद्रियाँ शिथिल हो जाती हैं। दाँत टूट जाते हैं। आँख, कान जीर्ण हो जाते हैं, पर तृष्णा और ज्यादा तरुणी बन जाती है।' ऐसी लाचारी से भरी तृष्णा ही 'हिरिस' बनती है।

ऐसे ही नायकों पर हक्स्ले ने 'गॉडेस एंड द जीनियस' जैसी विश्व

प्रसिद्ध रचना लिखी, जिसमें बुजुर्ग वैज्ञानिक अपनी रिसर्च स्कॉलर पर फिदा होकर सनसनी फैला देते हैं। यही 'हिरिस' है जो 'लोलिता' जैसे विश्व-प्रसिद्ध उपन्यास को जन्म देती है, जिसका हीरो पचास साल की उम्र में चौदह साल की एक लड़की को हासिल करने के लिए उसकी माँ से शादी कर लेता है।

'हिरिस' ऋषि-मुनियों में भी पाई जाती थी। इंद्र को इसका आदिदेवता मान सकते हैं। उनमें सुंदरियों की मुसकान और कटाक्ष को ग्रहण करने का अभ्यास था, और कौशल भी। उनकी सभा 'सुधर्मा' सुरा और सुंदरी के लिए प्रसिद्ध थी। हिरिस से आक्रांत बूढ़े देवता इस सभा के 'डेली विजिटर' थे। तपस्यारत ऋषि-मुनियों की 'हिरिस' जगाने के लिए मेनका को बार-बार पृथ्वी पर भेजा जाता था। उसके जिम्मे युगों से वही काम था। वह अपने रूप-लावण्य और कौशल से तपस्वियों में हिरिस जगाती थी। सारे बूढ़े ऋषि-मुनियों के तप नष्ट करने का उपाय नारद के पास था। एक ही उपाय—मेनका, रंभा, उर्वशी। ऋषि-मुनि भी सबकुछ त्यागकर संसार से तो विरत हो जाते, पर वे 'हिरिस' पर काबू नहीं रख पाते। आजकल तो तप 'अर्थ' से भी भंग होता है, पर तब काम से ही होता था।

'हिरिस' को ही 'ययाति ग्रंथि' भी कहते हैं। बुढ़ापे में यौवन की तीव्र कामना ग्रंथि। ययाति राजा थे। दैत्यगुरु शुक्राचार्य ने अपनी बेटी शर्मिष्ठा की शिकायत पर ययाति को श्राप दे दिया कि समय से पहले बुढ़ापा आ जाएगा। ययाति बूढ़े हो गए। उनकी वासनाएँ समाप्त नहीं हुईं। शुक्राचार्य से माफी माँग उन्होंने अपने श्राप में संशोधन करवाया। तब रास्ता निकला कि वे किसी युवक की जवानी से अपने बुढ़ापे की अदला-बदली कर सकते हैं। ययाति ने अपने पाँच बेटों के सामने अपनी चाहत रखी। चार ने मना कर दिया। पाँचवाँ बेटा पुरु राजी हुआ। बेटे से जवानी प्राप्त कर ययाति ने लंबे समय तक दैहिक सुखों का भोग किया। बाद में उन्हें अनुभव हुआ कि दैहिक आनंद से कभी तृप्ति नहीं हो सकती। उन्होंने पुत्र से उधार लिया यौवन लौटा दिया। उसे राजपाट सौंपा और जंगल में बिला गए। कौरव-पांडव इन्हीं पुरु के वंशज थे।

जब बुढ़ापा जवानी को टक्कर दे, पर पुरुषार्थ से लाचार हो तो समझें 'हिरिस' अपने पूरे आवेग में हैं। इस मनोभाव की कोई 'एक्सपाइरी डेट' नहीं होती। यह मरते दम तक बनी रहती है। रूस के प्रधानमंत्री

व्लादिमीर पुतिन अट्ठावन साल की उम्र में सत्ताइस साल की लड़की से इश्क करते हैं। इटली के तिहत्तर साल के पूर्व प्रधानमंत्री बर्लुस्कोनी कई सालों से लगभग रोज ही एक नया सेक्स स्कैंडल करते हैं। सेरेना और वीनस विलियम्स के पिता तिहत्तर साल की उम्र में फिर एक दफा बाप बनते हैं। हरियाणा के सोनीपत जिले में एक सौ दो साल का एक बूढ़ा बच्चे को जन्म देता है। इन सबके पीछे चढ़ती उम्र के बावजूद उनमें बची 'हिरिस' है। गालिब भी कहते हैं 'गो हाथों को जुंबिश नहीं, आँखों में तो दम है। रहने दो अभी सागरों मीना मेरे आगे।' गौतम बुद्ध ने इसी तृष्णा को सब दु:खों के मूल में माना है।

वैज्ञानिक भी मानते हैं कि दो हार्मोन 'हिरिस' को जगाते हैं। पुरुषों में 'टेस्टोस्टेरोन' तथा महिलाओं में 'इस्ट्रो जेन' इस आग को भड़काते हैं। यह दौर क्षणिक होता है। रक्त में पाए जानेवाले 'डोपामिन' हार्मोन को आनंद का रसायन भी कह सकते हैं। यह परम सुख की भावना उत्पन्न करता है। 'हिरिस' के जगते ही कुछ और अच्छा नहीं लगता। बस लागी लगन वाला भाव होता रहता है। इस अवस्था का रसायन है 'ऑक्सीटोसिन', तथा 'वेसोप्रेसिन' निकटता का हार्मोन, जुड़ाव का रसायन। 'हिरिस' अगर आग है तो यह उसका पेट्रोल।

बहुत कम लोगों को जवानी के जाने और बुढ़ापे के आने का पता सही वक्त पर चलता है। मालूम भी हो जाए तो अकसर लोग मानने को तैयार नहीं होते। मेरे एक मित्र हैं शर्माजी। नौकरी को ताक पर रखकर हर हफ्ते डेढ़ हजार किलोमीटर की यात्रा कर वे अपने घर जाते हैं। बिलकुल उसी अंदाज और उत्तेजना में जैसे तुलसीदास पहुँचते थे। शर्माजी के इस जीवन में अब कुछ बचा नहीं है, पर वे अपने पुरुषार्थ का पोस्टर स्वयं चिपकाते हैं। ऐसी भाग-दौड़ और उछल-कूद पर मित्रों ने उन्हें समझाया कि नौकरी ईमानदारी से करनी चाहिए, पर 'हिरिस' के आगे उनकी समझ कुंद पड़ गई है। वे समझने को तैयार नहीं हैं। समय से पहले सूख गए हैं। खाट पर पड़े-पड़े ज्यादातर बुढ़ापा काटनेवालों के जीवन में भी दो ही अनिवार्य तत्त्व पाए जाते हैं—एक 'निंदा रस', दूसरे 'हिरिस'। इसी के सहारे उनका बचा जीवन चलता है।

हमारे पंडितजी कहते हैं 'चलता आदमी और दौड़ता घोड़ा कभी बूढ़ा नहीं होता।' शायद इसीलिए पंडितजी दौड़ने के लिए कभी बैंकॉक, कभी

गोवा जाते हैं। गोवा से लौटे तो पैर तुड़वाकर। पंडितजी उत्साही हैं। उनकी 'हिरिस' हिलोरें मारती है। उनका उत्साह देख मेरी भी हड्डियाँ जोर मार रही हैं। पर इस बुढ़ापे का क्या करूँ, जो बेवक्त आ गया है। बुढ़ापा आने का लक्षण सिर्फ आँख, कान, नाक, दिमाग के जीर्ण होने से समझ नहीं पड़ते। इसकी कई अवस्थाएँ हैं। लखनऊ वाले तिवारीजी बताते हैं, पहली अवस्था में व्यक्ति नाम भूलने लगता है। दूसरी में चेहरा भूलने लगता है। तीसरी अवस्था में पैंट की 'जिप' बंद करना भूलता है और चौथी में जिप खोलना ही भूल जाता है। तिवारीजी खुद को तीसरी अवस्था में पाते हैं। उनमें अभी उम्मीद कायम है। तिवारीजी के एक बनारसी गुरु जो नाद ध्वनि के भी मर्मज्ञ हैं, उनकी भी 'हिरिस' कुछ ऐसी ही है। जब वे कुछ नहीं कर पाते तो 'चिकोटी' काटकर ही अपनी 'हिरिस' शांत करते हैं।

तृष्णा अतृप्त है। कभी मर नहीं सकती है, पर शरीर तो मरेगा। हम यह क्यों नहीं मानते? सिकंदर जब पूरी दुनिया जीत रहा था, तो उससे पूछा गया—इसके बाद क्या होगा? वह दु:खी और उदास हो गया। क्या, अतृप्ति किसी को सुख दे सकती है?

तमाशा मेरे आगे

सपने सच नहीं होते। सुबह का सपना तो बिलकुल नहीं। हालाँकि सपनों को सच बनाना पुरुषार्थ का काम है। पिछले दिनों जब मैं उम्र के इक्यावनवें पड़ाव पर पहुँचा, तो खुद को लगा, 'अब तक क्या किया, जीवन क्या जिया।' जो कल था वह आज नहीं है। जो आज है जरूरी नहीं कल भी हो। आज के संगी-साथी कल बिछड़ जाएँगे। हम जीवन के उस मोड़ पर पहुँच रहे हैं जहाँ से लोग बिछड़ना शुरू हो जाते हैं। जो आया है
 वह जाएगा, तो फिर जीवन में इतनी हाय-तौबा क्यों? आधी रात के बाद इसी उधेड़बुन में दिमाग लगा रहा।

अज्ञेय के मुताबिक समय ठहरता नहीं। अगर ठहरता है तो सिर्फ स्मृतियों में। और स्मृतियाँ मरने से पहले साफ हो जाती हैं। उस वक्त जीवन भर की घटनाएँ एक-एक कर याद आती हैं। सारा लेखा-जोखा फिल्म की तरह चलता है। जन्म के बाद अगर कोई एक चीज निश्चित है तो वह मृत्यु है। इसलिए जो मरने का राज जान जाए, वह जीने का राज खुद-ब-खुद जान जाएगा। शायद गोरखनाथ इसीलिए कह गए—'मरौ हे जोगी मरौ।' न तो मैं पुनर्जन्म में विश्वास करता हूँ, न मरने के बाद स्वर्ग-नरक में। मेरा मानना है, मौत जिंदगी का आखिरी फुल स्टॉप है।

तो इक्यावनवें साल में पहुँचते ही उसी रात मैं जीवन में किए-अनकिए पर मंथन करने लगा। सोचते-सोचते बात आगे बढ़ गई। आधी रात के बाद मृत्यु के अवसर और स्थितियों पर विचार करने लगा। क्योंकि आप ईश्वर के अस्तित्व को तो नकार सकते हैं पर मृत्यु को नहीं। वह अटल है। दिमाग के कोने में कहीं बैठे कबीर ने कहा, 'मरते-मरते जग मुआ, औरस मरा न कोय।' सारा जग मरते मरते मर रहा है, लेकिन ठीक

से मरना कोई नहीं जानता। यह ठीक से मरना क्या हो? कैसे मरा जाए ठीक से? विचारों को ऐसे पंख लगे कि मैं कहाँ मरूँ? और कैसे मरूँ? सोचते-सोचते एक अजीबोगरीब आनंदलोक में पहुँच गया।

मित्रों का दखल मेरे जीवन में बहुत रहा है। इसलिए मैं सार्वजनिक होने की हद तक सामाजिक हूँ। शास्त्रों ने मरने के लिए काशी को सबसे उपयुक्त जगह माना है। कहते हैं, काशी में मरो तो मोक्ष मिलता है। कबीर इस धारणा को तोड़ना चाहते थे, इसलिए वे मरने के लिए काशी से मगहर चले गए। कबीर को पता नहीं मगहर में मोक्ष मिला या नहीं, लेकिन काशी अपनी जगह, अपनी धारणा और स्थापना पर कायम है।

काशी यानी महाश्मशान, उसके अधिपति शिव यहीं विराजते हैं। इसलिए मृत्यु यहाँ परम पवित्र है। पर मेरी मौत को इवेंट कैसे बनाया जाए इस पर विचार चल रहा था। मित्रों की राय मृत्यु के बाद उसे भी बड़ा इवेंट बनाकर भुनाने की थी। इसलिए वे कहने लगे, मृत्यु का जो मजा दिल्ली में है, वह बनारस या छोटे शहर-कस्बों में कहाँ? दिल्ली में मृत्यु को इवेंट बनाया जा सकता है। जरूरत पड़े तो इवेंट मैनेजमेंट कंपनी को ठेका भी दिया जा सकता है। यहाँ रातोरात खबर को तूफान बनानेवाले टेलीविजन चैनल हैं। राष्ट्रीय कहे जाने वाले अखबार हैं। टी.वी. पर न्यूज ब्रेक होगी। अखबार में फोटो छपेगी। मंत्रियों से फूल-मालाएँ मिलेंगी। हो सकता है, राष्ट्रपति भवन या पीएमओ से शोक संदेश भी आ जाए।

ठीक है। काश्यां मरणान् मुक्ति। यानी काशी में मरने में मुक्ति है, लेकिन दिल्ली में मरने से प्रसिद्धि है, जलवा है। दुविधा बड़ी थी, किधर जाएँ।

हमें दोनों में से एक चुनना था। दिल्ली में चाहे आप कितने ही 'झंडू' या 'चिरकुट' हों। मरने के साथ ही दुनिया को पता चल जाएगा कि आपके साथ एक बड़े युग का अंत हो गया। आपकी कमी पूरी नहीं की जा सकेगी। पत्रकार हैं तो पराड़कर के बाद आप ही थे। कहानी, उपन्यास लिखते हैं तो प्रेमचंद की परंपरा की आप आखिरी कड़ी थे। कवि हैं तो जान लीजिए आपके साथ उत्तर-आधुनिक कविता का युग खत्म हो गया, यानी जो काम आप जीते-जी नहीं कर पाए, वह जलवा मरने के बाद होगा।

फिर अगर बनारस में ही मरना है तो मरो 'धूमिल' और 'मुक्तिबोध' की मौत। कुछ लोग जानेंगे कुछ नहीं। आपकी मौत गुमनामी के अँधेरे में

खो जाएगी, क्योंकि काशी में न लोग जीवन को महत्त्व देते हैं न मृत्यु को। सबको ठेंगे पर रखते हैं। मृत्यु को शाश्वत मानते हुए वे शोक भी कायदे से नहीं मनाते। तर्क-वितर्क में मित्रों का दबाव दिल्ली और जड़ें बनारस की ओर खींच रही थीं। सो फॉर्मूला बना। मरना दिल्ली में है और अंतिम संस्कार बनारस में होगा। यह विचार करते-करते जाने कब मेरे प्राण-पखेरू उड़ गए। चैनलों पर खबर चली, एकाध जगह खबर मेरी लगाई फोटो दूसरे की। दूसरे रोज बड़े-बड़े अखबारों में छोटी-छोटी फोटो छपी। राजनेताओं ने कहा—कलम के धनी थे, उनकी कमी पूरी नहीं हो सकेगी। पर मैंने देखा, वह मन-ही-मन बुदबुदा भी रहे थे—अच्छा हुआ, चले गए। नाक में दम कर रखा था। हर फटे में टाँग अड़ाते थे। चलो पिंड छूटा।

किसी ने कहा, दोस्त अच्छा था। पर ऐसी दोस्ती का क्या मतलब जो लिखने में मदद न करे। मेरे दफ्तरवाले कुछ मित्रों का कहना था—"अच्छा हुआ, यहीं मर गए, बनारस में मरते तो पैसे और समय दोनों की बरबादी होती।" पड़ोसी बोले, "आदमी तो अच्छे थे पर उनके यहाँ लोग इतने आते थे कि पार्किंग की समस्या हर रोज होती थी। अब इससे छुटकारा मिलेगा।" शायर मित्र आलोक ने दुःखी मन से मेरे और अपने रिश्ते पर शेर पढ़ा—"घर के बुजुर्ग लोगों की आँखें क्या बुझ गईं/अब रोशनी के नाम पे कुछ भी नहीं रहा।"

ये मित्र रिश्तों पर शेर पढ़ने के माहिर हैं। मुझे अपने कई मित्रों को लेकर उत्सुकता थी। वे मेरी मौत के बाद क्या करते हैं? कैसे शोक मनाते हैं? क्या कहते हैं? कैसा व्यवहार रहता है उनका? मैं चुपचाप सुबह के अखबार झाँक रहा था। कहाँ क्या छपा है? किसी ने फोटो छापी, किसी ने नहीं। एक संपादक मित्र ने तो अखबार में खबर ही नहीं ली। जब कभी मिलते थे तो लंबी-लंबी हाँकते थे। मेरे और अपने रिश्तों के कसीदे पढ़ते थे, पर मरते ही मुँह फेर लिया। मुझे उम्मीद नहीं थी कि वे ऐसी ओछी हरकत करेंगे। उन्हें क्या पता, मरने के बाद मुझे सब पता चल जाएगा।

सफेद चादर ओढ़ ये बातें सुनते-गुनते मैं बनारस पहुँच गया। लोग दुःखी शोकाकुल तो थे, पर बनारसी मिजाज के अनुसार वे मजे भी ले रहे थे। मैं लेटे-लेटे लगातार यही हिसाब लगा रहा था कि कौन-कौन आया और कौन नहीं आया। कौन रीथ लाया, कौन बिना माला के आया।

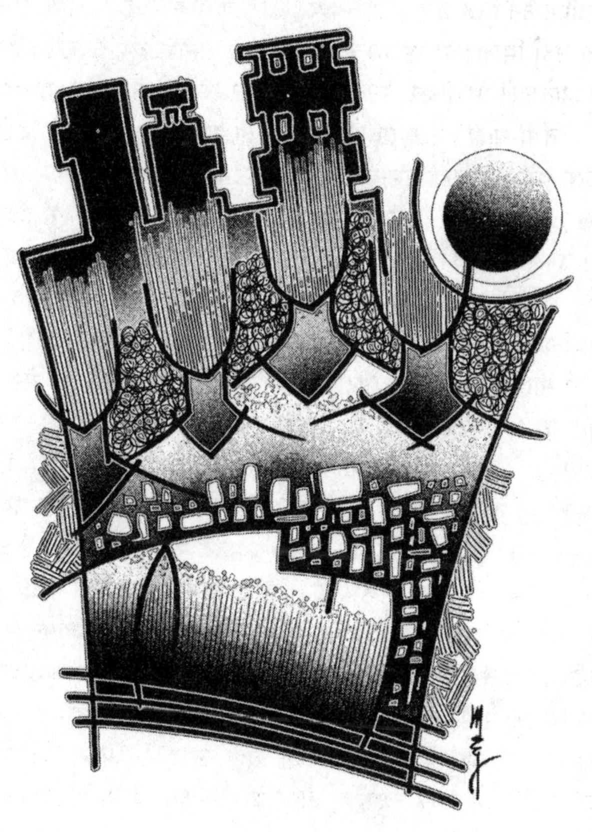

लखनऊ से ज्यादातर मित्र आए पर तिवारीजी नहीं आए। वे कई मौकों पर गच्चा देते रहे हैं। उन्हें लगा होगा कि मैं कोई देखने तो आ नहीं रहा हूँ। वहाँ जाकर वक्त खोटा करने से अच्छा है आर.टी.आई. की दो-चार दरख्वास्त और लगा दी जाएँ। फिर उनकी एक महिला मित्र भी ऑस्ट्रेलिया से आई थीं। उनके आगे तिवारीजी की सिट्टी-पिट्टी गुम रहती है। हालाँकि उन मित्र से उन्हें डाँट-डपट और बदसलूकी के अलावा जीवन में कुछ नहीं मिला। पर तिवारीजी ठहरे तिवारी, तमाशा छुप के देखते हैं। तब भी आनेवाले मित्रों की गिनती से मेरे भीतर संतुष्टि की स्लेट भर गई थी।

तभी यकायक बाराबंकी वाले पुराने समाजवादी शर्माजी दिखे। वे किसी को कुछ नहीं समझते। बड़े मुँहफट है, इसीलिए राजनीति से उन्हें अब तक कुछ नहीं मिला। वे कहने लगे, अरे यह तो बड़ा बुरा हुआ। ये उम्र उनके जाने की नहीं थी। दु:खी शर्माजी पुरानी यादों में खो गए। मेरे और अपने रिश्तों का बखान करते भावुक हो गए। तभी उनसे किसी ने पूछ लिया। "शर्माजी, आजकल किस पार्टी में हैं?" शर्माजी बोले, "जहाँ जार्ज साहब हैं वही मेरी पार्टी।" जब वे पार्टी बदलते हैं, तो मेरी पार्टी खुद-ब-खुद बदल जाती है। एक किस्सा सुन लीजिए। बात साफ हो जाएगी। मेरे गाँव में एक बेहना (जुलाहा) था। पिता की मौत के बाद उसकी माँ ने दूसरी शादी दरजी से रचाई। किसी ने उस लड़के से पूछा, तुम्हारी जात क्या है? लड़का बोला—'पहले रहे बेहना, अब हैं दरजी, आगे अम्मा की मरजी।' शर्माजी बोले, 'हमारी अम्मा जार्ज फर्नांडिस हैं। ये जहाँ-जहाँ जाएँगे, वहीं अपनी पार्टी होगी। खैर छोड़िए, आपने भी ऐसी वाहियात बात ऐसे गमी के मौके पर छेड़ दी।' शर्माजी समाजवादियों की उस परंपरा में हैं। जो हर वक्त झगड़े के लिए तैयार रहते हैं। एक बार वे ट्रेन से कहीं जा रहे थे। सामनेवाले यात्री से उन्होंने पूछा, 'कितने भाई हो?' जबाव में उसने कहा, दो, तो शर्माजी तपाक से बोले, 'तीन ही होते तो क्या उखाड़ लेते?'

शर्माजी के साथ कई और लोग भी आए थे। सुबह घर के बाहर शवयात्रा में चलने के लिए जितने लोग जमा थे। उनमें ज्यादातर वे लोग थे, जिनकी मुझे उम्मीद नहीं थी। बचपन के दोस्त गुप्ताजी दिखे। गुप्ताजी तेल और इत्र बेचते हैं। बोले, 'मैंने सुबह अखबार में इसके न रहने की खबर पढ़ी।' वे किसी से कह रहे थे। मैं तो शवयात्रा में सिर्फ मैदागिन

तक ही जाऊँगा। मुझे देर हो रही है, क्योंकि दुकान खोलना है। ''हेमंत हमारे स्कूल के साथी थे। सरकारी नौकरी नाहि मिलल त पत्रकार हो गइलन। दिल्ली में कौउनो अखबारै में नौकरी करत रहलन। अरे अगर अखबारै में नौकरी करे के रहल। त गांडिव में करतन/त हमऔ लोग पढ़ित।''

दौड़ते-हाँफते कौशल गुरु दिखे। वे अस्सी के डीह हैं, बवासीर की दवा से लेकर फ्रांस की क्रांति तक, तुलसीदास के भक्ति से लेकर नासा के नए अभियान तक, गंगा से लेकर हॉब्स, लॉक और रूसो तक, सब पर समान अधिकार से भाषण देते हैं। कहने लगे, मुझे तो अभी अस्सी पर पता चला। पप्पू की दुकान पर शोक सभा करके आ रहा हूँ। अस्सी पर पप्पू की चाय की एक ऐतिहासिक दुकान है। जहाँ दिल्ली के कॉफी हाउस से बेहतर बहस होती है। इस दुकान की विशेषता है कि अगर दक्षिण अफ्रीका में भी कोई कवि मर जाए तो यहाँ शोकसभा हो जाती है। यहाँ दिन भर निठल्ला चिंतन जारी रहता है। सुदामा हों या वास्कोडिगामा, दलाईलामा हों या ओबामा, ओसामा हों या किसी के मामा, यहाँ किसी बात पर बहस चली, तो घंटों चलती रहती है।

श्मशान घाट का इंतजाम मेरे मित्र पांडेयजी के हवाले था। पांडेयजी उन समाजवादियों में हैं, जिनका राष्ट्रवाद जीवन के उत्तरार्ध में जागा और यकायक पैंट के नीचे से हाफपैंट प्रकट हो गई। पांडेयजी और पूर्वी उत्तर प्रदेश के दिवंगत हो चुके स्वनामधन्य नेता कल्पनाथ राय में एक समानता है। दोनों को एक ही पागल कुत्ते ने काटा था। और कुत्ता काटने का दोनों का इलाज एक ही डॉक्टर ने किया। यह जानकारी पांडेयजी स्वयं देते हैं। पांडेयजी समाजवादी नेताओं की उस नस्ल में हैं जो अब लुप्त हो रही है। वे अपने भाषणों में भी इसका जिक्र करते हैं, मसलन ''डॉ. लोहिया नहीं रहे, जयप्रकाशजी नहीं रहे, मधुलिमये चले गए। मेरा भी स्वास्थ्य खराब ही रहता है।'' मेरी चिता लगवाने से लेकर कर्मकांड करवाने तक जिम्मा इन्हीं पांडेयजी का था। उन्हें देखते ही डोम राज अपने चंपुओं पर चिल्लाया—''जल्दी चिता लगाव। पांडेयजी क लाश आ गईल।'' पांडेयजी बिफरे, ''अबे मूरख लाश हमार नहीं, हमरे दोस्त का हौऽव।'' पांडेयजी और डोम राज में यह शास्त्रार्थ चल ही रहा था कि कुछ लोगों ने उठाकर मुझे चिता पर लिटा दिया। जो मित्र मेरे साथ तीस से चालीस साल से जुड़े थे,

यकायक वे लोग भी मुझे छोड़कर सीढ़ियों पर खड़े हो गए। अलग-अलग समूह में ये सभी देश की चिंता में डूबे थे। किसी की चिंता का बिंदु था मुलायम सिंह केंद्र सरकार से समर्थन क्यों नहीं वापस ले रहे हैं। तो कोई समूह इस बात से परेशान था कि मायावती केंद्र सरकार में कब शामिल होंगी। जे गुरु बोले, यू.पी.ए. के सभी घटक दल चाहें तो भी, जब तक सी.बी.आई. सरकार के साथ है उसे कोई नहीं गिरा सकता।

बदरी कवि ने अपना दुःख दिल से ही लगा लिया था। उन्होंने एक कविता पढ़ी कि मृत्यु रोने का नहीं, मसखरी का विषय है। बदरी हास्य व्यंग्य के कवि हैं।

गंगा किनारे सूरज ढल रहा था। दिल्ली से आए सुशीलजी बार-बार बेचैन होकर घड़ी देख रहे थे। दिव्य लोक में उनके विचरण का टाइम हो गया था। मैंने देखा, धीरे-धीरे सरकते हुए वे घाट की सबसे पीछे की सीढ़ी पर जाकर बैठ गए। पीछे की पॉकेट से सीसी निकाली और एक ही साँस में गला तर। फिर सिगरेट सुलगाई, उनके मुरझाए चेहरे पर दिव्य चमक आ गई। पहली बार वे भावुक होकर मेरी चिता की तरफ देख बड़बड़ाने लगे—आदमी बड़ा मस्त था। खुद तो शराब छूता नहीं था पर दूसरों को विलायती स्कॉच ही पिलाता था। सीसी का असर दिमाग तक गया तो वे और भावुक हो गए। फूट-फूटकर रोने लगे। उपाध्यायजी ने उन्हें आकर सँभाला। कहने लगे—क्या कीजिएगा। प्रभु की यही इच्छा थी। अभी उनके जाने की उम्र थोड़े ही थी! पर हम क्या कर सकते हैं। आइए, चलिए नीचे, टाइम हो रहा है। तभी मुझे दूर एक खल्वाट खोपड़ी दिखी। अरे यह तो आचार्यजी हैं। आचार्यजी को आता देख सुशील उनके गले लिपट दुःख का इजहार कर रहे थे या उन्हें कुछ सूचना दे रहे थे। यह समझ में नहीं आया। पर आचार्यजी ने इतना जरूर कहा, ''नहीं-नहीं आज बृहस्पतिवार है। बृहस्पतिवार को मैं नहीं लेता।'' उसी वक्त भीड़ से तीन-चार लोग आचार्यजी की तरफ लपके। आचार्यजी ने कहा—मेरी सेक्रेटरी से समय लेकर होटल आ जाइए, वहीं बात होगी। आचार्यजी ने यहाँ भी अपनी प्रैक्टिस रोकी नहीं।

उसी वक्त मिसिरजी हड़बड़ाहट में उठे। अरे यार, बड़ा परेशान हो गइली। सुबह से कुछ खइली नाही, पेट में चूहा कूदत हैं। आवा ऊपर चला; कुछ खा के आयल जाय। सुना है, इसी घाट पर किसी विदेशी ने

डोसे की दुकान खोली है। तभी पीछे से त्रिवेदीजी चिल्लाए, 'रुको यार, आग तो लग जाने दो।' मिसिरजी फुसफुसाए—'देर हो रही है। मेरा एक सप्लायर आनेवाला है कश्मीर से।' मिसिरजी का पेट बड़ा पापी है। उसमें कुछ पचता नहीं है। युधिष्ठिर ने स्त्रियों के पेट में बात न पचने का श्राप दिया था। पुरुषों को ऐसा श्राप नहीं था। फिर युधिष्ठिर का श्राप उन्हें कैसे लगा। यह शोध का विषय है। किसी से वे घुल-मिलकर बात करें तो उनका पेट ऐंठने लगता है।

राय साहब कुछ दुःखी दिखे। बोले—भइया का जुगाड़ बड़ा तगड़ा था। भरोसा था कि कभी जरूरत पड़ी तो वे खड़े मिलेंगे। रायसाहब ने यादवजी से कहा, अभी घंटा भर देरी है। आइए, पान जमा कर आया जाए। तिवारी बोले, यार हमारा बड़ा नुकसान हुआ। दिल्ली लखनऊ के हमारे संपर्क वही थे। सबकी मदद करते थे। तभी दौड़ते-दौड़ते खाली हाथ 'हिरिसी' शर्माजी नमूदार हुए। बचपन के दोस्त, इधर-उधर देखा और बगल के मुरदे से एक माला उठाकर मेरे ऊपर डाल दी। दुःखी स्वर में बोले, "हफ्ते भर से ज्यादा पत्नी के बिना रह नहीं पाता हूँ। मुझे हर हफ्ते पत्नी की खातिर दिल्ली से बनारस आना होता है। ये तो चले गए, अब हमारा हेडक्वाटर कोटे से 'रिजर्वेशन' कैसे होगा?"

"वह तो ठीक है, अगर इतना गहरा संबंध था तो टेंट से खर्चा करके मित्र के लिए एक माला तो लाते"—चौबेजी डपटे। शर्माजी का जवाब था। अरे भाई, वे देखने तो आ नहीं रहे, चाहे कहीं से माला लेकर पहनाएँ। शर्माजी ने भेद खोला मैंने एक लड़के से माला मँगवाई थी। पर वह माला की जगह 'माला डी' लेता आया। इसलिए यह करना पड़ा। मैंने देखा शर्माजी के आते ही मातमी सन्नाटा टूटा था।

"आदमी तो ठीक थे पर सबके उँगली करत रहलन", सावजी बोले। "अरे यार, अच्छा खिलाते-पिलाते और घुमाते थे। पैसा खर्च करते थे मित्रों पर। पर ई समझ में नाहीं आयल कि ऐतना पइसवा आवत कहाँ से रहल," रहस्यमय मुद्रा में बब्बू ने यह समाजवादी सवाल खड़ा किया। चौबेजी ने कहा, "अरे भाई, मरने के बाद इस तरह की बातें नहीं करते।" बचपन के दोस्त दाढ़ीवाले बाबू साहब बोले, "आइए, सिगरेट पीकर आते हैं। सबको एक दिन जाना ही है। पर एक बात तो थी कि यह आदमी हर काम 'कैलकुलेट' करके करता था। मुझे लगता है इतनी

जल्दी मरने के पीछे भी कोई गणित जरूर है।'' दाढ़ी खुजलाते बाबू साहब ने कहा।

तभी एक झाल-मूड़ी बेचनेवाला आ गया। सब उस पर टूट पड़े, वह मूड़ी चना बना रहा था। भाई लोग उड़ा रहे थे। मैं आग लगने के इंतजार गें था। यकायक राजा साहब का काफिला दिखा, कोई कुछ बोलता, उससे पहले ही वे पिच्च से पान की पीक चिता के पास ही थूककर बोले, ''अब देरी क्या है—जल्दी करवाइए।'' किसी ने टोका, ''इतनी जल्दी में क्यों हैं राजा साहब। वे बोले, ''हमें एक जरूरी रजिस्ट्री के लिए कचहरी जाना है। आज सतीश मिश्राजी भी आने वाले हैं।'' यह कहते उन्होंने पास में रखी पानी की बोतल उठा ली। मूड़ी खानेवाले सब लोग अब पानी पर कटे वृक्ष की तरह गिरे। मुफ्त का पानी गुड्डू अपनी कंपनी से लाए थे। थोड़ी देर में सबके हाथ में एक-एक पानी की बोतल थी।

यह सब चल रहा था, लेकिन सीढ़ी पर कुछ लोग चुपचाप बैठे न किसी की सुन रहे थे, न बोले रहे थे। बेजान और सूनी आँखों से मेरी चिता की ओर देख रहे थे। उन्हें देख ऐसा लगा, मानो उनका सबकुछ लुट गया है। कौन थे वे लोग! यह मैं नहीं बताऊँगा। तभी अचानक नींद टूटी। यह तो सुबह का सपना था।

□□□

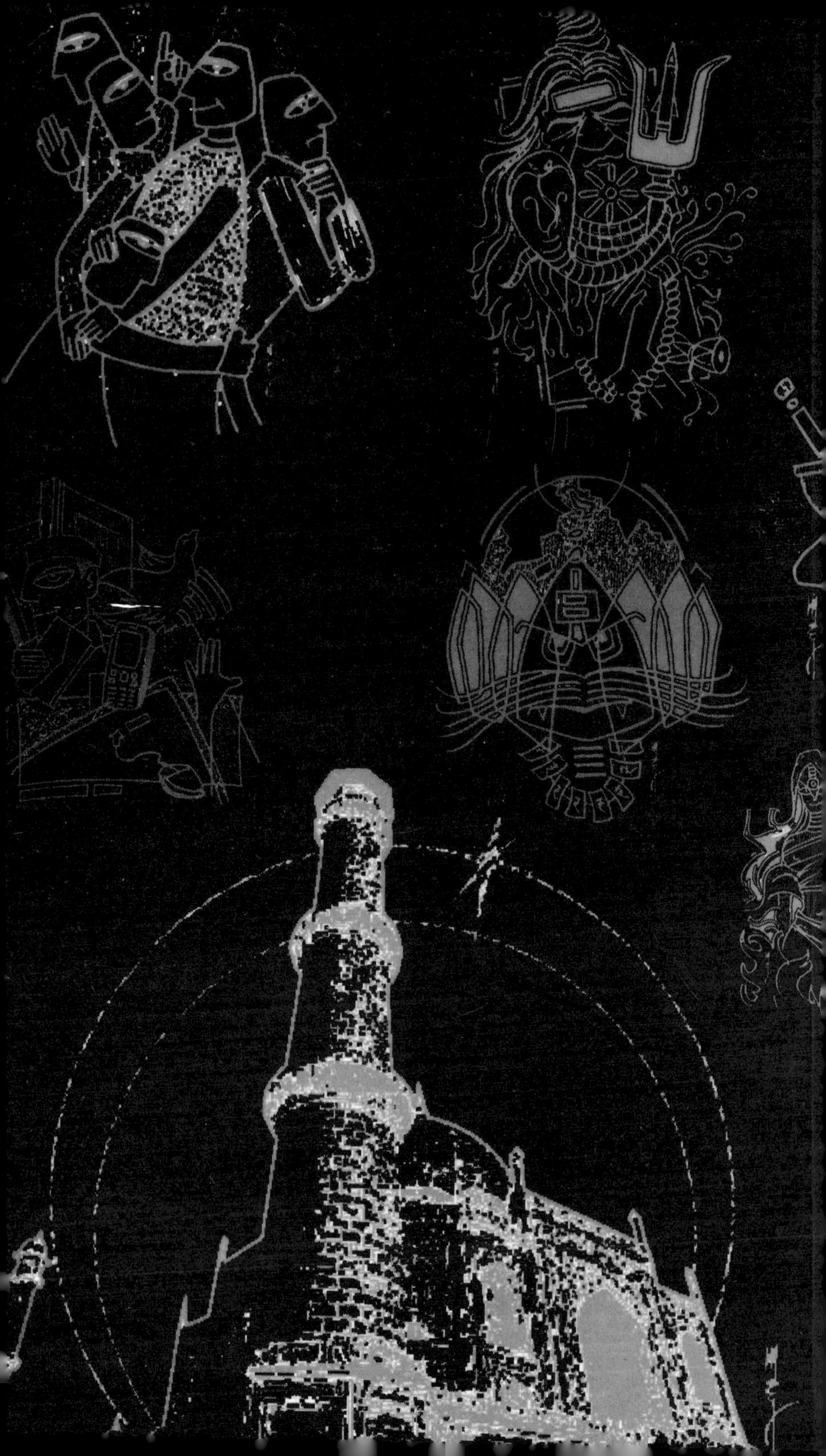